음악의 신

음악의 신 1

이창연 장편소설

초판 1쇄 찍은 날 | 2016년 10월 21일
초판 1쇄 펴낸 날 | 2016년 10월 28일

지은이 | 이창연
펴낸이 | 예경원

기획 | 위시북스
편집책임 | 박우진
편집 | 이즈플러스

펴낸곳 | 예원북스
등록번호 | 제396-2012-000132호
등록일자 | 2012. 7. 25
KFN | 제1-035호

주소 | 경기도 고양시 일산동구 호수로 646-24 위너스21Ⅱ 빌딩 206A호 (우)10401
전화 | 031-819-9431 팩스 | 031-817-9432
E-mail | yewonbooks@naver.com

ISBN 979-11-5845-407-4 04810
       979-11-5845-408-1 (set)

음악의 신

이창연 장편소설

WISHBOOKS MODERN FANTASY STORY

1

CONTENTS

음악의 신

Intro

"저기요, 우리 돈은 언제 갚으실 건데요, 이강윤 고객님?"

"⋯⋯."

우락부락한 어깨와 등빨의 남자들이 나를 둘러싸고 있었다. 그들은 하나같이 손에 긴 파이프와 방망이를 들고 험악한 인상을 하고 있었다. 그들 중 한 남자가 나에게 얼굴을 들이밀며 손을 내밀었다.

"벌써 세 달째입니다, 이강윤 고객님아. 이자라도 주겠다고 말한 지가 언젠지도 모르겠네요?"

"이번만, 이번만 봐주신다면⋯⋯."

"허허허허. 이 고객님 이거 안 되겠네. 사채 처음 써보시나? 여보세요. 지금 밀린 이자만 3천이에요, 3천. 더 밀리면 어떻게 되는지 알아요, 우리 고객님?"

"아니, 저번 달까지 천만 원이었는데 어떻게 3천이……."

"우덜식 계산법을 아직도 모르시네. 오늘은 그냥 갈 순 없고, 애들아. 챙겨라."

그들은 인정사정없었다.

물론, 내 몸에는 털끝 하나 손대지 않았다.

그러나…….

"아, 안 돼! 그건 안 돼요!"

"허허. 오늘은 그냥 못 간대도? 어딜 만져?"

퍼억! 덩치 큰 남자는 나를 거세게 밀쳐냈다. 난 우당탕 소리와 함께 책상에 부딪쳤고, 그사이에 사채업자들은 책상에서 건물계약서며 사무실의 돈 될 만한 문서를 모조리 쓸어갔다.

"안 돼! 이 개자식들아! 그건 안 된다고!"

"아니, 이 자식이."

퍼억! 퍽퍽!

책상이고 의자고 저들은 인정사정없이 때려 부쉈다. 난 다리를 붙잡고 매달렸지만, 몽둥이에는 장사가 없었다. 저들은 사정없이 나를 밀치고 붙잡았다. 그나마 몽둥이찜질을 하지 않은 게 다행이었다. 하지만 저들은 이미 나의 마음을 엉망진창으로 만들어버렸다.

"흠. 이 정도면 이자 정도는 어찌어찌 되겠네요. 이강윤 고객님. 그럼 다음 달에 뵙지요. 가자."

사채업자들이 썰물같이 빠져나가고, 사무실에는 홀로 덩

그러니 남았다.

엉망진창이 되어버린 사무실에 홀로 남으니 나락으로 떨어지는 것 같았다.

"……이런 젠장!"

빈 사무실에서, 나는 한없이 소리를 질렀다.

그 처절함이 사무실을 가득 메웠다.

사채업자들이 보증금을 빼버리는 바람에 사무실에서도 쫓겨나 갈 곳이 없었다. 집 얻을 돈까지 모조리 투자해 사무실을 얻었건만……. 자금 부족으로 사채까지 끌어다 쓴 게 화근이었다.

그리고 엎친 데 덮친 걸까.

"사장님. 저 그만둘게요……."

"아니, 윤희야. 너까지 왜 그러니? 너라도 열심히 해서 잘 돼야지."

"지금까지 사장님 말만 믿고 2년을 굴렀어요. 그런데 차트 진입은커녕 행사도 제대로 못 다녔어요. 이렇게 세월만 보내느니 대학이라도 가서 제대로 음악을 배우는 게 낫겠어요. 계약서에 해약금은 없었으니 문제 될 거 없죠?"

한 명밖에 남지 않은 가수, 윤희마저 사무실이 사라진 그날, 날 떠나갔다. 다른 직원들도 마찬가지였다. 하긴, 월급조차 주기 힘든 사장 밑에서 누가 일을 하려고 할까.

사무실도, 집도 없는 내가 갈 곳이란 없었다. 그냥 정처 없이 걸을 뿐이었다. 이대로 다음 달이 되면 사채업자들이 장기라도 팔 기세였지만 이미 자포자기해 버렸다.

그래, 될 대로 되라지…….

"이보시오, 총각."

그런데 정처 없이 길을 걷던 중. 누군가가 나를 부르는 소리가 들렸다.

"무슨 일이십니까?"

"내가 배가 고파서 말인데, 국밥 한 그릇만 사주겠나?"

서울역에서 볼 법한 노숙자 한 명이 나에게 말을 걸어왔다. 평소에 적선 한 번 하지 않는 나였지만 지금은 이상하게 주머니에 손이 들어갔다. 죽을 때가 다 된 것이었을까. 마침 주머니에 잡히는 종이가 하나 있었다. 꺼내 보니 파란 배춧잎 한 장이었다.

그래. 이까짓 거 있어서 뭐하나.

나는 만 원짜리를 바로 노숙자에게 내밀었다.

그러자 노숙자의 눈이 휘둥그레졌다.

"고맙네, 고마워. 이걸로 국밥 한 그릇은 사 먹을 수 있겠어."

연신 감사하다는 말을 남기며 노숙자는 헐레벌떡 뛰어가 버렸다. 담배 빌릴 때 외에는 활기를 보이지 않는 노숙자들인데 이 사람은 특이했다. 난 빈 주머니에 별 감흥을 느끼지 못하고 다시 뒤돌아섰다.

그런데 날 다시 부르는 소리가 들려왔다.

"이보게, 총각."

다시 돌아보니 아까 그 노숙자였다.

"혹시 원하는 게 있는가? 내 정신없어서 그냥 갈 뻔했군."

내가 노숙자에게 원하는 게 뭐가 있겠나.

나는 괜찮다며 그냥 웃어버렸다.

"그러지 말고, 원하는 게 있으면 말해봐. 다 들어줄게."

"푸흡."

그 말이 나를 웃겼다. 이 노숙자가 나더러 뭐라 하는 건지. 그래, 돈을 줄 수 있나, 뭘 할 수 있나. 이 지옥을 벗어나게 해줄 수 있나. 이런 생각을 하는 내가 우스웠다.

"그냥, 다시 시작하고 싶네요. 처음부터 다시."

"그게 소원인가?"

"그렇죠. 이번에 다시 시작한다면 실패하지 않을 것 같은 데……. 말도 안 되는 일이죠. 그럼 국밥 맛있게 드세요."

만 원짜리 한 장에 행복한 미소를 짓는 노숙자에게 나도 모르게 푸념을 해보았다. 다시 시작할 수 있으면 얼마나 좋겠나. 마이너스, 이 마이너스의 손이라는 별명을 바꿀 수 있다면 말이다.

매니저 생활 7년. 그 시간 동안 이 바닥에 있으면서 돈과 인맥을 모았고, 결국 기획자로 전향했다. 가수를 기획하는 일은 무에서 유를 창조하는 즐거운 일이었다. 처음에는 큰 성공을 거두었다. 그러나 문제는 그다음이었다.

대형 기획사에서 기획자가 된 이후, 대형 가수를 감당하게 되었다. 5인조 남자 가수였는데, 4집을 성공하고, 5집을 내려는 시점에 내가 이 가수의 앨범을 기획하게 되었다. 그런 데 결과는 대실패. 게다가 멤버와 기획사의 다툼, 그리고 멤버와 팬의 스캔들 등 악재가 겹쳐 그룹 자체가 해체되는 결과를 낳았다. 운도 없었지만 중요한 건 5집이 실패했다는 데 있었다.

더더욱 문제는 그다음부터였다.

신인 가수부터 중견 가수까지 누구를 맡든 악재가 끊이질 않았다.

앨범을 내면 앨범들은 줄줄이 망했다. 중견 가수들은 이전에 없던 실패에 돌출행동까지 일삼아 이름에 치명타를 날렸다. 이런 일들이 3년간 계속되었다.

그 이후, 나에게 붙은 별명은 마이너스의 손이었다. 결국, 이 세계에선 매장이나 다름없었다.

그래도 살아보겠다고 그동안 모은 돈, 융자에 사채까지 끌어모아 다시 가수를 기획해 내놓았지만, 결과는 사채 빚만 남고, 가수는 관두고 난 다시 실업자 신세…….

이번에야말로 난 진짜 퇴출이었다.

"……이대로 끝인가."

길에서 주운 담배 하나를 물고, 마포대교에 섰다. 스스로 자신을 포기하는 사람들의 성지라고까지 불리는 그곳이다. 자신도 없고, 무엇을 할 마음도 안 들고……. 남은 건 이 길뿐이라는 생각이다.

하지만 내가 여기서 그만두면 내 동생은……?

"희윤아……."

동생의 이름을 불러봤다. 그러나 메아리도 없는 한강은 정이 없다. 평생 투석을 받아야 하는 내 동생은 내가 없으면 누가 돌봐야 하나? 마포대교 앞에 서도 난간에 오르지 못했다.

죽고 싶어도, 죽을 수 없고 살고 싶어도 살 방법이 없다. 난 어떻게 해야 하지?

눈가에서 저절로 눈물이 났다.

지이이이잉.

그런데 갑자기 전화벨이 울렸다. 요즘 오는 전화라곤 사채업자나 하나밖에 없는 친구, 그리고 희윤이 외에는 없다. 그런데 전혀 알 수 없는…… 잠깐. 이건 병원 번호다.

"여보세요?!"

—이희윤 씨 보호자 되십니까?

"네. 그런데요."

—희윤 씨가 지금 위독합니다. 투석 기간이 한참 지나 길에서 쓰러져…….

머리가 하얗게 세 버렸다. 다른 생각 따윈 나지 않았다. 희윤이, 희윤이가 위독하다니!

지금 가장 빨리 가는 길은 택시밖에 없다. 방향은 반대차선이다. 그렇다면 저쪽으로 넘어가야 했다. 건널목은 저 멀리 있다. 그러나 급한 마음에 나는 무단횡단을 감행했다.

끼이이이이익.

퍼어어어어억!

차도 중간에서 난 거대한 트럭에 부딪혀 하늘로 붕 날아올랐다.

눈앞에 파노라마같이 무언가가 지나갔다.

삶의 순간이 한순간에 비친다는 주마등이라는 게 이런 걸까?

그제야 난 느꼈다.

'내가 없으면 우리 희윤이는? 희윤이는……! 안 돼. 이대로 끝낼 순 없어……!'

삐요삐요삐요!

구급차가 급하게 차도를 가르며 병원으로 달려가고 있었다.

"맥박이 줄어들고 있어요!"

"강심제! 강심제!"

구급차 안은 급하게 돌아갔다. 점점 약해지는 심박 수, 그
것을 살리기 위해 구급대원들의 분투는 눈물겨웠다. 그러나
그 노력을 아는지 모르는지 강윤의 숨은 서서히 지고 있었다.

'다시, 다시 시작할 수 있다면…….'

삐이.

강윤의 손이 바닥으로 떨어지며 한 많은 시간은 그렇게 사
그라졌다.

1화
10년 전으로……

"오빠. 오빠아."

"……으으음."

"오빠. 오빠."

"……아아. 좀만 더 잘게에……."

강윤은 피곤했다. 침대에서 자신을 흔드는 손길이 점점 거세지고 있었지만 무거운 눈은 뜰 생각을 하지 않았다.

"아, 진짜! 오빠!"

결국, 큰 소리가 터지고 나서야 강윤은 힘겹게 눈을 떴다.

"하아암……. 아우. 시끄러. 좀 더 잔다니까아."

"아, 진짜. 오빠가 오늘 면접 있다고 빨리 깨워 달라며."

"그래그래. 면접…… 면접……. 뭐? 면접?"

중요한 단어가 귓가를 스치고 나서야 강윤은 제정신이 들었다. 두텁게 자신을 감싸던 이불을 걷어차고 자리에서 벌떡 일어난 강윤은 그제야 주변에 눈을 돌렸다.

"여긴…… 내 방이네."

"그럼 여기가 오빠 방이지 어디냐. 얼른 일어나. 아침 먹어야지."

"너……. 희윤. 희윤이니?"

강윤에게 그제야 앞치마를 하고 자신을 내려다보고 있는 여인이 눈에 들어왔다. 큰 키에 또래보다 하얀 얼굴이 인상적인 그의 동생, 희윤이었다.

"희윤아! 살아 있었구나!"

"어어어? 오빠, 왜 이래?!"

동생이 무사하다는 생각에, 강윤은 희윤을 강하게 끌어안았다. 희윤은 당황해서 강윤을 밀쳐내려 했지만, 눈물까지 보이는 오빠가 이상해 내버려 두었다.

한참이 지나 진정한 강윤은 그제야 눈물을 닦고 희윤을 놔주었다.

"오빠, 왜 그래? 죽은 사람 본 것처럼?"

"병원에, 병원에 있던 거 아니었어?"

"어제 퇴원했지. 어제 오빠랑 같이 퇴원했잖아. 통원치료로 바꾸자고."

이건 무슨 말인지, 강윤은 감이 잡히지 않았다. 분명 동생은 병원에서 생명이 위태롭다고 했다. 그 연락을 받고 병원으로 가기 위해 드넓은 마포대교를 막무가내로 건너다 트럭과 부딪쳤던 게…….

'무슨 일이 일어난 거지?'

강윤은 그제야 뭔가 이상하다는 생각이 들었다. 그는 우선 이리저리 동생의 얼굴을 뜯어보았다. 또래보다 하얀 얼굴은 동생이 분명했지만, 자신이 아는 동생보다 훨씬 앳되었다.

"자자. 우리 오라버니. 내 얼굴은 그만 보고. 모처럼 내가 아침도 차렸으니까 맛나게 먹어야지. 그치?"

"…….."

"오빠?"

"그, 그래. 씻고 금방 갈게."

강윤은 희윤을 내보내고 바로 화장실로 향했다. 찬물을 얼굴에 끼얹어도 이게 무슨 도깨비놀음이지 전혀 알 수가 없었다. 건강한, 아니, 어려진 동생에 면접이라니. 뭐가 뭔지 알 수가 없었다.

세수를 마치고 거실로 나왔다. 가장 먼저 눈에 들어온 것은 거실 벽면에 걸려 있는 달력이었다.

몇년 7월! 지금 2017년이 아닌가?! 달력이 잘못 걸렸나?'

강윤은 눈을 씻고 다시 보았지만 잘못된 게 아니었다. 명색이 연예계에 종사했던 강윤이다. 달력 관리는 무척 철저하게 해놓았다. 달력에는 그가 적어놓은 스케줄이 빼곡히 적혀 있었다.

'MG사 기획팀 면접. 오전 11시? 잠깐. 이거 10년 전에 봤던 면접인데?'

강윤은 그제야 뭔가가 크게 잘못되었다는 것을 느꼈다. MG엔터테인먼트에서 본 면접을 통과하고 기획팀에 입사했지만 기획한 가수가 흥행에 참패하고 대마초까지 손을 대는 바람에 책임을 지고 나와야 했던 기억이 새록새록 떠올랐다.

실패했던 기억이 떠오르니 씁쓸해졌다.

"오빠, 밥 먹어!"

상념에 잠겨 있을 때, 희윤이 부엌에서 부르는 소리가 들려왔다.

"알았어."

강윤은 방에서 옷을 갈아입고 거실로 향했다.

"아름다운~ 세상에서~!"

희윤은 노래하며 찌개를 끓이고 있었다.

보글보글 찌개 끓는 소리와 함께 도마 위의 양파를 썰며 콧노래를 부르는 그녀의 모습은 평범한 가정의 모습이었다.

그런데.

'뭐…… 뭐지? 이 빛은?'

그의 눈앞에 펼쳐진 놀라운 광경, 희윤을 둘러싸고 있는 빛이었다. 은은한 하얀빛이 희윤에게서 퍼져 나가 부엌을 비추는 도깨비놀음에 강윤은 기겁했다.

'뭐야! 이…… 이건?!'

후광이라도 비추는 건지, 강윤은 자신의 눈을 의심했다. 얼른 눈을 비비고 다시 부엌을 보았다. 그러나 희윤에게서 나오는 하얀빛은 사라지지 않고 오히려 더 은은하게 부엌을 메우고 있었다.

"오빠, 밥 먹자."

그런데 노래가 끝나기가 무섭게 빛도 순식간에 사라졌다.

"어…… 어?"

"오빠? 왜 그래?"

"아……. 아냐. 내가 뭘 잘못 봤나."

"오빠 오늘 이상해. 무서운 꿈이라도 꾼 거야?"

평소라면 다짜고짜 의자에 앉아 수저부터 들었을 위인이 멍하니 자기만 쳐다보고 있으니 이상하다 느낄 만했다.

"아냐. 밥 먹자."

그러나 강윤은 대답 대신 수저를 들었다. 희윤에게 말해봐야 이상한 놈 취급만 당할 게 뻔했다. 물론, 그의 머릿속은 혼란 그 자체였다.

♪ ♫♩♪ ♬♪♩ ♪

'여기는 10년 전이다. 나는 죽었다가 돌아왔고 나한텐 이상한 게 보인다.'

동생이 학교에 가고, 강윤은 방 안에서 현 상황을 정리해

보았다.

사람의 머리로는 지금의 일이 도무지 이해가 가질 않았다. 10년 전으로 돌아오다니. 쉽사리 인정하기 힘들었다. 그러나 TV에서 말하는 10년 전 대통령의 정책들이나 연예계 이야기, 인터넷 기사들을 접하고 나니 지금이 10년 전이라는 것을 인정할 수밖에 없었다.

'그렇다면 내 눈에 보이는 건 뭐지?'

희윤이 부엌에서 보여주던 빛. 이건 도무지 감조차 잡히질 않았다. 사람이 빛을 뿜어내다니. '세상에 저런 일이'에 제보해야 할 일이었다.

하지만 고민한다고 해결책이 나오는 것도 아니고, 빛에 대해선 뚜렷한 답을 찾지 못했다.

'아, 면접.'

면접에는 10분 전에는 가는 게 예의다. 11시 면접을 위해선 지금 나가야 했다. 강윤은 말끔하게 정장을 차려입고 머리 맵시를 정돈한 후 집을 나섰다.

MG엔터테인먼트 사옥은 엔터테인먼트 회사가 여럿 들어서 있는 실리콘밸리 같은 곳이었다. 강남의 유명한 거리에 위치한 탓에 거리에는 모델들을 비롯해 연예인들도 여럿 거리를 돌아다니곤 했다. 그리고 거리 공연도 빈번히 이루어지곤 했다.

"Lie~ Lie~ 나를 돌아봐 줘요~"

강윤은 거리를 지나고 있는데 거리 공연에 한창인 여성을 발견했다. 기타를 매고 노래에 열중하는 모습에 지나가던 사람들이 하나둘씩 모여들고 있었다. 사람이 모이는 곳에 호기심이 생겨 그도 이끌려 갔다.

'어. 뭐야? 이 빛은?'

그런데 그의 눈에 또다시 빛이 비쳤다. 노래하는 여자에게서 하얀빛이 은은하게 퍼져 나가고 있었다. 기타에서도 푸른빛이 퍼져 나가 하얀빛에 녹아드니 빛은 더더욱 강렬해졌다.

"노래 좋다."

"잘한다."

사람들의 반응도 괜찮았다. 수십의 사람이 모여 그녀의 노래를 칭찬하며 때때로 천 원, 만 원씩 놓고 가곤 했다. 노래가 절정에 이를수록 빛은 더더욱 강렬해졌다. 빛은 어느새 노래를 듣는 사람들을 은은히 감싸 안았다.

'뭐야, 이건? 설마, 노래?'

아침에 희윤도 노래할 때 빛이 비쳤다. 지금 노래하는 여자도 빛을 비추고 있었다. 은은한 하얀빛이 점차 강해져 사람들에게 스며드는 모습을 보며 강윤은 저도 모르게 넋을 놓았다.

"감사합니다!"

노래가 끝나자 여자에게서 나오던 빛은 거짓말처럼 사라졌다. 그러나 노래의 빛은 노래를 감상하던 사람들을 비추며 은은히 머무르다 천천히 사그라졌다.

강윤은 그 빛의 정체를 짐작할 수 있었다.

'이건 노래야, 노래! 저 빛은 사람들이 받는 영향력 같은 거야.'

강윤은 저도 모르게 무릎을 쳤다. 왜 노래가 빛으로 보이는지 강윤은 알지 못했다. 그러나 더 이상 이 기현상을 두려워진 않게 되었다.

'면접 늦겠다. 가자.'

노래를 듣다 보니 시간이 다 되었다.

강윤은 서둘러 MG엔터테인먼트로 향했다.

"이강윤 씨. 1978년생이면 30살이군요. 전 소속사에선 가수 줄리아의 기획을 담당하셨군요."

"그렇습니다."

MG엔터테인먼트 사옥 7층의 회의실. 그곳에서 강윤은 4명의 면접관에게서 면접을 보게 되었다. 서로서로 보는데, 긴장이 흐르고 있었다.

"줄리아는 GTH엔터테인먼트에서 야심차게 준비한 가수였는데, 손익분기만 간신히 넘기고 그 이후에는 소식이 없군요."

"……."

계속 말하는 이는 가운데의 모자를 쓴 남자였다. 그는 까칠하게 계속 말을 해왔다.

"이 바닥은 경력이 곧 실력입니다. 이런 실패한 경력을 가져오면 저희가 강윤 씨를 믿고 기획을 맡길 수 있을까요?"

날 선 질문들이 날아왔지만, 강윤은 차분했다.

'오지완 프로듀서. 역시나 그때하고 같은 질문이네.'

지금 질문을 하는 이는 MG엔터테인먼트의 대표 프로듀서인 오지완 프로듀서다. 까칠하다고 정평이 나 있지만 프로듀싱 하나는 기가 막히며, 가수들 사이에서도 믿을 수 있는 프로듀서라고 신뢰가 두텁기로 소문난 사람이다. 물론 정을 잘 안 주는 게 흠.

"맞습니다. 회사 입장에서 보면 가수 줄리아는 실패한 가수입니다. 그러나 1년 만에 손익분기점을 넘겨 회사가 다시 다른 기획에 눈을 돌릴 수 있는 계기를 마련해 준 가수이기도 합니다. 확 뜨지는 못했지만 그래도 다른 기회를 마련해 주었습니다. 저를 믿고 맡겨주신다면 실패를 한다 해도 적어도 손해를 보는 일은 없을 겁니다."

회사는 돈에 민감하다. 기획한 가수가 확 뜨면 다행이지만 그렇게 되기 위해선 무수히 많은 변수를 뚫어야 하는 법이다. 손익분기점을 넘기는 일도 쉬운 일은 아닌 법. 강윤은 이걸 어필했다.

"손해를 끼치지 않는다. 안정성에선 확실히 괜찮군요. 그럼 다른 질문으로 넘어가죠. 현재 우리 회사 상황을 아실 거로 생각합니다. 저희 메인 가수 남성그룹 에피스가 해체 위기이고 여성그룹 세레니는 해체되었으며 솔로 여가수 연주아는 기획팀의 혼선으로 인해 난항을 겪고 있죠. 강윤 씨, 강윤 씨라면 이 상황을 어떻게 극복하겠습니까?"

맨 끝에 있는 정장의 여성에게서 무척 길고 어려운 질문이 날아들었다.

"잠시 생각할 시간을 주시겠습니까?"

"네. 1분이면 괜찮겠나요?"

"물론입니다."

잠시, 면접장에 침묵의 시간이 흘렀다.

'결국, 에피스는 멤버들 간의 생각이 달라 해체되었고 멤버들 모두가 솔로 활동을 했지만 좋은 반응은 보이지 못했어. 세레니는 모두가 각자 다른 회사와 재계약을 해버렸지. 그중 제일 뒤처지던 해리가 뮤지컬에서 대박이 나면서 다른 멤버 모두를 추월하게 되었고 MG엔터테인먼트는 땅을 치고 후회했다고 들었다. 연주아, 주아 본인은 일본부터 진출하고 후에 미국 무대를 밟고 싶어 했는데 회사는 바로 미국 본토로 진출시키려고 해서 큰 혼선을 빚었지. 결국 일본부터 진출한 주아는 크게 성공했지만, 미국에서는 신통한 반응은 없었다.'

과거의 일들을 정리해 보니 현재 어떻게 대답을 해야 할지 답이 나왔다.

"일단, 에피스 문제부터 말씀드리겠습니다."

"말해봐요."

정장을 입은 여성은 팔짱을 끼었다. 네 답을 한번 들어보겠다는 반응이었다. 높은 사람에게서나 나올 법한 자세였다.

"에피스는 멤버들 간 알력이 심합니다. 모두가 각자의 음악 욕심이 있고 회사는 그들이 합쳐질 때의 시너지효과와 팬덤이 아쉬워서 놓지를 못하고 있지요. 하지만 제 생각에는 놓아야 한다고 생각합니다."

"그렇게 생각하는 이유는 무엇이죠?"

"분명히 재계약을 하면 얻는 소득은 있을 것입니다. 그러나 재계약 비용이 너무 높아 멤버들 모두와 재계약을 한다 해도 회사가 얻는 이득이 적을 것이기 때문입니다. 에피스 멤버들은 모두가 개인 활동을 원하고 그룹 활동에 마음이 없는데 재계약을 한다는 건 회사에 손해만 주는 일입니다."

"흠……. 그래도 계약으로 그룹 활동을 강제하면 되지 않나요?"

"그렇지 않습니다."

강윤은 정장 여자의 말을 강하게 부정했다.

"이미 한 번 성공을 해본 이들입니다. 높은 비용을 제공한다고 해도 마음에도 없는 그룹 활동을 강제한다면 계약을 하지 않을 것입니다. 차라리 에피스는 놓아주거나 개인별로 계약하는 게 현명한 선택이라 봅니다."

"좋아요, 다음을 들어보죠."

"다음은 세레니입니다. 세레니의 멤버 쥬리는 이미 연예계보다 결혼을 더 생각하는 것으로 알고 있습니다. 안정된 가정을 오랫동안 꿈꿔왔던 만큼 더 이상 잡기는 힘들 것입니다."

"……."

"하미, 그녀는 연기에 욕심이 있습니다. 그러나 하미는 아시다시피 소문난 발연기로 유명합니다. 이 발연기를 추스르는 데 오랜 시간이 소요될 것입니다. 마지막으로……."

"잠깐."

강윤이 한참 말을 하는데 맨 끝에 있는 평상복 차림의 남자가 말을 끊었다.

"자네, 그렇게 확신하는 이유가 무엇인가?"

그러자 강윤은 당황했다. 이 모든 건 다 미래에 겪었기에 아는 내용인데 저 사람은 지금 정보의 출처를 묻고 있었다. 날카로운 질문이었다. 하지만 이내 차분하게 답을 이어갔다.

"저도 이 바닥에서 오래 있었습니다. 소문에 근거해 유추해 본 것입니다."

"……그렇군. 계속해 보게."

당황할 만했지만 침착한 대처를 이어가는 강윤을 보며 남자는 이내 말문을 닫았다.

"주아는 일본부터 차분하게 활동해야 한다고 생각합니다. 일단, 주아는 일본에서 크게 통할 스타일입니다. 주아의 나

이는 19세. 하지만 실력은 이미 최정상이죠. 일본에는 그 나이의 아이돌이면 보통 외모로 승부를 봅니다. 만약 실력과 외모가 겸비된 주아가 일본으로 향한다면? 반드시 통합니다. 제 답은 여기까지입니다."

강윤의 답이 끝났다. 면접관들은 서로 모여 이야기를 시작했다. 강윤은 차분히 다시 질문이 날아들기를 기다렸다.

이윽고. 맨 끝에 있는 평상복의 남자가 말했다.

"지금까지 자네가 이야기한 근거들이 자네가 들은 소문을 유추한 것들이라 했지?"

"그렇습니다."

"……흠. 안목이 있군. 가볍게 생각했는데, 사람을 과소평가했어."

강윤은 속으로 쾌재를 질렀다.

그러나 진짜 중요한 건 지금부터였다.

이어지는 질문을 대비하며 강윤은 긴장했다.

"이 정도 정보들과 대응 능력, 그리고 자네가 말한 대로의 기획력이면 충분히 이곳에서 능력을 펼칠 수 있을 거라 생각하네. 좋아. 그럼 마지막 질문을 하지."

"말씀하십시오."

"자네가 팀장이라 가정하고 가수 주아의 기획안을 내보게."

"무대는 어디입니까?"

"일본."

10년 전에는 전혀 들을 수 없던 질문이 날아들었다. 강윤은 다시 차분하게 생각해야 했다.

'주아는 인연이 없던 가수인데…….'

유명 스타였지만 얼굴도 제대로 본 적 없는 주아였다.

데뷔할 때부터 은퇴할 때까지 최고의 위치에서 내려오지 않았던 가수를 기획한다?

강윤은 순간 가슴이 뛰었다.

"……잠시 생각할 시간을 주십시오."

"기다리지."

강윤은 잠시 고민했다. 기왕 무대를 만든다면 크게, 넓은 무대에서 놀게 만든다.

생각을 굳힌 강윤은, 차분히 답을 말하기 시작했다.

"주아가 가장 자신 있는 춤은 팝핀입니다. 자신 있는 춤에 사내 작곡팀이 모여 일본의 트렌드를 분석해 곡을 만드는 것이 좋겠습니다. 주의할 건 기계음을 적게 하는 것이라고 봅니다. 일본 첫 데뷔 무대는 뮤직 스테이션에서 하면 좋겠군요. 제가 정보가 적어 떠오르는 건 이 정도입니다."

면접관들이 웅성거렸다.

강윤이 말한 뮤직 스테이션은 일본의 아사이TV에서 하는 음악방송으로 일본에서 가장 큰 음악방송 중 하나였다.

출연할 수만 있다면 데뷔만이 문제가 아니라 앞으로 편안하게 갈 수 있으리라.

문제는 외국 가수들은 지금까지 세워준 적이 없다는 게 문제였다.

그걸 알았는지 남자는 턱에 손을 올렸다.

"……뮤직 스테이션이라. 거기 외국 가수가 선 적이 있던가."

강윤은 목소리에 힘을 주었다.

"없습니다. 그러니 저희가 허를 찔러야 한다고 생각합니다. 우리의 가수는 이런 무대도 서는 가수다. 진정한 기획자는 없는 기회도 열어 가수에게 줘야 하지 않겠습니까."

쾅!

남자는 책상을 거세게 쳤다.

"좋아. 솔직히 말하지. 지금까지 자네같이 시원한 답을 한 사람은 단 한 명도 없었어. 마지막 질문이야. 진짜로 자네에게 이번에 주아의 기획을 맡기면 지금같이 시원한 답을 들려줄 수 있겠나?"

"회장님!"

"회장님!"

면접관들 사이에서도 난리가 났다.

그의 급작스러운 돌직구는 여러 사람을 벌떡 일어나게 만들었다.

'가수 주아의…… 기획안?'

강윤은 눈을 감았다.

원래대로라면 5집 앨범을 내려는 그 4인조 남자 그룹 가수의 기획팀으로 들어가 실패하고 나오는 게 운명이었다.

강윤 스스로 만들어낸 엄청난 기회에 그는 가슴이 두근거렸다.

'주아의 일본 무대? 이건…….'

상상만 해도 가슴이 두근거렸다.

당연히 실패의 리스크도 걱정되었다.

그러나 두려움보다…….

'반드시 성공한다!'

간절함이 앞섰다.

과거의 수많은 실패에 이골이 난 강윤에게 이 기회는 새롭게 도약할 동아줄이나 다름없었다. 잠시 생각한 후, 그는 마음을 정했다.

"네. 가능합니다."

그의 답이 떨어지자, 면접관들은 회장을 붙잡고 반대를 표했다.

"회장님! 이건 아닙니다. 어떻게……."

"회장님!"

신출내기에게 거대한 프로젝트를 맡기니 당연히 주변에서 난리가 났다.

그러나 회장은 모든 불만을 일소시켜 버리고 일어나 강윤에게 손을 내밀었다.

"앞으로 잘 부탁하네. 이강윤 팀장."

"잘 부탁드립니다, 회장님."

평상복을 입었던 맨 끝의 남자, 원진문 MG엔터테인먼트 회장과 강윤은 손을 맞잡았다.

그렇게 강윤의 첫 기획이 시작되었다.

후에 '음악의 신'라고 불리는 이강윤의 첫 기획의 시작이 었다.

'이런 말도 안 되는 일이…….'

면접이 끝난 후. MG엔터테인먼트 사옥을 나오며 강윤은 입가에 미소를 감추지 못했다.

원래는 실패한 가수의 '팀원'이 되었어야 하는데.

가수 주아의 일본 프로젝트 '기획팀장'이라니!

'하하하!'

웃음이 계속 나와 슈퍼 주인이 이상한 사람 보듯 했지만, 강윤은 개의치 않았다.

오히려 담배에 커피까지 추가하는 매너를 보였다.

으슥한 골목에서 강윤은 담배에 불을 붙였다.

평소 그리 몸에 맞지 않는 담배였지만 오늘은 이상하게 진하니 맛있었다.

흩어지는 연기를 보니 오늘 면접에서 쌓인 피로가 절로 풀리는 기분이었다.

"저기요."

즐거움을 만끽하고 있을 때, 그에게 다가온 이가 있었다.

교복을 입은 키가 큰 소녀였다.

"무슨 일이야?"

"죄송한데, 불 좀 빌려주실래요?"

강윤은 당황했다.

교복 치마를 나부끼는 여학생이 당당히 불을 빌려달라니.

여동생이 있는 처지에서 기가 막힐 따름이었다.

"불 없다."

"주머니에 있는 거 봤어요."

소녀는 당당하게 강윤의 주머니를 가리켰다.

오히려 맡겨 놓은 것 찾으러 온 마냥 뻔뻔하게 나오니 강윤은 짧게 한숨을 내쉬었다.

"불은 있는데 학생 빌려줄 불은 없어."

"……쳇. 꼰대같이."

소녀는 구시렁거리며 인상을 구겼다.

강윤은 거친 말에 놀라 한마디 하려다가 그녀의 낯익은 얼굴에 연신 눈을 크게 떴다.

'가만. 정민아 아냐? 에디오스(EDDIOS)의?'

어려 보이긴 했지만, 확실히 그녀가 맞았다.

7인조 걸그룹 에디오스(EDDIOS).

MG엔터테인먼트의 주력 걸그룹으로 멤버들 개성이 두드러져 두터운 팬층을 형성하는 걸그룹이었다.

팬덤도 강성하고 노래도 괜찮았지만 멤버들 간의 사이가 좋지 않아 연일 불화설에 시달리다가 결국 해체되고 만다.

그중 정민아는 늘씬한 키에 활기찬 이미지로 남자, 여자 가리지 않고 고루 인기를 누린 멤버였다.

가요계를 누볐던 EDDIOS의 멤버를 보니 반가움과 안타까움이 교차했다.

게다가 앞으로는 같은 회사에서 일하게 될 사이이기도 했고 말이다.

"너 MG엔터테인먼트 연습생 아냐?"

"그쪽이 무슨 상관인데요?"

"연습생이 담배라니. 성공한 가수한테도 안 좋은걸."

"그러니까 그쪽이 무슨 상관이냐고요."

정민아는 강윤을 노려보았다.

강윤이 마음에 들지 않았는지, 그녀는 계속 인상을 찌푸리고 있었다.

강윤도 그런 모습을 부드럽게 넘어가는 사람은 아니었다.

"상관없었는데 이제 상관있어졌거든. 이번에 MG엔터테인먼트 직원이 돼서 말이야. 너 정민아 맞지?"

"나 알아요?"

"잘 알지. 춤에 재능이 있어 차기 걸그룹에 내정된 연습생이잖아. 벌써 걸그룹에 내정됐다고 안심하는 거야? 담배나 태우고 있고 말이야."

"……."

정민아는 씩씩댔다.

강윤의 말이 틀린 구석이 하나도 없었기 때문이다. 아니, 너무 잘 알고 있어 가슴이 뜨끔거렸다.

게다가 같은 회사 직원이라니. 연습생을 아는 정도면 사무 쪽 직원이라기보다 현장과 밀접한 관련이 있는 사람일 게 분명했다.

정민아는 더 뭐라 말을 하지 못했다.

"벌써 샴페인을 터뜨리면 곤란해. 연습생은 가수가 돼서 야 진짜 시작……."

"정민아는 맞는데, 저 떨어졌거든요."

그런데 강윤의 생각과는 전혀 다른 답이 날아들었다.

"차기 걸그룹 선발은 무슨. 밀려났거든요? 이제 됐죠? 불안 줄 거면 그만 가요."

강윤은 강윤대로 당황했다.

이런 과거, 들어본 적이 없었으니까.

'정민아가 탈락했다고? 말도 안 돼. 혹시 탈락했다가 다시 선발된 건가?'

강윤의 머리가 맹렬히 돌아갔다.

그가 알기로 MG엔터테인먼트는 차기 가수를 준비하고 있는 시기다.

연습생들은 가수에 선발되기 위해 더더욱 구슬땀을 흘리고 있었다.

그런데 정민아가 탈락?

"떨어졌다고? 네가?"

"……제일 먼저 떨어졌어요. 뭐가 마음에 안 드는 건지. 트레이너 쌤들이 점수를 이상하게 짜게 주더군요. 에이씨. 하하하!"

정민아는 그녀대로 강윤에게 왜 이런 이야기를 하고 있는지 몰랐다.

아니, 기분대로 마구 쏘아붙이고 있다는 말이 맞았다.

"뭐, 노래로는 어차피 안 될 게 뻔하고, 결국 춤인데…… 봐주질 않네요. 이제 됐죠? 불 안 줄 거면…….."

"이대로 끝내려고? 여기가 끝이야?"

"아 좀!"

결국 정민아는 소리를 질렀다.

그러나 이내 보이는 건 눈물이었다. 서러움과 분노가 뒤섞인 눈물이었다.

"대체 아저씨가 뭐라고…… 나한테…… 왜 이래요."

"…….."

감정이 북받쳐서일까, 속에 있는 게 쌓여서일까.

정민아는 서럽게 울기 시작했다.

강윤은 조심스럽게 눈물을 흘리는 그녀의 어깨를 다독여 주었다.

신기하게도 그녀도 그의 손을 거부하지 않았다.

"테스트가 한 번은 아니잖아. 앞으로 차기 걸그룹이나 가수를 선발하려면 여러 번 테스트를 하게 될 거야. 내가 알기로 MG엔터테인먼트에서 정민아, 너만큼 멋지게 춤을 출 수 있는 사람은 없는 걸로 알고 있어."

"……."

"다시 해봐. 그럼 반드시 할 수 있어. 알았지?"

정민아는 이상한 기분이 들었다.

처음 보는 사람에게 화도 냈고 위로까지 받았다.

자신이 이상하게 느껴질 정도였다.

"……."

"……."

어색하게 시간이 흘렀다.

이윽고, 감정을 수습했는지 정민아가 붉어진 눈을 들었다.

"……고마워요. 지금까지 누구도 이렇게 날 믿어준 적이 없었는데."

"허, 그래?"

"빈말이라도 고마워요. 그냥…… 위로가 필요했나 봐요. 이런 적은 없었는데. 하, 웃기네."

정민아 자신도 자신이 웃겼는지 민망한 웃음을 보였다. 그러나 강윤은 확신에 차 말했다.

"빈말이 아니야. 넌 반드시 가수가 될 수 있어. 그것도 대형 가수가."

"……."

"그러니까 담배 같은 거로 몸 버리지 말고 다시 시작해. 알았지? 몸 버리지 말고."

"……네."

그제야 정민아는 제대로 웃음을 보였다. 눈물과 번진 화장에 얼굴이 엉망이 되긴 했지만, 특유의 미모는 어디 가질 않았다.

"에이, 그래도 이건 내 낙이었는데."

"끊어. 폐활량 떨어져."

"알았어요. 끊어보죠. 그런데 이름도 모르네. 아저씨 누구세요?"

지금까지 친한 사람인 것처럼 대화했지만 정작 이름도 모르는 남자. 정민아는 그가 궁금해졌다. 평범한 인상이었지만 눈에 묘한 깊이가 있고 목소리에는 힘이 있었다.

"난 이강윤. 이제 같은 밥 먹게 되니까 잘 부탁할게."

"저도요. 어디 부서예요?"

"훗. 그건 비밀."

"엣? 뭐야, 시시하게."

강윤과 정민아는 어느새 친해져 스스럼없이 이야기하고

있었다.

정민아, 후에 MG엔터테인먼트 걸그룹의 중추로 세상을 놀라게 할 소녀와 강윤의 첫 만남이었다.

♪ ♩♪♩ ♪♫♩ ♪ ♪

집에 돌아온 강윤은 노래에 보이던 빛에 대해 생각하고 있었다.

'TV나 컴퓨터로 영상을 볼 때는 안 보이네.'

직접 눈으로 공연을 볼 때만 빛이 보인다는 결론이 나왔다. 그렇다면 이걸 어떻게 활용해야 할까? 강윤은 고민이었다.

'다시 돌아온 것도 엄청난 일인데 노래가 눈에 보인다니, 왜 이런 게 보이게 된 걸까? 혹시 그 노숙자 때문에?'

배가 고프다던 노숙자에게 만 원짜리 한 장을 내밀었던 친절이 그제야 생각났다.

"원하는 게 있으면 말해봐. 다 들어줄게."

다 들어준다는 알 수 없는 말들. 강윤은 다시 시작하길 원했다. 그리고 그 말은 현실이 되었다. 알 수 없는 이상한 능력까지 하나 보태서 말이다. 아무리 생각해도 원인은 그것밖에 없었다.

밤이 되었지만, 강윤은 방의 불을 켜지 않았다. 조용하게 생각을 주욱 정리하고 싶었다.

'나는 10년 전으로 돌아왔고 노래를 볼 수 있는 능력이 생겼다. 그리고 오늘, 난 원래의 미래를 바꿨다.'

원래 담당해야 할 가수가 아닌 주아라는 최고의 가수를 담당하게 되었고, 전혀 인연이 없었던 정민아를 만나 인연을 맺었다. 최선을 다한 결과에 강윤은 만족스러웠다. 그러나 걱정도 되었다.

'주아의 앨범 기획이라니. 그것도 일본에 갈…… 처음부터 엄청난 프로젝트를 맡게 되었어. 그래도 지금의 나라면…….'

실패는 지긋지긋했다.

마이너스의 손이라고 조롱받으며 사채에 쫓기던 이강윤도 없다.

'이젠 과거는 생각하지 말자. 이번에는 반드시 성공하고, 행복해지자.'

어두운 방 안.

강윤은 과거에 대한 미련을 접었다.

이젠 미래만을 생각하자고, 동생과 음악. 두 가지를 생각하며 최선을 다하자며 길을 결정했다.

그때. 방문을 두드리는 인기척이 들려왔다.

"오빠, 있어?"

"아, 어. 희윤이 왔어?"

"뭐해, 깜깜한 데서? 청승 떨어? 꺅! 오빠, 왜 그래!"

강윤은 막 학교에서 귀가한 동생을 꼭 끌어안았다.

지금 이 순간, 그는 누구보다 행복했다.

'이번에는 꼭……'

지켜내자.

강윤은 굳게 다짐했다.

기획팀의 복장은 캐주얼이었지만 출근 첫날에 캐주얼을 입고 가는 것도 웃겼다.

강윤은 핏이 딱 맞는 정장을 꺼내 입고는 거울을 요리조리 살펴보았다.

"이상한가?"

"아니. 하나도 안 이상해. 우리 오빠가 제일 멋있어."

뒤에서 강윤의 핏에 취한 희윤이 엄지손가락을 척 내밀었다.

긴 다리와 넓은 어깨는 강윤의 정장을 부각시켰다.

"오늘은 나 먼저 갈게. 학교 조심해서 가고. 오늘 투석 날이지? 빼먹지 말고."

"응. 오빠 출근 잘하고 와."

강북의 달동네에 사는 강윤이 강남의 유명 거리까지 가려면 많은 시간이 걸린다. 버스 타고, 지하철까지 타야 하는 출근길은 험난했다.

미리 받은 임시출입증을 찍고 회사 안으로 들어간 강윤은 바로 회장실로 향했다.

"어서 오게, 기다리고 있었네."

"안녕하십니까."

원진문 회장이 그를 반갑게 맞아주었다. 비서가 내온 차를 입가에 가져가며 원진문 회장이 말했다.

"드디어 첫 출근이군. 주아는 오후에 올 테니까 그때까지 회사를 잘 둘러보도록 하게."

"알겠습니다."

"난 한 번 맡기면 일절 터치하지 않아. 대신 결과가 안 좋으면……."

원진문 회장은 손으로 목을 휙 그었다.

"크하핫. 물론, 정말로 죽이는 건 아니니 안심하게."

"최선을 다하겠습니다."

호탕하게 웃는 원진문 회장을 보며 강윤은 그의 성향에 대해 생각했다.

'정말로 한 번 일을 맡기면 무슨 일이 있어도 터치하지 않아. 그러나 결과가 만족스럽지 않으면 혹독한 대가가 따르고 좋은 결과에는 좋은 보상으로 답한다. 이게 원진문 회장이 이 바닥에서 살아남은 비결이지.'

능력 있는 사람들이 항상 그의 곁에 있었다. 확실한 대우를 해주니 그의 곁에서 떠날 필요를 느끼지 못하는 것이다. 이런 면은 배울 필요가 있다고 강윤은 생각했다.

티타임이 끝나고 강윤은 비서의 안내를 받으며 사무실로 내려갔다. 사무실은 5층에 있었다.

"여기입니다."

비서가 문을 열어준 곳에는 '총괄기획팀장 이강윤'이라는 명패가 있었다. 그리고 그 혼자만의 방이 마련되어 있었다. 깔끔한 책상과 책꽂이에 있는 자료, 그리고 TV와 컴퓨터 등 모든 것이 그를 만족시켰다.

"점심때까지 방을 둘러보고 계십시오. 주아 양이 오면 안내해 드리겠습니다."

비서는 다시 회장실로 올라갔다.

점심까지 자유 시간을 얻은 강윤은 사무실을 여기저기 살폈다.

컴퓨터에 깔린 프로그램부터 각종 음반 자료들, 연습실을 볼 수 있는 영상에 다과까지 사무실에는 없는 것이 없었다.

MG엔터테인먼트의 총괄기획팀장이란 이런 자리라는 것을 여실히 실감할 수 있었다.

자료들을 몇 개 열어보다가 강윤은 연습생들이 연습하는 영상을 열었다.

CCTV로 촬영되는 영상은 댄스와 보컬 연습을 하는 연습생은 물론 그 외 다른 훈련을 받는 연습생의 모습까지 세세히 나오고 있었다. 그런 장면들을 보자니 강윤은 호기심이 일었다.

'한번 가 볼까?'

쇠뿔도 단김에 빼라고 강윤은 바로 연습실로 향했다. 보컬 트레이닝이 한창인 3층의 한 트레이닝 강의실이었다. 강윤은 살며시 문을 열고 들어가니 10대 초반부터 후반까지의 다양한 연령의 연습생들이 한창 강의를 받고 있었다.

"민성아, 그 부분에서 뱃심이 부족한 것 같아. 조금만 더 힘을 줘서 해보자."

"네가 나를 떠날 수밖에 없는~"

남자 연습생이 배에 힘을 팍 주며 노래에 힘을 쓰고 있었다. 그런데…….

'어? 이번에는 회색이 감도네.'

남자 연습생에게서 칙칙한 회색이 나오고 있었다. 칙칙한 색은 강윤의 눈을 찌푸리게 했다. 과히 느낌이 좋지 않은 색이었다.

"한민성, 그게 아니잖아. 힘이 너무 과해. 다시!"

"네가 나를 떠날 수밖에 없는~"

다시 연습생에게서 회색빛이 다시 흘러나왔다. 그래도 조금 전보다 조금 밝아졌다.

"약간 좋아지네. 다시!"

"네가 나를 떠날 수밖에 없는~"

점점 엷어지는 회색빛이 강윤은 신기했다.

점차 칙칙한 회색은 엷어져서 흰빛이 되었고 그 빛은 은은하게 퍼져 나갔다.

"좋아! 그렇게 하는 거야. 이제 뒷부분으로 가보자."

"이유~ 널 사랑하지마안―!"

남자 연습생에게서 뿜어지는 흰색 빛은 더 주변을 가득 메웠다.

흰빛이 되자 듣기 좋은 노래가 울려 퍼졌다. 은은하니 주변에 퍼지는 소리가 괜찮았다.

"좋아. 잠시 휴식하도록 할까."

쉬는 시간이 되자 강윤은 조용히 밖으로 나왔다. 이 빛을 보는 능력, 조금씩 감이 잡혀 왔다.

'좋은 노래를 하게 되면 하얀빛이 퍼져. 칙칙한 회색빛은 노래가 엉망일 때 나온다고 생각하면 되겠군. 빛이 타인에게 퍼져 나갈 때 그 사람은 영향을 받게 되고 반응을 보이지. 결국 어떤 빛이 나오는지, 그 빛이 사람에게 어떤 영향을 주는지를 잘 파악하는 게 중요하겠어.'

노래의 영향력을 볼 수 있다면 이건 엄청난 능력이었다. 듣기 좋은 노래와 좋은 영향력을 가진 노래는 엄연히 다른 법이다.

'아아…… 신이시여.'

강윤은 처음으로 신을 찾고 감사를 드렸다. 절망에 빠져서도 신을 찾지 않았는데 이 순간에는 저절로 신을 찾게 되었다. 다시 열린 삶에서 신은 그에게 가장 필요한 것을 선물로 주었다.

지잉- 지잉-

그때, 휴대전화가 울렸다.

"네, 금방 올라가겠습니다."

주아가 왔다며 회장실로 올라오라는 연락을 받고 강윤은 회장실로 향했다.

주아는 160㎝도 안 되는 작은 키지만 다리가 길고 허리가 가는 좋은 신체 비율을 가진 가수였다. 평소 관리를 혹독히 한 대가였다.

아직은 19세, 앳된 티를 짙은 무대화장으로 가린 그녀는 강윤을 미심쩍은 눈으로 바라보고 있었다.

"이분이 내 기획 프로듀서님인가요?"

"반가워요. 이강윤이라고 해요."

"……."

강윤을 처음 보는 자리였지만 주아는 미심쩍은 눈치를 숨기지 않았다. 그녀는 강윤을 위아래로 훑어보더니 회장을 돌아보았다.

"회장님. 저 그냥 지완 오빠하고 하면 안 되나요?"

"주아야."

"저 아시잖아요. 새로운 사람이랑 하려면 시간 많이 걸리는 거. 이번 앨범은 일본에 갈 앨범이라면서요. 특히나 중요한 앨범인데 새로운 분이랑 손을 맞추려면 시간이 얼마나 걸리겠어요. 결과도 장담 못 할 테고요."

그냥 난 이 사람이랑 못한다는 주아의 선언이었다. 그러나 원진문 회장은 고개를 흔들었다.

"주아야. 우리도 신중히 결정한 일이야. 이번 앨범에 가장 적합하다 생각한 기획자를 뽑은 거니까……."

"회장님. 전 회장님 말 어긴 적 한 번도 없는 거 아시죠? 그런데 이번은 이해하기 힘들어요. 새로운, 게다가 검증도 되지 않은 사람하고 일을 하라니. 혹시 제가 무슨 잘못이라도 했나요?"

주아는 주아대로 고집이 엄청났다. 일본에 낼 앨범은 그녀에게는 앞으로의 미래가 걸린, 사활을 건 일이었다. 그런데 검증되지 않은 신출내기랑 일하라니.

지금 최고의 자리에 있는 주아는 납득이 되질 않았다.

하지만 원진문 회장은 탁 선을 그었다.

"주아야. 내 눈을 믿지?"

"……."

"이번 앨범에 최고의 적격자야. 삼촌을 믿고 해봐."

"하지만 삼촌……."

"거기까지. 반론은 허용치 않을 거야."

결국, 주아는 입술만 달싹이다 그대로 문을 열고 나가버렸다.

강윤은 주아가 나간 문을 보며 씁쓸히 말했다.

"제가 마음에 들지 않나 보네요."

"허허허. 어떤가, 이 팀장. 주아는 고집이 아주 세. 아주 대찬 녀석이지. 저 고집 꺾을 수 있겠나?"

강윤은 재미있었다. 모름지기 최고의 가수라면 저런 모습은 당연히 가지고 있어야 했다. 그는 한 치의 망설임 없이 바로 답했다.

"재미있군요. 가수라면 저런 고집이 있어야죠. 맡겨 주십시오."

"좋아. 믿겠네. 이 시간 이후, 가수 주아의 일본 진출에 대해선 자네가 책임자야. 그 누구도 터치하는 것을 허용치 않겠네. 그럼 잘 부탁하네."

원진문 회장은 자리에서 일어나 강윤의 어깨를 툭툭 두드리곤 축객령을 내렸다. 강윤은 인사를 하곤 밖으로 나왔다.

'이제 진짜 시작이다.'

사무실로 향하는 강윤의 머릿속에는 앞으로의 계획들이 하나둘씩 세워지기 시작했다.

다음 날부터 강윤은 본격적으로 팀을 조직하기 시작했다. 원진문 회장이 말 그대로 전권을 주었기에 강윤은 가장 중요한 팀원을 원하는 대로 선발할 수 있었다.

'MG는 인물이 많네, 많아.'

지금까지 수없이 많은 히트 앨범을 녹음하고 연출한 현장의 메인 지휘관 오지완 프로듀서부터 홍보 1팀의 에이스로 인터넷, 매체의 흐름을 읽는 데 정평이 난 이지연 대리, 주아에 대해 모르는 게 없는 주아의 제1 매니저 강진성, 그리고 노래를 선별할 MG의 메인 작곡가 설린까지. 강윤이 과거에 다 한 번 이상은 들어본 에이스들이었다.

이전 삶에서는 이들과 일을 해볼 기회조차 없었는데 지금은 이들을 지휘하는 총괄기획팀장이 되다니. 강윤은 새로운 삶에 감사함과 동시에 강한 책임감을 느꼈다.

강윤은 팀원들을 선별한 후 자신의 사무실에서 첫 회의를 시작했다. 팀원들 모두가 모이자 간단한 소개를 마치고 본격적인 회의가 시작되었다.

"이번 목표는 일본 시장에 성공적으로 진출, 오리콘 차트 5위 안에 드는 것입니다."

강윤이 목표를 이야기하자 모두가 신음을 내뱉었다. 에이스들이지만 일본 시장은 또 다른 문제였다. 한국 가수에게 일본 시장은 아직 폐쇄적이고 돈만 드는 그런 곳이었다.

"현재 일본에 가장 화제가 되고 있는 가수가 누구인지 아시나요?"

이지연 대리가 첫 이야기를 꺼냈다. 모두가 고개를 젓자 그녀가 말을 이어갔다.

"시스카 아이라고 솔로 가수가 뜨고 있습니다. 이전에는 메이라는 가수가 득세했지요. 이들의 공통점은 댄스가 아닌, 가창력으로 승부를 보는 가수들이었다는 겁니다."

"그럼 우리도 가창력으로 승부해야 한다는 거군요. 주아의 가창력이야 워낙 좋으니까."

매니저 강진성이 첨언을 붙였다. 그러자 설린이 끼어들었다.

"하지만 일본 스타일에 맞춰 한국 가수가 노래를 불러 과연 일본 팬들을 만족시킬 수 있을까요? 이건 상당한 모험이 될 것 같은데요. 가사야 당연히 일본어로 번역해야 하지만, 음악스타일까지 바꾸는 건 쉽지 않은 일입니다."

"일본에서 데뷔하는 일입니다. 그러자면 그 나라의 정서를 이해해야죠. 현재 어쿠스틱 음악이 뜨고 있다면 대세를 따르는 게 안전하다 생각합니다."

"하지만 그렇다면 주아만의 스타일은 어떻게 되는 건가요? 물론 주아가 어쿠스틱 음악에 약하진 않지만 그렇게 되면 원래 보여주던 퍼포먼스는 전혀 보여줄 수 없게 됩니다."

설린과 오지완 프로듀서의 이야기가 강하게 맞섰다.

이후 계속되는 회의에서 네 사람은 각자의 의견을 좁히지 못했다. 서로가 생각하는 일본과 주아에 대한 생각들이 너무 달랐다. 현재 일본에 맞춰야 한다는 이야기와 주아의 스타일대로 밀어붙이자는 이야기가 팽팽히 맞서는 가운데 한참 동안 아무 말도 하지 않던 강윤이 말을 꺼냈다.

"퍼포먼스로 가죠."

"네? 하지만 지금 일본에서 퍼포먼스는 남자 아이돌들이 지배하고 있습니다. 이미 대세가 그렇게 가고 있어요. 저는 무리라고 생각합니다."

이지연 대리가 고개를 저었다.

사람들은 익숙한 것에 친숙함을 느끼는 법이다. 게다가 이국인에게 폐쇄적인 일본이다. 조금이라도 친숙하게 느껴지게 해야 하는데 퍼포먼스라니. 위험했다.

"아뇨. 퍼포먼스가 낫습니다. 솔직히 지금의 일본 남자 아이돌보다 주아가 보여줄 수 있는 퍼포먼스들이 훨씬 많습니다. 실력 면에서 주아가 그들을 아득히 능가하니까요. 어차피 우린 이방인입니다. 차라리 아예 새로운 것을 제대로 보여주는 것도 좋은 방법이 아닐까요?"

이지연 대리는 침음을 흘렸다. 강윤의 말에 묘한 설득력이 있었다. 사실 실력이 깡패라고, 아득히 뛰어나면 안 볼 수가 없다. 주아는 그런 실력이 있었다.

"그럼 팀장님, 퍼포먼스 위주로 간다 할 때, 노래 스타일은 댄스가 되는 겁니까?"

"그렇게 되겠죠. 팝핀 위주의 댄스로, 주아의 주특기를 살
릴 수 있는 그루브가 살아 있는 노래로 가보는 게 어떨까 합
니다."

오지완 프로듀서의 물음에 강윤이 답했다. 그러자 오지완
프로듀서가 세게 박수를 쳤다.

"그루브라! 허, 생각지도 못한 거군요. 복고라면 복고일
수도 있고……."

"일본은 우리보다 현대음악에 대한 역사가 깁니다. 가능
성이 있다 생각합니다."

강윤의 말은 그리 길지 않았다. 그러나 그의 말에는 힘이
있었다.

낙하산이라 못 미더웠는데 회의를 하며 이야기를 나눠보
니 그게 아니었다.

"주아의 특기야 리듬을 타는 거니까, 그루브한 노래를 한
다면야 좋아하겠군요."

강진성 매니저도 마음에 들었는지 고개를 끄덕였다.

"정리해 보면 그루브한 댄스곡을 메인으로 한 앨범으로 가
자는 거군요. 강렬한 퍼포먼스를 위주로 한. 앨범의 컨셉은
노래가 나오면 정하면 될 테고요."

설린 작곡가가 마무리로 정리를 해주었다.

"맞습니다. 오늘 회의 내용을 한마디로 요약해 주시는군

요. 홍보 1팀은 지금부터 일본 방송사에 컨펌을 넣을 수 있는 루트를 알아보시고 설린 작곡가님은 곡을 골라주십시오. 먼저 고르시고 후에 저랑 같이 결정하면 될 것 같습니다."

"네."

"예압."

이지연 대리와 설린 작곡가가 각자 스타일대로 답을 하고 중요한 내용을 받아 적었다.

"오지완 PD님은 곡이 나오면 가이드 곡을 만들어 주시고요. 연습생 연습시킨다 생각하고 멋들어진 가이드 곡을 만들어 주십시오."

"다른 사항은 더 없습니까?"

"아직은 괜찮습니다. 어차피 곡 나오면 가장 바빠질 테니까 지금 쉬어두세요."

오지완 프로듀서도 고개를 끄덕이고, 남은 건 강진성 매니저였다.

"주아 몸무게 관리하고 있죠?"

"물론입니다."

"몸 관리도 중요하지만, 더 중요한 건 스트레스 체크입니다. 차라리 살이 조금 찔지언정 스트레스를 받지 않게 해주세요. 외출도 허용해 주시고요."

"하지만 그러면 회사 방침에 어긋납니다."

"회사 방침 지키다가 주아가 비뚤어집니다. 어차피 혼자

서도 주아는 잘하잖습니까. 우리가 그 애를 믿는다는 걸 먼저 보여주면 더 잘할 겁니다."

"알겠습니다."

세부 사항까지 체크가 끝나고, 그날 회의는 끝이 났다. 모두가 일할 할당량을 받고 강윤의 방을 나섰다.

홀로 남은 강윤은 그제야 자리로 돌아와 의자에 몸을 깊이 파묻었다.

'후아……. 힘들었다. 아직도 믿기질 않아. 내가 주아의 앨범을 기획하고 있다니.'

마이너스의 손이라고 불리던 자신이 지금, 최고의 가수라는 주아의 앨범을 위해 회의를 주관했다. 그 사실이 강윤은 아직도 얼떨떨했다. 이 모든 게 아직도 꿈만 같았다.

하지만 입가에 느껴지는 달달한 커피 향은 이게 꿈이 아니라는 걸 깨닫게 해주었다.

'반드시, 반드시 성공하겠어!'

강윤은 창밖을 내다보며 커피를 음미했다. 그리고 단단히 결심했다. 이번에는 반드시 성공하겠다고.

다음 날.

강윤은 가수 주아와 단둘이 자신의 사무실에서 대면했다.

"……할 말 있으면 빨리 해요. 나 바빠."

주아는 직설적이었다. 그리고 강했다. 그러나 강윤은 날선 최고의 가수를 대하면서도 여유를 잃지 않았다.

'주아는 원래 성격이 모가 나 있지. 낯도 가리는 편이고. 하지만 한번 같은 편이라고 생각하면 끝까지 품는 스타일이야. 지금은 내가 같은 편이라는 걸 깨닫게 해주어야 해.'

하지만 그녀 나름대로 기준이 있었다. 그것은 능력이었다. 능력 없는 사람은 벌레 보듯 하는 사람이 바로 주아였다. 노래든 무엇이든 능력 없는 이는 옆에 두려고 하지 않았다.

"주아야. 노래 한번 해볼래?"

"노래요? 왜요?"

"내가 이래도 기획팀장이잖아. 네가 어떻게 노래하는지 한 번은 들어봐야 하지 않겠어?"

맞는 말이었다. 이런 말에는 안 들을 재간이 없었다. 주아는 결국 투덜거리며 자리에서 일어났다. 몇 번 목을 가다듬은 주아는 이내 노래를 시작했다.

"잊지 말아요~ 나의 이름을~ 그대는 나의~"

주아가 노래를 시작하자 그녀에게서 빛이 뿜어져 나오기 시작했다. 예의 노래하는 이에게서 나오는 빛이었다.

'목소리 좋다.'

노래는 분명히 좋았다. 누가 들어도 나무랄 데 없는 좋은 노래였다. 그러나…….

'회색?'

주아에게서 나오는 빛은 옅지만, 분명히 회색이었다. 아니, 슈퍼스타에게서 나오는 색이 회색이라니. 강윤은 저절로 인상이 찌푸려졌다. 주아도 뭔가 걸리는 게 있는지 이내 노래를 중단했다.

"크흠흠. 죄송해요. 다시 해볼게요."

잠시 기침을 하곤 주아는 다시 노래를 시작했다. 그러나 강윤은 다시 그녀에게서 회색을 보았다. 아니, 조금 전보다 오히려 더욱 짙었다. 회색의 빛은 방 안을 감싸고 이내 강윤까지 감싸 안았다.

'뭐야, 이 칙칙함은?'

회색빛이 닿자 마치 진흙을 묻힌 양 온몸에서 찐득한 느낌이 났다. 마치 펄에 빠진 것 같은 찐득함이 그를 묻어갔고 온몸을 죄여왔다.

"……여기까지 할게요."

강윤의 표정에서 불편함을 안 것일까. 노래가 끝나지도 않았음에도 주아는 노래를 중단했다. 그러자 끈적끈적한 회색빛은 거짓말같이 사라져 버렸다.

'말도 안 돼. 주아에게서 회색빛이라니.'

길거리 가수에게서도 맑은 흰빛이 났건만, 왜 주아에게서 회색빛이 나는 걸까. 강윤은 의문이 들었다.

"요새 무슨 일 있었어?"

"그런 거 없었는데요."

"그런데 노래가 왜 그래."

"제 노래가 어때서요."

"지금 그걸 말이라고 해? 지금 네 노래 최악이잖아. 목소리 하나 믿고 성의 없이 부르는 노래를 지금 노래라고 부르고 있는 거야?"

강윤은 화를 냈다. 주아에게 기대하는 기대치에 따른 실망감이다. 도도함은 좋았지만 지금 이런 노래를 부르는 가수에게 도도함은 사치였다.

"가볍게 불러보라 했지만 가수는 매 순간 최선을 다해야 하는 거야. 연습할 때도, 무대에 설 때도. 이건 연습생 때 귀에 못이 박히도록 배우는 거 아냐?"

"……."

"최고라고 항상 추켜세워 주니까 네 위치가 끝인 줄 알고 있어? 그럼 넌 거기까지야. 그런 너한테 기대를 걸고 기획을 덜커덕 맡은 내가 바보다. 여기까지 하자."

강윤은 진심으로 실망했다.

주아의 목소리는 특이했지만, 그 특이한 목소리를 개발해 자신만의 노래를 부르는 건 그녀의 실력이었다. 강윤도 그녀의 노래를 좋아했고 최고의 위치에서 내려오지 않고 항상 노력하는 그녀를 동경했었다.

그런데 이런 모습으로 만나다니, 실망이 이만저만이 아니었다.

"……다시 해볼게요."

"하지 마. 더 들어볼 것도 없어."

"제대로, 다시 해볼게요. 이번에 듣고 제대로 평가해 주세요."

주아는 무언가 단단히 결심했는지 자세를 바로 하고 목을 제대로 풀기 시작했다. 강윤이 팔짱을 끼며 무언의 승낙을 하자 그녀는 목소리를 내기 시작했다.

"내가 가진 그대는 이런 줄 알았는데~ 하지만 그대는~"

청량한, 맑은 소리가 방 안을 울리기 시작했다. 조금 전과는 확연히 다른 소리였다. 그리고 강윤의 눈에 빛이 보이기 시작했다.

'하얗다.'

하얀빛이었다. 회색은 온데간데없이 사라졌다. 탁하지 않은 하얀빛이 그녀에게서 나와 방 안을 은은히 비추며 강윤을 감쌌다.

'깃털 같군.'

하얀 깃털에 둘러싸인 기분이었다. 살짝살짝 간질이는 그런 기분이었다. 귀로 들으니 청량하고 눈으로 보니 밝았다. 그제야 강윤은 웃을 수 있었다.

"다른 사람들은 잘 모르던데. 바로 아시네요."

노래가 끝나고, 주아는 놀란 표정을 지었다.

"듣기에 거북했거든."

"맞아요. 처음에 부른 노래는 노래도 아니었죠. 메아리만도 못한 거지. 감정도 뭣도 없는 그냥 아무것도 아닌 소리죠."

"잠깐. 지금 날 시험해 본 거야?"

"명색이 내 대장이 되실 분인데, 나에 대해선 잘 알고 있어야 하잖아요."

주아의 당찬 모습에 강윤은 그저 헛웃음이 나올 뿐이었다.

"참 내. 그래, 그래. 그래서 평가해 보니까 어때?"

"합격 드리겠습니다."

"감사합니다만…… . 너, 일루 와. 어디서 팀장님을 시험해."

"악! 잘못했어요!"

강윤은 그대로 주아를 쥐어박았고 주아는 이내 아픈 시늉을 하며 낑낑댔다. 처음의 까칠한 모습은 온데간데없이 사라지고, 두 사람은 그렇게 순식간에 친해졌다. 주아의 인정을 받은 것이다.

"앞으로 잘 부탁해."

"저도 잘 부탁해요, 팀장 오빠."

"나도. 우리 잘해보자."

"하잇, 하잇."

강윤의 손을 잡은 주아는 장난스럽게 흔들며 파이팅을 외쳤다.

본격적인 프로젝트는 그렇게 시작되었다.

2화
일본을 휩쓸다

"일은 잘 진행되고 있나?"

원진문 회장에게 중간 보고서를 내러 간 강윤에게 질문이 날아들었다.

"네. 잘 진행되고 있습니다. 지금 곡 선정 중입니다."

"앨범 컨셉은 아직 나온 게 없겠군."

"앨범 이름은 정했습니다. 'Girls on Best'. 최고의 자리에서 빛나는 고고한 소녀를 상징합니다."

"끌어들일 팬이 남자는 아니겠군. 여성팬을 노리는 건가? 지금까지의 주아라면 오히려 남성팬에게 어필하는 게 쉬울 텐데. 위험할 수도 있겠어."

원진문 회장이 보고서를 한 장, 한 장 넘기며 고민했다. 그러나 강윤은 자신감 있게 주장을 펼쳤다.

"오히려 가능성이 있습니다. 현재 일본은 여성의 음악적 선택권이 넓은 편이 아닙니다. 기껏해야 남자 아이돌의 브로마이드나 앨범을 사는 정도죠. 그들의 동경을 이끌어낼 수 있게 하는 게 이번 앨범의 목표입니다."

"오히려 시기나 질투를 유발하지 않을까? 이방인인 데다가 한국 사람인데."

"주아라면 오히려 더 높은 곳에서 빛날 수 있습니다. 이미 주아를 지원할 화려한 무대들도 준비되어 있습니다."

원진문 회장은 중간보고를 들어도 걱정이 가시지 않는 눈치였다. 그러나 지금까지 전혀 들어본 적 없던 컨셉들과 팬층에 대한 이야기들에 흥미가 동하는 것도 사실이었다.

"어차피 전권은 자네에게 있네. 믿겠네. 다음 보고를 기다리지. 다음 보고는 이사회의에서 받도록 하겠어. 지금 보고서도 좋지만 그때는 프레젠테이션을 제대로 준비하도록 하게."

"알겠습니다."

강윤은 회장실을 나와 자신의 사무실로 향했다.

이미 그의 사무실은 각종 자료가 여기저기 널려 있었는데 서류들부터 여러 모니터, 게다가 집에도 가지 못해 옷가지들까지 엉망진창이었다.

"불안할 만도 하지. 하지만 통할 수밖에 없어."

도장을 받은 서류를 내려놓으며 강윤은 중얼거렸다.

강윤의 과거에 주아는 10대층을 노리고 일본에 진출했었다. 그러나 이상하게도 10대보다 20대, 30대 여성에게서 폭넓은 지지를 받았다. 귀엽다, 대견하다는 이유와 멋있다는 이유까지, 주아를 좋아하는 사람들의 이유는 이러했다. 그리고 결국 일본에서 10위권 내에 드는 성공을 거두었다.

그러나 지금 강윤은 10위권이 아니라 5위 안에 드는 것을 노리고 있었다. 처음부터 그녀가 통할 타깃을 노린다면 가능성은 높다.

'하지만 문제는 노래야. 원래 가져갔던 노래를 가져간다 해도 10위권일 게 뻔해. 이미 시작한 모험, 제대로 해봐야지.'

마이너스냐, 마이더스가 되느냐의 시작은 여기부터다.

과거에 했던 노래를 골라봐야 기존의 이야기만을 반복할 뿐이다. 물론 한국 가수가 일본 오리콘 차트에서 10위권 안에 드는 것도 대단한 일이지만 강윤은 욕심이 있었다. 기왕 시작한 거, 이 정도로는 만족할 수 없었다.

강윤은 예산안을 펼쳤다. 지금까지 30개가 넘는 곡들이 들어왔고, 그 노래들을 의뢰하는 데 엄청난 돈이 들었다. 게다가 앨범 자켓을 제작하는 비용하며 주아의 활동 비용에 기타 부대 비용까지…….

이번 앨범 제작 비용은 지금까지의 주아 앨범 제작 비용과 비교할 게 아니었다.

'돈을 물 쓰듯 쓰고 있구나. 스케일이 다르긴 다르네. 하하.'

강윤은 잠시 과거를 생각해 봤다. 100만 원을 쓰는 데도 골골대던 과거였다. 그러나 지금은 100만 원은 노래 한 곡 의뢰하는 비용도 충당하지 못했다. 숫자는 무시무시하게 획획 불어났고 이건 고스란히 책임감으로 다가왔다. 엄청난 예산만큼이나 책임감도 무겁게 다가왔다.

ㅡ팀장님. 주아 양이 왔습니다.

"들어오라고 해주세요."

한창 일에 몰입할 때, 로비에서 주아가 왔다는 연락이 왔다. 원래 바로 쳐들어오는 주아였지만 웬일인지 연락까지 구해왔다. 강윤을 위한 배려였다.

곧 주아와 매니저 강진성이 사무실에 들어왔다. 간단한 인사 후 앉은 세 사람은 이내 일 이야기를 시작했다.

"연습은 잘돼가?"

"메인 노래도 안 나왔는데 연습이 잘되겠어? 노래 언제 나와?"

"그렇잖아도 저녁에 가이드 곡 나온다고 했잖아. 왜 벌써 왔어?"

"빨리 들어보고 싶으니까 왔지. 몇 개나 나온대?"

"謎개."

"……오빠도 대단하다. 30개나 가이드를 만들라고 한 거야? 지완 오빠 죽어났겠네."

주아는 진심으로 놀랐다. 보통 가이드 곡은 메인 곡을 정해놓고 1~2개만 만드는 게 정석이다. 그런데 강윤은 30개 곡 모두의 가이드 곡을 만들어 놓은 것이다.

"앨범에 들어갈 곡 선별은 중요한 작업이니까. 지완 프로 듀서부터 모든 팀원들이 다 모일 거야. 너도 각오 단단히 하고 노래해야 해. 알았지?"

"아아. 걱정 말라고."

가이드 곡은 녹음하기 전, 사전에 다른 사람이 멜로디를 녹음하는 것을 의미한다.

멜로디를 녹음할 가수는 따라 부르기만 하면 된다.

보통 연습생들이 연습할 겸 많이 하는데 때론 친한 동료 가수가 하기도 한다.

"주아 컨디션은 괜찮습니까?"

강윤은 이번에는 매니저에게로 시선을 옮겼다.

"좋습니다. 너무 팍팍하게 식단을 운용하지 말라는 팀장님 말이 주효했습니다. 그랬더니 오히려 본인이 알아서 잘 관리를 하더군요."

"오빠가 오히려 날 더 잘 아는 것 같아. 믿어줘서 고마워."

"새삼스럽게."

가만히 내버려 두면 오히려 더 잘하는 사람이 있다. 그게 주아였다. 덕분에 강진성 매니저도 편했고 주아도 편하게 연습과 휴식에 집중할 수 있었다. 덕분에 두 사람의 컨디션은 지금 최고였다.

"근데 노래는 언제 오는 거야? 나 목이 근질근질하다고."

"그럼 가서 기다릴까? 여기 있는 것보다?"

"그러자고. 난 회의 스타일에 안 맞아."

주아는 바로 자리에서 일어나 지하에 있는 스튜디오라 앞장서서 내려갔다. 이런 행동력에 강윤과 강진성은 어깨를 으쓱였다. 활기찬 소녀의 매력이란 남자들을 웃게 만드는 법이다.

세 사람이 지하의 스튜디오로 내려가니 오지완 프로듀서와 그의 팀 직원들, 그리고 원진문 회장에 정장을 입은 여자까지 인산인해를 이루고 있었다.

"우리 면접 때 봤죠? 반가워요, 이현지입니다."

"사장님이시군요. 이강윤입니다."

면접 때 원진문 회장 옆에 앉아 있던 정장의 여성이 먼저 강윤에게 손을 내밀었다. 30대 중후반으로 보이는 여성이었다. 작은 키에 눈가에 약간의 주름살이 있었지만 아직도 미모를 자랑하는 여성이었다. 관리의 승리였다.

"이 사장도 오늘 주아의 곡 선정이 궁금해서 왔다고 하네. 나도 궁금해서 내려왔고 말이야. 뒤에서 보기만 할 테니 크게 신경 쓰지 말고."

저 말이 가장 무서운 말이다. 강윤은 알겠다고 말하곤 바로 일을 시작했다.

"PD님, 곡은 다 나왔습니까?"

"네. 바로 시작할까요?"

"주아야. 시작할까?"

주아는 말이 끝나기가 무섭게 부스 안으로 들어갔다. 부스 안에는 두꺼운 악보들과 헤드셋, 마이크까지 이미 세팅이 끝나 있었다. 이미 마이크까지 그녀에게 맞게 세팅이 되어 있어 다른 설정들은 필요가 없었다.

"그럼 시작해 보죠. 첫 번째 곡부터 틀어주세요."

스튜디오에서 주아의 노래가 흘러나오기 시작했다. 모두가 조용히 그녀의 노래를 듣기 시작했다.

"으으으으으음―"

아직 가사가 나오지 않은 멜로디만의 노래가 주아의 목소리를 타고 스튜디오를 울려 갔다.

'보인다. 흠……. 그냥 하얗네.'

하얀빛이다. 그러나 그냥 하얀색이었다. 은은한 맛이 없는 크레파스로 칠한 하얀색이었다. 강윤은 사람들을 돌아보았다. 그들도 큰 반응이 없었다.

"좋아. 다음 곡."

1절이 끝나고 이어 시작된 다음 곡. 그런데…….

'회색!'

혹시 몰라 강윤은 주아를 살폈지만 그녀는 최선을 다해 노래를 부르고 있었다. 그런데 회색이라니. 이건 노래와 주아와의 궁합이 맞지 않는 것이었다.

"스톱. 이건 아닌 것 같다."

강윤은 노래를 중단했다. 그러자 부스 안에서 주아도 고개를 끄덕였다.

"저도 별로예요. 이거."

"좋아. 다음 걸로 넘어가자."

이어 세 번째 노래가 시작되었다. 그런데 이번에는…….

'회색.'

"이것도 아닌 것 같다."

강윤은 또다시 커트했다. 그러자 이번에 나선 건 오지완 프로듀서였다.

"조금만 더 들어보는 게 어떨까요?"

"아닙니다. 노래가 주아와 맞질 않아요. 더 해봐야 소용이 없을 것 같네요."

"그래도 1절이 아직 안 끝났는데……."

그때, 부스 안에서 주아가 말했다.

"저도 이 곡 별로예요. 다른 거 하고 싶어요."

이쯤 되니 사람들도 슬슬 강윤에게 놀라기 시작했다. 마치 주아의 입장에서 노래를 듣는 것 같지 않은가. 이렇게 말이다.

'이번엔 흰색이군.'

1절이 끝났다. 그러나 강윤은 노래를 계속 진행시켰다. 2절 이후에 절정 부분이 있기 때문이다. 그런데…….

'흠……. 절정 부분이 회색이라니. 이건 편곡을 부탁해야 겠군.'

노래가 끝나고, 강윤은 마이크를 들었다.

"주아야. 이건 다시 편곡 의뢰 후에 다시 불러보자."

"네. 좋은 노래인데 아쉬워요."

주아와 마음이 연결될 사람처럼 강윤은 노래를 고르고 있었다. 그런데 더 놀라운 건 이 곡 선정에 흠이 보이지 않는다는 것이었다. 빠른 노래면 빠른 노래, 발라드면 발라드, 주아의 목소리가 입혀지면 좋은 노래와 나쁜 노래를 정확하게 강윤이 집어내고 있었다. 게다가 주아와도 의견이 통일되고 있고, 납득을 안 하려야 안 할 수가 없었다.

생각 외로 노래 선정 작업은 오래 걸리지 않았다. 노래를 전부 1번씩 불러보니 30곡에서 12곡을 선정하는 작업은 2시간 만에 끝이 났다.

"이 팀장. 노래를 보는 눈이 놀랍군요."

"감사합니다, 사장님."

"다음에 식사나 같이 해요. 그럼 나중에 봐요."

이현지 사장은 강윤에게 인사하곤 밖으로 나갔다.

"허허, 현지 저 친구가 저렇게 말을 하다니. 자네가 무척 마음에 드는 모양이군. 노처녀, 시집이라도 가려나."

"아니, 회장님. 그게 무슨……."

"하하하. 농담이네, 농담이야. 나도 오늘 곡 선정은 놀라

움 그 자체였어. 신이라도 내린 줄 알았네. 게다가 한 번으로 모두를 납득시키다니. 앞으로도 잘 부탁하네."

강윤이 당황하는 모습을 즐긴 원진문 회장은 강윤의 어깨를 한 번 두드려 주곤 밖으로 나갔다. 뒤이어 그를 따라온 직원들도 줄줄이 스튜디오를 빠져 나갔다. 남은 건 오지완 프로듀서와 주아, 매니저뿐이었다.

"수고하셨습니다. 이제 작사 작업을 한 후에 녹음을 하고 안무가 나와야겠네요."

강윤의 말에 모두가 고개를 끄덕였다.

"수고하셨습니다, 팀장님. 오늘 인상적이었습니다."

오지완 팀장도 한마디 했다.

"오빠. 대박. 우리 오늘 통한 거야?"

"통하기는. 그냥 네 입장에서 생각해 본 거지."

"이번 앨범, 느낌이 아주 좋아. 진짜 잘될 것 같다고."

"당연한 거 아냐?"

남아 있는 사람들과 잠시 대화를 한 강윤은 사무실로 올라갔다. 사무실에서 남아 있는 일들을 하고 나니 어느덧 밤 10시 반. 퇴근을 해도 한참 늦은 시간이었다.

강윤은 늦은 시간 지하철과 버스를 타고 퇴근을 했다. 집에 도착하니 다음 날이 되어 있었다.

"희윤아, 아직도 안 잤어?"

"오빠가 아직 안 왔잖아."

허름한 대문에 들어서니 희윤이 소리를 듣고 맨발로 마중을 나왔다. 그 모습에 강윤은 놀라 바로 손짓했다.

"빨리 들어가. 오늘 투석은 잘 했고?"

"걱정 마셔. 당연히 했지."

마당에서 찬물로 세수를 하고 바로 옷을 갈아입었다. 피곤해서 바로 이불을 깔고 누웠는데 문을 열고 희윤이 들어왔다.

"오빠."

"응? 희윤아. 왜?"

"3일 만에 보는 오빠 얼굴, 더 보고 싶어서."

그러고 보니 3일 만에 하는 퇴근이다. 시간 날 때마다 전화하긴 했지만 얼굴을 볼 때와는 느낌이 또 다르다. 강윤은 아차 싶었다.

"으구구. 그랬쪄요? 우리 동생?"

"그랬다. 왜?"

하얀 희윤의 얼굴이 오늘따라 더 하얘 보였다. 그러나 누구보다도 예쁘고 소중한 강윤의 동생이었다. 강윤은 일어나 동생을 안아주었다.

"오빠 이번에 일 잘되고 있어. 잘되면 희윤이 병도 고쳐주고, 좋은 집도 사고 그러자."

"난 괜찮아. 난 그냥 오빠가 있는 것만으로도 행복한걸."

"나도 희윤이가 있는 것만으로도 행복해. 그러니까 우리

더 행복해지자."

키는 크지만 새하얗게 마른 희윤, 동생을 볼 때마다 강윤은 마음이 아파왔다. 그러나 그 동생을 지금 안아줄 수 있다는 게 그는 행복했다. 이 행복을 지키고 싶었고 더더욱 키워가고 싶었다.

그날 밤, 강윤은 동생을 끌어안으며 마음먹었다. 이 소소한 행복을 더더욱 키워가기로 말이다.

그러기 위해선 먼저.

일본. 일본을 휩쓸어야 했다.

밤을 새울 각오로 단단히 준비하고 간 주아였지만 곡 선정이 이렇게 빨리 끝날 줄 몰랐다. 덕분에 주아는 숙소에 매우이른 시간에 귀가할 수 있었다.

"수고했어요, 진성 오빠."

"주아도 수고 많았어."

매니저가 차를 타고 가자, 주아도 바로 숙소로 들어갔다.

혼자 쓰기에는 매우 넓은 숙소 안은 화려하고 깔끔했다. 주아는 바로 소파로 조르르 달려가 철푸덕 누웠다. 이른 귀가 덕에 누리는 소파 위에서의 휴식은 주아에게는 귀한 사치품과 같았다.

'일 진짜 잘하네, 그 오빠. 오늘 엄청 싸울 각오하고 갔는데.'

넓은 소파 위를 뒹굴거리며, 주아는 오늘 하루를 돌아봤다.

곡 선정은 말 그대로 전쟁이다. 프로듀서나 기획자, 가수 모두가 각자의 입장에서 곡을 고르기 때문에 말도 많고 탈도 많았다. 그런데 단 2시간 만에 곡 선정이 끝나 버렸다. 그것도 모두가 만족하는 결과로 말이다. 이런 평온한 선정은 5년 간의 가수 생활에서 단 한 번도 없었다.

오늘 30곡 정도의 많은 노래를 불렀지만 이상하게 목이 쉬지도 않았다. 그 정도 노래를 불렀으면 목이 쉬거나 아픈 게 정상이건만. 이건 곡 선정을 빠르고 정확하게 한 강윤 덕분이었다. 곡의 느낌을 빠르게 캐치하고 주아와 맞는 곡을 찾아낸 덕에 앨범에 수록될 곡들을 빠르게 찾아낼 수 있었다.

'진짜 굉장한 기획가를 만난 것 같단 말이야. 결과가 나와 봐야 알겠지만. 마음이 아주 편안해. 이런 느낌은 처음인데?'

무슨 일을 해도 모두 커버가 될 것 같은 느낌. 어떤 노래를 한다 해도 지금 이 기획자는 어떻게든 다 알아서 해줄 것 같았다.

'좋아.'

주아는 결심했다.

이번 앨범에서 그동안 해보지 못했던 음악들을 마음껏 해보자고. 그동안 욕심냈던 모든 것을 펼쳐 보자고.

"그럼 안녕히 다녀오세요, 오라버니."

"징그럽게. 오늘 학교는 안 가?"

"오늘 일요일이야."

모두가 쉬는 날이지만 강윤은 출근을 위해 대문을 나섰다. 희윤이 강윤에게 힘내라며 마중 나와 주었다.

"집에서 잘 쉬어. 괜히 학교 가면 안 된다?"

"알았어……."

강윤의 당부에 희윤이 뒷말이 흐렸다. 평일의 자율학습도 채우지 못하는 희윤이었다. 일요일 자율학습 참석은 어불성설이었다. 이제 고3인 희윤은 아쉬움을 감추지 못했지만 강윤은 단호했다.

"오빠 간다."

"잘 다녀와. 차 조심하고."

강윤은 버스와 지하철을 타는 긴 여정을 거쳐 회사로 출근했다.

나들이를 나온 가족들과 연인들로 지하철은 이미 인산인해였다.

'이번 일 끝나면 희윤이랑 어디 놀러 가야겠다.'

가족들끼리 나란히 앉아 나들이 가는 풍경을 보며 강윤은 그렇게 다짐했다.

지난 생애 희윤을 지키지 못한 게 당연히 마음에 남아 있었다. 성공도 중요했지만 무엇보다 소중한 건 뭐니 뭐니 해도 희윤이었다.

강윤은 회사에 도착해 바로 지하 스튜디오로 향했다.

"안녕하십니까, 팀장님."

"안녕하세요, 지완 PD님. 다들 안녕하세요?"

그곳에는 이미 프로젝트에 참여하는 모두가 기다리고 있었다. 일요일에 불려나온 이들의 기분이 좋을 리 없었지만 지금은 중요한 프로젝트 기간이었다. 아무도 이의를 제기하지 않았다.

간단한 티타임을 가진 후 바로 일이 시작되었다.

곡이 선정되었으니 본격적으로 앨범 컨셉에 대한 논의가 시작됐다. 이미 작사까지 완료되어 나온 곡들도 있었고 안무까지 완료된 완성곡들도 있었다. 강윤은 이런 곡들을 모아 순서를 정하고 홍보팀과 홍보 전략들을 논의했다.

모두가 점심도 먹지 못하고 일은 계속되었다. 처리해야 할 일들이 매우 많았다. 그러나 아무도 점심에 대한 이야기를 하지 못했다. 결국 한 직원의 배에서 꼬르륵 소리가 나자 그때서야 중국집에서 배달을 시켰다.

점심시간은 길지 않았다. 식사 후, 전략을 비롯해 각종 일이 처리되었다.

강행군이었지만 누구도 불만을 제기하지 않았다. 오늘의 일들은 앞으로의 방향을 결정하는 매우 중요한 일이었기 때문이었다.

"수고하셨습니다."

모든 업무가 끝나고 강윤이 모두에게 인사를 할 즈음 사방이 어두워졌다. 해가 늦게 지는 여름밤이었다. 모두가 그제야 지친 몸을 이끌고 차에 올라 귀가했다.

사람들이 모두 가고 나서야 강윤도 사무실을 나섰다. 팀장이란 이런 모범을 보여야 한다는 생각에 가장 늦게 나가는 강윤이었다..

"어? 아저씨?"

강윤이 회사 근처 편의점을 지나고 있는데 누군가가 자신을 부르는 소리가 들려왔다. 돌아보니 늘씬한 다리를 그대로 드러낸 핫팬츠를 입은 정민아였다.

"너 정민아?"

"너 정민아. 그게 뭐예요. 정민아면 정민아, 민아면 민아지. 너 정민아? 에에이."

민아는 앉아서 손을 흔들면서도 당돌했다. 그러나 강윤은 그게 그녀 나름대로의 스타일인 걸 잘 알았다. 그는 다가가서 의자를 빼고 앉았다.

"연습은 옛날에 끝났을 시간인데?"

"개인 연습했어요, 개인 연습. 또 담배라도 태웠을까 봐요?"

"난 아무 말도 안 했다. 제 발 저린 거야?"

"아닌데요?"

정민아 특유의 투덜거리는 말투는 딱 10대 날 선 사춘기 소녀와 같았다. 강윤에겐 그런 정민아가 귀엽게 느껴졌다. 마치 말 안 듣는 동생을 보는 느낌이었다. 항상 얌전하고 약한 희윤만 보다가 활기차고 기센 정민아를 보니 새로운 느낌이었다.

"알았다, 알았어. 연습 많이 했어?"

"많이야, 뭐……. 그럭저럭?"

"뭐야. 시시하게. 한창땐데 많이 해야지."

"아, 많이 했어요. 제 입으로 많이 했다고 말하긴 그렇잖아요. 아무튼 다시 가수반에 들어가야 하니까……. 아저씨 말대로 이대로 포기할 순 없잖아요? 여자가 가오가 있지."

가오라는 말에 강윤은 웃음이 나오고 말았다.

"풋. 그래, 가오가 있지. 열심히 연습해. 그럼 꼭 잘될 테니까."

강윤은 그녀의 어깨를 툭툭 두드려 주곤 자리에서 일어났다. 그런데 그런 그의 팔을 그녀가 붙잡았다.

"아저씨."

"왜? 더 할 말 있어?"

"정말 제가 할 수 있을까요?"

힘이 있다가 없다. 마치 조울증에 걸린 사람 같은 정민아의 어깨를 양손을 잡은 강윤은 힘 있게 말했다.

"당연히. 여기서 안 되면 다른 곳으로 가버렷. 여기가 사람 보는 눈이 없다는 거니까."

"……."

"내가 보장한다. 넌 반드시 멋진 가수가 될 거야. 반드시."

강윤은 손에 힘을 강하게 주었다. 강한 확신을 주고 싶었다. 강윤이 아는 미래에선 그녀는 멋진 가수가 되니까, 확신을 가지고 말할 수 있었다. 근거 있는 말은 힘이 있는 법이다.

"……아저씨."

"왜?"

"아파요."

"아, 미안."

그제야 강윤은 어깨를 잡은 손을 놓아주었다. 저도 모르게 나온 행동이 민망해 헛기침을 하는 강윤에게 정민아는 말했다.

"고마워요. 그때도 그렇고 지금도 믿어줘서……."

"난 내 느낌대로 말한 것뿐이야. 사심 없는 평가라고."

"하하하. 그러니까 더 좋은데요? 내가 잘되면 아저씨를 팬 1호로 삼아줄게요."

"그래그래. 꼭 그렇게 되려무나. 알겠지?"

강윤은 그녀의 등을 한 번 두드려 주고는 저 멀리 오는 버스를 타기 위해 달려갔다. 정민아가 뭐라 말을 하기 위해 일어났지만 강윤은 쌩하니 달려가 버렸다.

'쳇. 더 이야기하고 싶었는데……. 아무튼. 멋지네. 저 아저씨.'

그의 넓은 등이 사라질 때까지, 정민아는 한참을 강윤이 사라진 방향에서 눈을 떼지 못했다.

♪ ♩ ♪♩♩♩♩ ♪

주아의 앨범 제작은 순조로웠다.

곡 선정이 끝나자 작사 작업은 일사천리로 진행되었다. 이미 내로라하는 작사가들에게 의뢰도 했고 작곡가들이 작사 작업을 같이 하는 경우도 많아 크게 문제는 없었다. 다만 일본에 낼 앨범이라 문화와 정서, 발음 문제를 살펴야 했기에 강윤은 검토하고 또 검토해야 했다.

'이걸 일본인들이 잘 받아들일 수 있을까?'

매니저 시절, 일본도 자주 왔다 갔다 한 강윤이었다. 그래서 일본어는 수준급으로 구사할 수 있었다. 덕분에 일본 가사들도 잘 읽을 수 있었다.

강윤이 보기에 주아의 노래 가사들은 대체로 무난했다. 호불호가 갈리는 특이한 가사보다 지금은 무난한 가사가 최적이었다. 그는 가사를 계속 검토하며 주아와 이야기를 나누곤 이상 없으면 통과시켰다.

그렇게 검수 작업이 끝나고 드디어 녹음 일이 되었다. 오지완 프로듀서를 필두로 MG엔터테인먼트의 스튜디오 에이스가 모두 모여 이번 앨범에 힘을 기울였다.

주아도 그동안 갈고닦은 일본어 실력을 뽐내며 자칫 우습게 들릴 수 있는 일본어 녹음에 심혈을 기울였다.

'흠⋯⋯.'

부스 안에서 한창 노래에 힘을 쏟는 주아에게선 은은한 빛이 비쳤다. 은은한 빛은 스튜디오를 가득 메웠고 스튜디오 사람들은 대체로 만족하는 분위기였다.

"주아야. 여기부터 한번 다시 해볼까. 아이— 이 부분 말야."

"네."

후렴 부분을 다시 요청한 오지완 프로듀서의 말에 재녹음이 시작되었다. 이미 이마에 땀이 송골송골 맺힌 주아는 목이 터져라 후렴을 외쳤다. 그런데 그때였다.

'회색!'

주아에게서 회색빛이 피어올랐다. 회색빛은 흰빛에 미묘하게 뒤섞여 일렁이고 있었다. 주아가 강조를 위해 힘을 주면 줄수록 회색빛은 더더욱 파도처럼 주변을 넘실거렸다.

"좋아. 이 정도면 되겠어. 넘어갈까?"

그런데 오지완 프로듀서는 만족했는지 다음 부분을 요청했다. 다른 이들도 뭐라 말을 꺼내는 이가 없었다. 그동안 회색이 나타나면 다른 사람들에게도 악영향을 미쳤건만 지금은 이상하게 영향을 미치지 못했다. 강윤은 당황스러웠다.

'뭐지? 이건?'

강윤은 고민했다. 이젠 눈에 보이는 음악을 의심하지 않았다. 분명, 회색은 강한 악영향을 미친다. 그런데 사람들은 반응이 없었다. 강윤은 고민되었다. 이를 어떻게 해야 할지……. 게다가 녹음은 프로듀서의 고유 권한이며 자부심이다. 아무리 그가 기획팀장이지만 그런 권한을 침범하는 건 그리 좋은 판단은 아니다.

'하아…….'

강윤은 고민했다. 과연 이걸 어떻게 해야 할까. 그냥 넘어가야 할까? 아니면 다른 수단을 써야 할까? 잠시 시간이 지났지만 누구도 이상함을 느끼지 못했는지 아무도 나서는 이가 없었다. 결국 망설이던 강윤은 단호하게 결정을 내렸다.

"아니, 한 번만 다시 해보죠."

강윤의 말에 권한을 침해당한 오지완 프로듀서를 비롯해 모두가 놀람과 의아한 눈빛을 강윤에게 쏘아 보냈다. 그러나 강윤은 확신에 찬 눈으로 모두를 바라보았다.

"물론 지금도 좋습니다. 그래도 한 번만 더 해봅시다. 오 PD님, 제 생각엔 좀 더 좋은 작품이 나올 것 같은데."

"팀장님이 그렇게 말씀하신다면야……."

오지완 프로듀서는 떨떠름하게 반응했지만 크게 나쁘다

생각하지 않는 눈치였다. 강윤이 못한다는 말을 하거나 무시한 건 절대 아니기 때문이었다. 오지완 프로듀서가 수긍을 하자 곧 강윤은 마이크를 들었다.

"주아야. 한 번만 더 해줄 수 있겠어?"

"OK."

주아의 허락도 떨어지자 강윤은 바로 사인에 들어갔다. 이번에는 강윤이 가볍게 참견을 했다.

"팀장님. 주아의 목소리가 조금 큰 감이 있는 것 같습니다. '스테'를 말하는 데 발음이 가볍게 떨리네요. 이 부분을 수정해 주면 좋을 것 같습니다."

"그렇습니까? 저 부분은 음이 높으니까, 하이톤을 약간 조절해서 잡아볼까요?"

"그건 오 PD님이 더 잘 아시는 부분이니까 맡길게요."

물론 직접적으로 지시를 해도 되지만 강윤은 세세히 나서지는 않았다. 프로듀서들은 본질적으로 예술을 하는 사람들이다. 프라이드가 강한 그들에게 일일이 지적하는 건 좋지 않다. 이미 10년분의 경험치가 쌓여 있는 강윤은 이런 부분을 잘 알았다.

오지완 프로듀서가 톤을 조절하며 녹음이 진행되었다. 주아는 눈을 감고 자신의 노래에 심취했고 사람들도 스피커를 통해 나오는 그녀의 노래를 감상하며 저마다 필요한 것들을 기록해 나갔다. 저마다 컨셉을 잡기도, 홍보에 대한 생각을 하기도 하며 각자의 일을 해나갔다.

'휴. 이제 회색이 사라졌네.'

강윤은 일렁이던 회색이 사라진 것을 보며 안심했다. 주아에게서 은은한 하얀빛이 점점 강해지는 것을 보자 강윤은 그제야 안도의 한숨을 쉬었다.

"아니, 이렇게 좋아질 걸 왜 그냥 넘어갔지? 팀장님, 아까보다 100배는 나아졌는데요. 이거 팀장님께 한 수 배웠습니다."

녹음이 끝나자 오지완 팀장은 모자를 벗으며 머리를 긁적였다. 언제나 녹음은 아쉬움이 남게 마련이다. 오늘과 같이 이런 시원한 만족감이 드는 작업은 드물었다. 그동안 주아의 앨범을 녹음해 온 그였지만 오늘과 같은 일은 처음이라 그는 멋쩍게 웃었다. 주아의 목소리에 대해선 가장 잘 안다고 생각했었는데……. 그는 제대로 승복했다.

"아닙니다. 전 수저만 얹었습니다. 오 PD님이 잘해주신 거죠. 이번 곡은 확실히 느낌이 좋네요. 잠시 쉬었다가 시작할까요?"

"그럴까요? 자자. 모두 쉬자, 쉬어."

오지완 프로듀서가 휴식을 선언하자 각자의 위치에서 기계를 조작하던 스튜디오 직원들은 쾌재를 불렀고 다른 직원들도 모두가 만세를 부르며 밖으로 나갔다.

"커피 한잔하겠나?"

원진문 회장은 한쪽 구석에서 서류들을 보고 있는 강윤에게 캔 커피를 내밀었다.

"감사합니다, 회장님."

"다들 쉬는데 자네는 손에서 일을 안 놓는군. 실례해도 되겠나?"

"괜찮습니다. 앉으시죠."

원진문 회장이 옆에 앉자 강윤은 보고 있던 서류들을 덮었다.

"자네에 대한 소문을 알고 있나?"

"소문 말입니까?"

"워크맨. 휴게실에서나 사무실에서나 어디에서나 서류를 끼고 다닌다고 소문이 났지. 그래서 사람들이 워크맨이라고 부른다네."

"마이마이보다 낫군요."

강윤은 피식 웃었다. 열심히 일한다는 의미니 듣기 나쁘진 않았다.

"이제 자네가 들어온 지 4개월째인가?"

"벌써 그렇게 되었군요. 여름에 들어왔으니. 올해도 얼마 남지 않았습니다."

"그렇지. 앨범은 언제 나오나?"

"12월을 생각하고 있습니다. 2번째 주죠."

"이번 달까지 쳐도 두 달도 남지 않았군. 바쁘겠어. 내년에 발매해도 상관없지 않나? 꼭 올해에 발매해야 하는 이유가 있나? 이번 크리스마스 시즌을 노리는 것 같은데, 그렇다면 일본 대형 가수들과 경쟁하게 될 거야."

일본의 대형 가수들과 경쟁하게 되면 싸움이 되겠나? 그의 말은 이런 의미였다. 그러나 강윤은 자신 있게 말했다.

"괜찮습니다. 오히려 그때 발매를 해야 성과를 거둘 수 있습니다."

"이유를 물어도 되겠나?"

강윤은 잠시 머뭇거렸다.

'회장님 말대로 그때 대형 가수 둘이 나온다. 남자 아이돌 그룹 에이든과 여자 아이돌 하이드레아. 그런데 이 둘의 리더끼리 스캔들이 터지지. 그것도 호텔 앞에서 둘의 사진이 찍히는 초대형 스캔들이지. 그래서 크리스마스 마케팅을 거하게 말아먹고 컴백 스테이지도 미루게 되지. 이때 이 두 그룹이 나온다고 생각하고 컴백을 피한 가수들이 모두가 벙쪄 있다가 부랴부랴 컴백을 하지만 올 크리스마스 가요계는 제대로 공석이 되고 말아. 이 빈 부분을 치고 나가는 거야.'

강윤의 전략은 이랬다. 물론 스캔들을 직접 제보하거나 하는 노이즈 전략은 사양이었다. 그건 장기적으로 마이너스였다. 적을 만드는 건 미래를 위해 결코 좋은 선택이 아니니 말이다. 아무튼 남에게 이런 미래를 안다고 말할 순 없고, 미래를 안다고 말해봐야 미친놈 소리밖에 더 듣겠나.

"설마 에이든 같은 그룹하고 경쟁하자는 건 아닐 테고. 20대와 30대 여자들이 팬 층이니 상관없다는 건 아닐 테지? 흠. 나야 어차피 자네에게 전권을 위임했으니 할 말은 없지만. 최종 보고를 하는 이사회의에서는 이유를 들었으면 하는군. 그럴 수 있겠나?"

"알겠습니다."

"기대하겠네. 난 지금 기대가 매우 커. 진심이야."

궁금하지만 지금은 참겠다. 대신 그때 납득할 만한 결과를 기대하겠다. 원진문 회장의 숨겨진 진의는 이랬다. 기대감 섞인 압박이었다.

원진문 회장은 자신 있는 대답에 만족했는지 강윤의 팔을 툭툭 쳐주고는 자리에서 일어났다.

"회장은 회장이네. 부담을 이런 식으로 주고."

강윤은 저 멀리 가버린 원진문 회장의 뒷모습을 보며 툴툴거렸다. 윗사람은 언제나 불편한 법이다. 그는 다시 녹음을 위해 스튜디오로 향했다.

주아의 앨범녹음은 오랜 시간 계속되었다. 강윤에게 보이는 빛은 하얀빛이었지만 간간히 회색빛도 일렁였다. 발음의 문제부터 목소리, 기타 마이크의 문제 등등 회색이 보이는 이유는 다양했다. 사소한 문제가 일어났을 때는 오지완 프로듀서가 나서 해결했고 강윤도 간간히 조언을 하며 노래가 완성되어 갔다.

1곡의 녹음이 더 끝났을 때는 이미 새벽이었다.

"수고하셨습니다……."

온몸에 땀이 절어 나온 주아는 힘없는 목소리로 부스를 나왔다. 그녀뿐만 아니라 모두가 지쳐 있었다.

"수고하셨습니다. 오늘은 여기까지 합시다."

강윤이 선언하자 모두가 쾌재를 불렀고 스튜디오 사람들은 누가 먼저 할 것 없이 썰물같이 퇴근했다.

"수고하셨어요. 에효. 내일 난 녹음 못 해……."

"고생했어. 목 많이 안 좋아?"

"아니. 그런 건 아닌데 에너지를 너무 많이 썼어. 이런 적은 처음이야……."

강윤이 물을 건네며 묻자 주아는 물을 벌컥벌컥 들이켜곤 답했다.

"내일은 쉬고, 모레 다시 녹음하자. 오 PD님도 내일은 쉬시고 모레 다시 작업 시작합시다."

"그래도 되나요?"

"우리 일은 효율이 중요하니까요. 쉴 땐 푹 쉬고 다시 힘차게 시작합시다."

그러자 오지완 프로듀서는 초췌한 안색으로 만세를 외치곤 옷가지를 챙겨 바로 달려 나갔다. 요즘 집에도 못 들어간 불쌍한 사람이 바로 그였다. 이런 중간 휴식은 그야말로 꿀맛 같았다.

　"오빠, 원래 이럴 때는 더 조여야 하는 거 아냐? 원래 다들 그러던데."

　"그래 봐야 무슨 효율이 나온다고. 피곤하게 일만 해봐야 효율이 안 나와. 그리고 사람은 쉬어야 다시 일할 에너지도 얻는 거지. 무식하게 일만 한다고 일을 잘하는 게 아니라고."

　"오오. 그런 거야? 여태까지 일했던 사람들하고 많이 다르네?"

　"내가 어떤데?"

　"마음이 편안해. 다른 언니들도 오빠들도 그렇게 말해. 그렇다고 무시하는 건 아냐. 알지?"

　지금까지 앨범을 기획한 기획자들은 모두 일에 미친 중독자들이었다. 그러나 강윤은 달랐다. 물론 그 스스로는 일을 무척 많이 했다. 하지만 직원들에게 일을 강요하지 않았다. 직원들이 마음 편히 일을 하니 일에 능률이 좋았다. 주아가 느낀 강윤은 그랬다.

　"좋게 말하면 좋은 거지. 주아야, 늦었다. 이제 들어가."

　"알았어, 알았어. 오빠. 이번 앨범이 어떻게 끝나든 우리 꼭 같이 일해. 이거 농담 아냐. 알았지?"

"알았다. 빨리 들어가."

"진짜야. 약속이다!"

주아는 강윤이 진심으로 마음에 들었다. 지금까지 자신을 치켜세워 준 이는 많았지만 이렇게 제대로 알아주고 이끌어 주는 이는 강윤이 처음이었다. 이 사람이라면 성공이든 실패든 납득할 만한 결과를 만들어낼 수 있을 것 같았다.

강윤에게 손을 흔들며 주아는 그녀를 데리러 들어온 매니저에 이끌려 바로 숙소로 향했다.

"나도 퇴근해야겠다."

매우 늦은 시간, 강윤은 늦은 귀가를 서둘렀다.

♪ ♩♪♩ ♪♫♩ ♩♪

아침이 밝았다.

바로 출근을 해야 했지만 강윤의 출근 시간은 늦어지고 있었다.

"오빠, 난 괜찮으니 출근하라니까."

병원 침대에 누워 혈액투석을 하고 있는 희윤은 제시간에 출근도 하지 못하는 오빠가 걱정스러웠다. 그러나 강윤은 그런 동생의 머리를 매만지며 웃었다.

"오늘은 보호자랑 같이 병원에 오라 했잖아. 오빠가 당연히 와야지."

"하지만 오빠 바쁘잖아. 어제도 새벽에 들어오고."

"어허."

강윤은 손가락을 희윤의 입술에 댔다. 더 이상 말을 하지 말라는 의미였다.

"아무리 일이 중요해도 희윤이 너만큼 중요한 건 없어. 너는 그냥 건강해지면 되는 거야. 알겠니?"

"알았어. 미안해……."

"또또. 너 미안하다는 말 하지 말랬지?"

"알았어. 안 그럴게."

혈액투석을 하면 4~5시간은 움직일 수 없다. 얼굴도 더 창백해진다. 가뜩이나 새하얀 동생이 더더욱 아파 보이는 모습을 보면 강윤의 마음은 더더욱 미어진다. 그러나 그는 약한 모습을 보이지 않았다. 희윤이 자신의 이런 모습을 보면 눈물을 보이니…….

"오빠, 나 졸리다. 잠깐만 잘게."

희윤이 잠에 들자 강윤은 의사에게로 향했다.

"수치가 많이 안정되었습니다. 투석 일자도 정확히 지켜주시고 있고 무엇보다도 희윤 양이 스트레스를 받지 않는 게 수치 안정에 큰 기여를 한 것 같습니다."

의사가 보여주는 그래프들을 강윤은 꼼꼼하게 살폈다.

동생의 일이다.

의학적 지식이 전무하더라도 강윤은 뭐가 좋고 나쁜지 확

인할 정도는 되었다.

"약 꼬박꼬박 챙겨주시고 투석 일자 지켜주시고⋯⋯."

의사의 말은 여느 때와 크게 다르지 않았다. 일자, 약 빼
먹지 말라는 것이 핵심이었다. 그러나 여느 때와 다르게 희
망적인 건 희윤의 상태가 좋아지고 있다는 말이었다. 강윤은
그 말만으로도 마음이 편안해졌다.

강윤은 다시 병실로 돌아왔다. 희윤은 편안한 얼굴로 잠들
어 있었다.

'걱정 마. 이번에는 절대로 허무하게 보내지 않을 테니까.'

희윤의 하얀 얼굴을 보며 강윤은 다짐, 또 다짐했다.

무슨 일이 있더라도 희윤은 지켜내겠다고.

"늦어!"

막바지 녹음이 한창 진행되고 있는 스튜디오, 강윤이 늦게
도착하자 미리 도착해 쉬고 있던 주아가 소리를 질렀다.

"미안. 녹음은 잘하고 있었지?"

"오늘만 봐준다. 내가 누군데 그런 걱정을 해. 그런데 우
리 팀장님은 왜 늦으셨을까?"

언제나 누구보다 먼저 와 일을 준비하던 강윤이었다. 그런
데 그런 강윤이 지각이라니. 주아는 이유가 궁금해졌다.

"중요한 일이 생겨서. 미안. 녹음한 거 한번 들어보자."

주아는 궁금한 눈치였지만 강윤을 캐묻지는 않았다.

강윤의 말에 스튜디오 직원이 바로 녹음된 노래를 재생했다. 발라드 곡이었는데 느린 비트에 주아의 목소리가 딱 어우러져 흘러가는 감성이 듣기 좋았다. 색을 볼 순 없었지만 떨려오는 목소리하며 가사를 전달하는 솜씨하며 멋들어진 곡이었다. 강윤은 만족스러웠다.

"노래 좋지?"

"괜찮네. 이제 1개만 녹음하면 되나?"

"응. 아, 맞다. 오빠. 나 궁금한 게 있는데……."

주아가 몹시 궁금한 얼굴로 강윤에게 물었다.

"나 일본 데뷔 첫 무대는 어디야? 쇼케이스 무대 마련해 주는 거야?"

일반적으로 일본에서 진행하는 한국 가수들은 홍보 차원에서 '우리 이런 가수가 일본에서 활동해요'라는 의미로 쇼케이스 무대를 거하게 꾸미곤 했다. MG엔터테인먼트의 쇼케이스는 화려하기로 유명했다. 이 화려한 무대를 계기로 관계자들에게 인사도 하고 앨범도 여기저기 뿌린다.

"아니. 쇼케이스는 안 열 거야."

"에엑?"

강윤의 그 말에 놀란 건 주아뿐만이 아니었다.

스튜디오의 대부분 사람들이 강윤의 말에 놀랐다.

그러나 강윤은 궁금증을 풀어주지 않았다.

"지금은 쇼케이스는 하지 않는다고 알아둬."

"그럼 어디서 데뷔하는데?"

"금방 알게 될 거야. 알면 놀랄지 모르겠네."

"뭐야. 궁금해지게. 오빠, 오빠!"

강윤은 스튜디오에서의 볼일이 끝났는지 문을 열고 사무실로 향했다. 그런 그를 주아가 열심히 불렀지만 강윤은 돌아보지 않고 그대로 사무실로 올라가 버렸다.

오전을 희윤의 병원에서 보낸 터라 강윤은 일이 무척 밀려 있었다. 사전에 일을 많이 처리하긴 했지만 그의 결재를 바라는 서류들은 여전히 수북이 쌓여 있었다. 특히 홍보팀에서 올라온 서류들이 많았다.

홍보팀이 올린 서류들을 꼼꼼히 결재한 강윤은 이번에는 섭외팀에서 올린 서류들을 열었다.

'뭐? 정중히 거절?'

섭외팀이 올린 서류들을 검토하다가 강윤은 눈살을 찌푸렸다. 문서에는 뮤직 스테이션 '가수 주아 데뷔 스페셜 무대 거부'라고 적혀 있었다.

-귀사에서 요청하신 가수 주아의 뮤직 스테이션 출연 건에 관하여 답변드립니다. 뮤직 스테이션은 온전히 일본인들만을 대상으로 하고 있어 외국인 가수를 들이기에는 부담이 무척 큽니다. 자

사 방송의 취지를 온전히 보호하기 위함이니 귀사의 양해를 부탁드립니다. 관심을 가져주셔서 감사드립니다. 아사이TV 프로듀서……

쇼케이스마저 포기하고 마련하려는 뮤직 스테이션 무대다. 그곳에서 주아의 첫 스타트가 개시된다. 그런데 거절이라니. 그러나 강윤은 멈춰 있지 않았다. 그는 바로 섭외팀으로 달려갔다.

"팀장님, 오셨습니까?"

섭외팀 한정석 과장이 일어나 강윤을 맞았다.

"안녕하세요. 이게 아사이TV에서 온 최종 답변입니까?"

"네. 죄송합니다. 일본까지 찾아가 최선을 다했습니다만……."

"가죠."

"네?"

"여권 있으시죠?"

"네, 물론 있습니다만……."

"오늘 밤 비행기로 출국합니다. 긴급 출장입니다. 경리부에는 제가 연락해 놓겠습니다."

"팀장님!"

그는 어제 막 귀국했다. 또 일본에 가고 싶지 않았던 한정석 과장이 기겁을 했지만 강윤은 받아주지 않았다.

"과장님. 이게 핵심입니다. 이 건에 이번 프로젝트의 성공 여부가 걸려 있다 해도 과언이 아니란 말입니다."

"네……. 알겠습니다."

결국 강윤의 박력에 밀린 한정석 과장은 자리로 돌아가 출장 준비를 했다. 이렇게 급작스러운 출장은 아무리 변수가 많은 연예계라지만 매우 드물었다. 그는 우울해졌는지 어깨가 추욱 처졌다.

강윤도 바로 사무실로 돌아가 일본으로 갈 채비를 서둘렀다. 강윤의 마음은 조급했다.

밤 비행기로 도쿄 하네다 국제공항으로 날아오른 강윤은 아사이 방송국이 있는 롯본기로 향했다. 하늘을 날고, 차를 타서 롯본기에 도착하니 어느새 해가 뜨고 있었다.

"팀장님. 피곤하지 않으십니까?"

이제 40대에 근접한 한정석 과장은 체력에 많은 부담을 느끼고 있었다. 비행기 안에서 잔다고 잤지만 피곤함이 눈가를 덮고 있었다.

"아침부터 가봐야 문전박대만 당하겠지요. 숙소부터 잡고 잠깐 쉴까요?"

한정석 과장은 속으로 안도의 한숨을 쉬었다. 나이만 먹었지 체력도 없다고 박대나 당하지 않을까 걱정하고 있었다. 그런데 그런 타박은 없었다. 오히려 그런 자신을 알고 미리 배려해 주고 있었다. 비록 자신보다 나이는 많지 않지만 배려심 깊은 이런 팀장이 고마웠다.

근처 작은 여관에 여장을 풀고 샤워를 한 후 잠시 쉰 강윤과 한정석 팀장은 영업을 위해 제대로 복장을 갖췄다. 정장을 제대로 차려입고 서류도 완벽히 준비했다. 그리고 아사이 TV 건물로 향했다.

[안녕하십니까. 무슨 일로 오셨습니까?]

[요코제키 타츠시 프로듀서님을 만나러 왔습니다.]

강윤은 방송사 로비로 들어가 안내데스크로 가서 이야기를 했다.

[사전 약속이 돼 있으신지요?]

[한국 MG엔터테인먼트에서 왔다고 전해주시겠습니까?]

안내데스크 직원은 바로 전화기를 들고 통화를 했다. 그러나 답변은 좋지 않았다.

[죄송합니다. 이미 필요한 연락은 다 드렸다고 돌아가 달라고 말씀하셨습니다.]

강윤과 한정석 과장은 서로를 마주보았다. 일본까지 날아왔지만 문전박대라니. 그러나 강윤은 침착하고 부드럽게 말했다.

[알겠습니다. 여기 제 명함인데 요코제키 프로듀서님께 전해 주

시겠습니까?]

[알겠습니다.]

강윤은 그대로 방송사를 나왔다. 한정석 과장도 그 뒤를 따랐다.

"팀장님. 이대로 돌아가실 겁니까?"

"설마요. 여기까지 와서 그냥 갈 순 없죠."

"하지만 만나주려고 하지도 않네요. 제가 만났을 땐 이 정도는 아니었는데, 얼굴도 안 비치다니……. 이 사람들 너무 하는군요."

한정석 과장은 답답한 마음을 그대로 표출했다. 그렇게 자료를 보내고 설득했어도 과거에 잡혀 설득당하지 않는 이들이 딱 이들이었다.

"답답하군요. 그래도 어쩌겠습니까. 아쉬운 건 우린데."

"그럼 이제 어떻게 합니까? 이대로 돌아가나요?"

"칼을 뽑았는데 무라도 썰어야죠. 일단 저기서 기다려 볼까요?"

강윤은 방송사 안에 있는 카페를 가리켰다. 편안한 소파가 돋보이는 카페였다.

"일할 거리 가져오셨죠?"

"네. 물론입니다. 혹시 몰라서……."

"저기서 일이나 하고 있죠. 요코제키 PD는 이따 만나면 되니까요."

한정석 과장은 문전박대를 당했어도 기다리겠다는 강윤이 답답하면서도 한편으론 부럽기도 했다. 끝가지 해보겠다는 끈기와 해내겠다는 패기가 느껴졌기에.

카페로 들어간 두 사람은 각자 서류를 펴고 때때로 창밖도 내다보며 일을 시작했다.

'대체 이유가 뭘까, 이유가?'

강윤은 생각했다. 전생에서 아사이TV에서는 주아를 뮤직 스테이션 무대에 올려주었다. 그것도 데뷔 무대에 말이다. 강윤은 혹시 몰라 쇼케이스와 뮤직 스테이션, 두 무대의 영향력을 점검해 보았지만 결과는 뮤직 스테이션의 압승이었다.

그런데 뮤직 스테이션의 프로듀서가 거부를 하다니. 그렇다면 흐름이 바뀌었기에 역사가 바뀐 걸까? 아니면 원래부터 이랬던 걸까? 강윤은 반드시 확인해야 했다.

카페에서 오랜 시간 기다리고 있었지만 뮤직 스테이션 프로듀서 요코제키는 보이지 않았다. 낮이 지나고, 밤이 되어 하나둘씩 퇴근했지만 여전히, 요코제키 프로듀서는 나오지 않았다.

"팀장님. 안 나오는데요."

카페 주인이 노려보는 가운데, 눈치를 보던 한정석 과장이 조용히 강윤에게 속삭였다. 그러나 강윤은 요지부동이었다. 그는 다른 음료들을 더 주문하였고 한 손님이 엄청나게 팔아

주니 주인도 할 말이 없었다.

"영상 편집이라도 하나. 아니, 생방 프로듀서가 영상 편집을 할 리가 없는데……."

강윤이 알기로 요코제키 프로듀서는 뮤직 스테이션 하나만 담당한다. 그렇다면 현장에서 주로 뛰는 사람이라는 말이다. 생방송으로 내보내는 뮤직 스테이션에서 편집이 얼마나 필요할까? 사실상 거의 없다. 이렇게 늦을 이유가 없었다.

"다른 방송이라도 하고 있는 걸까요?"

"아니에요. 제가 알기로는……."

그때, 엘리베이터가 멈추며 출입구에서 누군가가 나오고 있었다. 긴 머리에 벙거지 모자를 쓰고 있는 작은 키의 남자, 요코제키 프로듀서였다.

"가죠."

강윤은 바로 달려갔다. 한정석 과장도 뒤따랐지만 강윤이 워낙 빠르게 달려갔기에 따라가기가 벅찼다.

[실례합니다. 요코제키 타츠시 프로듀서님 되십니까?]

로비를 나서려는 남자를 강윤이 붙잡았다. 그러자 벙거지 모자를 쓴 남자가 멍한 눈으로 그를 올려다보았다.

[그렇습니다만?]

[안녕하십니까. 이전에 연락드렸던 이강윤이라고 합니다. MG엔터테인먼트의 기획팀장으로 있는.]

[하…….]

그러나 그는 강윤을 보자마자 바로 한숨부터 지었다. 얼굴이 일그러지는 모습이 딱 봐도 질린 표정이었다.

[이미 이야기는 끝났습니다. 전 저희 입장을 표명했고 더 이상은 그쪽과 할 말이 없습니다.]

[뮤직 스테이션에 아직 외국 가수가 진출한 적이 없다는 건 알고 있습니다. 국수적인 아사이TV 특성상 쉽게 용납하기 힘든 일이라는 것도 알고 있습니다. 그러나 이 영상을 보십시오. 주아는 지금까지 일본에서 볼 수 없는 스타일의 가수입니다.]

강윤은 PMP에 담아온 주아의 영상을 재생해 보여주었다. 기존에 설득을 위해 보냈던 자료들과는 다른 자료들이었다. 공연 위주의 영상들을 보고 요코제키 프로듀서가 말했다.

[후……. 알겠습니다. 하지만 이미 결정된 걸 뒤집긴 힘듭니다. 그럼.]

목소리가 누그러졌다. 강윤은 그걸 눈치챘다. 그렇다는 건 뭔가 이유가 있다는 것. 그것을 생각해 보았다.

'요청한 뮤직 스테이션 무대는 12월 2주 차다. 거부되었다면 이유는 다른 가수들에 있겠지. 그때 컴백하는 가수가……. 아, 그들이 있었지.'

일본에서 최고의 인기를 구가하는 남자그룹, 에이든과 4인조 여성그룹 하이드레아. 일본에서 가장 큰 매니지먼트 2개에서 각기 내보낸 이들이 이때 나란히 뮤직 스테이션에서 컴백 무대를 가졌다. 하지만 데뷔 하루 전, 에이든과 하이드

레아 리더와의 스캔들이 터져 버리는 바람에 컴백 무대고 뭐고 다 날아가 버렸다. 워낙 대형 스캔들이고 일본 연예계의 흐름을 바꿔놓기도 했던 사건이라 강윤은 시기를 정확히 기억할 수 있었다.

'이제 알겠군. 에이든, 하이드레아 컴백 무대에 한국 가수가 같이 컴백을 한다니, 용납될 리가 없지.'

주아가 마음에 안 드는 게 아니었다. 대형 소속사들의 압박이 문제였다. 애초에 주아의 무대 자체가 불가능했던 무대였던 것이다.

[그렇다면 PD님, 한 가지만 물어봐도 되겠습니까?]

[말씀하십시오.]

[만약에 12월 2주에 늦게나마 여건이 허락되어 자리가 마련된다면 그때는 주아의 무대를 부탁드려도 되겠습니까?]

그러자 대답은 바로 날아왔다.

[알겠습니다. 필요하면 연락드리겠습니다.]

[감사합니다. 잘 부탁드리겠습니다.]

강윤은 공손히 인사를 하곤 명함까지 내밀곤 바로 뒤돌아섰다. 그러자 의아해하는 건 한정석 과장이었다.

"팀장님. 공석이 되었을 때 무대를 달라니요. 뮤직 스테이션에 대기 같은 게 있을 리 없잖습니까."

"아직은 모르겠네요. 아, 과장님. 오늘 고생 많이 하셨는데 우리 호텔에서 잘까요?"

"호텔이요? 경비가 만만치 않을 텐데요."

"MG잖습니까. 이 정도야 괜찮을 겁니다."

한정석 과장은 호텔에서 투숙하자는 강윤이 그리도 좋아 보일 수가 없었다. 출장이라 함은 휴식도 취하고 일도 적당히 하고 그래야 하건만, 이번 출장은 길바닥에서 일만 했다. 그래도 호텔에서 쉴 수 있다니 벌써부터 마음이 설렜다.

MG엔터테인먼트에서 요즘 가장 핫한 화제가 바로 주아의 일본 진출이다. 연습생들에게도, 가수들에게도 경영진이나 직원들에게도 가장 핫한 화젯거리였다. 기존 앨범으로 진출하는 것이 아닌 해외 전용 음반을 제작한 데다가 해외를 겨냥해 전략을 짰기에 이번 앨범이 MG엔터테인먼트가 글로벌 기업으로 가는 전초전이 될 것이라는 게 모두의 평가였다.

그 중심에서, 강윤이 서 있었다.

"……데뷔는 뮤직 스테이션, 12월 2주 차 무대를 준비했습니다. 무대 장치들은……."

앨범제작 초읽기에 들어가고, 곧바로 다가온 이사회의, 그리고 주아의 일본 앨범 프레젠테이션. 강윤은 그곳에 있었다.

틈틈이 준비한 프레젠테이션을 정장군단에게 세세히 설명

하는 강윤에게 떨림이란 없었다. 아니, 그는 어느 때보다도 당당했다.

"……이상입니다. 질문 받겠습니다."

1시간에 걸친 발표가 끝나자 뒤쪽에서 머리가 희끗한 남자가 손을 들었다.

"인상 깊은 프레젠테이션이었습니다. 먼저 여기까지 준비한 이 팀장에게 박수를 보냅니다."

"감사합니다."

"제가 궁금한 건 이번 컨셉을 'Girls on Top'로 잡은 이유예요. 궁금하군요. 그리고 왜 타깃층을 우리가 주로 승부를 거는 1020이 아닌 2030으로 잡았는지도 알고 싶군요."

지금까지와 성격이 다르다. 본질적으로 높은 사람들은 변화를 싫어한다. 부드럽게 말을 하고 있었지만 그들은 날카로운 칼날을 숨기고 있었다.

강윤은 자료를 넘긴 후 답을 시작했다.

"주아는 19살입니다. 그러나 데뷔를 일찍 했고 높은 위치에 올라갔지요. 일본 여성들은 그런 것에 대한 동경이 깊습니다. 게다가 경제력도 엄청납니다. 그리고 한번 팬이 되면 쉽게 변하지도 않죠. 앞으로의 미래를 생각해 저는 20대와 30대를 타깃으로 선택했습니다."

"그렇군요. 감사해요."

새로운 시도였지만 강윤의 이 말에 이의를 제기하는 이는 없었다.

궁금한 게 많았는지 강윤에게 여러 가지 질문들이 날아들었다. 여기에 예산은 왜 이렇게 많이 사용했나부터 기획팀이 이런 일을 했는데 그 이유는 무엇인가 등 날 선 질문들도 있었다. 강윤은 세세한 질문들 하나하나도 모두 설명해 주었고 이사들은 모두가 수긍했다.

질문들 하나하나에 모두 대응하다 보니 강윤은 이마에 땀이 맺혔다. 정신적인 피로가 쌓이고 있었다. 그래도 철저히 준비해 온 탓에 모인 모두가 그에게 납득하고 있었다.

그런데 문제는 마지막 질문에서 시작되었다.

"내가 질문 하나 해도 될까요?"

마지막 질문이라는 강윤의 말에 손을 든 사람은 이현지 사장이었다. 사장이라는 무게감 때문인지 강윤은 긴장했다.

"말씀하십시오."

"이번 준비 모두가 만족스럽습니다. 앨범 컨셉이나 무대, 기획 의도까지. 철저하게 일본을 분석하고 타깃팅을 제대로 한 흔적이 역력히 보여서 나무랄 데가 없었어요. 그런데 걱정되는 부분이 한 가지 보여서 말이죠."

이현지 사장은 말을 잠시 돌리다가 레이저 포인터로 중앙에 있는 부분을 가리켰다. '뮤직 스테이션 데뷔'라고 쓰인 부분이었다. 그리고 본론이 나왔다.

"뮤직 스테이션 무대. 12월 2주 차에 있을 뮤직 스테이션이 주아의 일본 데뷔 무대가 될 거 맞지요?"

"그렇습니다."

"그 데뷔 무대에 주아가 확실히 설 수 있는 거, 맞나요?"

직설적인 질문이 날아들었다. 뮤직 스테이션 데뷔 무대는 주아의 일본 진출에서 핵심이다. 그런데 그 핵심이 가능하냐는 질문이라니. 이건 어찌 보면 그를 무시하는 질문이었다. '과연 네가 이걸 할 수 있겠어?'라는 의도로 비칠 수도 있었다. 그러나 강윤은 부드럽게 답했다.

"네. 물론입니다. 이게 핵심입니다."

"그렇죠, 핵심."

"네."

강윤은 흔들림이 없었다. 그러자 이현지 사장은 눈을 살짝 찡그렸다.

"그런데 내가 알기로 12월 2주 뮤직 스테이션에는 일본에서도 3대 기획사 출신의 두 가수, 에이든과 하이드레아의 컴백 무대가 있다 들었어요. 그 가수들이 컴백을 할 때는 누구도 컴백이든 데뷔 무대든 세우지 않는 게 관례라더군요. 아사이TV에서도 그 기획사들이 보유한 스타들의 힘이 강해서 이런 관례를 계속 용인해 왔다고 하던데, 이게 가능하다고요? 근거가 무엇인지 들을 수 있을까요?"

이현지 사장은 사정없이 강윤을 몰아붙였다. 그녀가 듣기에 강윤의 프레젠테이션은 완벽했다. 그러나 여기, 치명적인 구멍이 있었다. 바로 뮤직 스테이션 데뷔 무대. 이것이었다. 만약, 이 큰 구멍을 메우지 못한다면 이 앨범은 그냥 망한다. 이건 용납할 수 없었다.

사람들이 웅성거렸다. 사전 정보를 몰랐던 사람들이 대부분인 듯, 동요는 심했다. 그러나 소리가 커져감에도 강윤은 동요하지 않았다. 아니 오히려 그 말을 기다리고 있었다.

"단도직입적으로 말씀드리겠습니다. 에이든과 하이드레아는 절대로 2주 차 뮤직 스테이션에 나오지 않습니다."

강윤이 큰 소리로 단언하자 모두가 더더욱 웅성대기 시작했다.

"이유가 뭐죠?"

이현지 사장은 팔짱을 끼곤 답을 재촉했다.

가뜩이나 폐쇄적인 아사이TV, 그리고 외국인이 발 들인적이 없는 방송이 뮤직 스테이션 무대다.

거기에 일본의 3대 기획사의 에이든과 하이드레아가 컴백 스테이지를 하겠다고 하는 상황에서 검증되지 않은 한국 가수가 데뷔 무대를 가진다? 그녀는 이해가 가질 않았다.

그녀의 의문을 강윤은 차분히 이야기를 풀어갔다.

"여기를 봐주시겠습니까?"

강윤이 USB를 꽂자 프로젝터에 사진이 재생되었다.

모자를 푹 눌러쓴 남자와 후드를 덮어쓴 여자가 사이좋게 손을 잡고 호텔 프론트에 열쇠를 반납하고 나오는 모습이었

112 음악의
신1

다. 그리고 그걸 멀리서 찍는 한 여자의 모습도 함께 사진에 나와 있었다.

"이게…… 뭐죠?"

이현지 사장과 이사들 모두가 강윤에게 답을 재촉했다.

사진에 있는 사람이 누구인지는 말 안 해도 알고 있었다.

에이든의 리더 류지와 하이드레아의 리더 리타였다.

"호텔에서 나오는 걸 기자한테 찍힌 모양이군. 일본 기자가 그렇게 지독하다더니……."

이현지 사장 옆에 앉아 있던 중년의 이사가 사진을 바로 알아차렸다.

거대한 망원렌즈를 든 여자가 남녀를 찍고 있는 모습이 포착된 사진은 모두를 경악하게 만들었다.

"허! 이거 엄청난 스캔들이로군. 이 팀장은 이 사진을 어떻게 활용할 생각인 건가?"

원진문 회장이 강윤에게 물었다. 그는 겉은 태연했지만 이런 정보를 구해온 강윤에게 경악하고 있었다. 사진의 출처부터 이걸 어떻게 활용할 건지 빨리 말하라고 채찍질이라도 하고 싶었다. 하지만 그는 회장, 무게를 잃을 순 없었다.

"결론부터 말씀드리면 우리는 이 사진을 절대로 '직접' 활용하면 안 됩니다."

"그렇다면 이 사진을 보여주는 이유가 뭐죠?"

이현지 사장이 눈을 가늘게 뜨고 물었다. 그녀는 지금 강윤의 답이 어떨지 궁금해서 미칠 지경이었다. 그래도 사장이라는 직함에 무게를 유지하느라 괜히 주먹만 꼭 쥐고 있었다.

"저희가 나서지 않아도 저들의 컴백 무대는 이루어지지 않을 것이기 때문입니다."

강윤은 단언했다. 이사들에게 그의 말은 놀라움의 연속이었다. 지금까지 여러 기획을 들어왔고, 시행했던 그들이지만 이런 변화무쌍한 기획은 단연코 처음이었다. 모두가 점점 강윤에게로 끌어당겨지고 있었다.

강윤은 레이저 포인터로 사진에 나온 거대한 망원렌즈를 들고 있는 여성을 가리켰다.

"저기 1000㎜ 구경의 카메라 렌즈를 들고 있는 여성이 보이실 겁니다. 구도, 각도 모두가 류지와 리타를 저격하는 구도입니다. 게다가 저 위치면 조명도 확보되어 누군지 알아볼 수 있을 정도의 사진이 나올 겁니다. 의혹만 퍼진다 해도 치명적입니다. 결론은 스캔들입니다. 스캔들이 결국 저들의 뮤직 스테이션 컴백 무대를 막을 것입니다."

이사들은 웅성거렸다. 과연 스캔들 기사가 나올 것인가, 스캔들이 나도 컴백이 강행될 것인가 등등 저마다 경우의 수를 생각하며 의견들을 분분히 나누었다.

원진문 회장은 손을 들어 모두의 소란을 멈추게 했다.

"이이제이(以夷制夷)와 비슷하군. 이런 정보를 확보해 오다니 놀라워. 하지만 불안해. 경우의 수가 너무 많단 말이지.

스캔들 기사가 터질지도 의문이고 설사 터지더라도 컴백 무대가 막힌다는 건 더더욱 의문이야. 그랬다간 스캔들을 인정하는 꼴이 되는데 그런 일이 일어날까?"

"네. 반드시 터집니다. 그리고 컴백도 하지 못합니다."

"근거는?"

사진을 확보할 수 있었던 건 과거를 알고 있었던 것도 있지만 운도 따랐다. 류지와 리타의 스캔들이 터지는 장소를 알고 있었지만 시간은 알지 못했다. 결국 그가 한 건 스캔들이 터지는 호텔에서 죽치고 기다렸다. 그 결과 사진을 확보했고 근거를 제시할 수 있었다.

이제는 진짜 승부수를 띄울 때였다. 강윤이 알고 있는 미래를 저들은 알지 못했다. 스캔들이 터지고 그 여파가 너무 심각해 두 그룹 모두 컴백을 1주 미룬다. 남들이 들으면 도박이었지만 강윤은 당연한 길을 걸을 뿐이었다. 이제 남은 건 근거를 통한 설득이었다.

"먼저 스캔들 기사가 나는 근거를 말씀드리겠습니다. 스캔들이 터질 신문은 사케다 신문. 일본의 가장 공신력 있는 신문이라 정평이 나 있습니다. 이 신문의 무서운 점은 특종에는 늦지만 정확한 정보로 믿을 수 있다는 평을 받고 있다는 겁니다. 즉, 타협하지 않는다는 특징을 가지고 있습니다."

"두 소속사라 해도 돈으로 찍어 누르기가 쉽지 않다는 말이군."

"기사를 막기가 쉽지 않다는 말입니다. 기사가 터진다면 지금까지 순수한 이미지로 메이킹을 해온 에이든과 하이드 레아는 수습할 시간이 필요해집니다. 만약, 바로 컴백을 강행한다면 역풍을 맞을 우려가 큽니다. 차라리 피했다가 다시 컴백을 하는 게 손해가 적지요."

"……."

원진문 회장은 잠시 생각에 잠겼다. 아니, 강윤의 이야기를 들은 모두가 마찬가지였다. 강윤은 분명한 근거를 가지고 이야기를 하고 있었다. 결국 모두가 설득당했다. 물론 걱정은 있었다.

대표로 이현지 사장이 물었다.

"정리를 해보면 스캔들은 터질 거고 그로 인해 12월 2주, 우리 시간이 날 수밖에 없다는 말이군요. 그런데 지금은 12월 초예요. 기자들 특성상 최대한 빠르게 기사를 내보내려 할 텐데 2주 차 컴백에 영향을 줄 수 있을까요?"

"아무리 신문사가 강경한 입장이라도 소속사들이 압력을 넣으면 기사를 내기 전 이야기를 할 수밖에 없습니다. 그 시간들을 고려해 보면 기사가 나오는 시간은 대략…… 12월 2주가 됩니다."

강윤의 설명이 끝났다. 이사들은 저마다 의견들이 분분했다. 가장 중요한 핵심인 컴백 무대. 리스크도 높았지만 메리트도 엄청났다. 하지만 리스크에 대한 대비는 필수였기에 원진문 회장이 물었다.

"만약 뮤직 스테이션 무대에 실패했을 때는 어떻게 해야 하는가?"

"그때는 데뷔는 늦추는 방향으로 갈 것입니다. 지금 뮤직 스테이션 일정에 맞춰 급하게 서두르고 있지만 한 달 정도 시간이 있으면 더 철저하게 준비할 수 있습니다. 단 연말과 크리스마스가 주는 임팩트를 기대하긴 힘들어지겠죠."

연말, 크리스마스가 주는 임팩트는 매우 크다. 사람들의 뇌리에 강하게 남기 때문이다. 강윤은 이 모든 걸 강하게 활용할 생각이었다.

이후 강윤이 혹여 있을 한 달 뒤의 대비책을 설명하고 나자 프레젠테이션은 모두 끝이 났다. 이사들은 인사를 마친 강윤에게 박수로 찬사를 보냈다. 한 명, 한 명 강윤과 악수를 하고 덕담을 주고받은 후, 이사들은 회의장을 빠져나갔다.

"멋진 프레젠테이션이었네."

원진문 회장은 뒷정리를 하는 강윤에게 박수를 쳤다. 원진문 회장의 뇌리에 아직도 프레젠테이션의 여운이 남아 있는지 그는 시종일관 미소를 띠고 있었다.

"수고하셨습니다."

"수고는 자네가 했지. 특히 뮤직 스테이션 전략은 위험하면서도 신선했어. 스캔들을 이용할 생각을 하다니. 자네, 무서운 사람이었군."

"그저 상황에 맞춰 움직인 것뿐입니다."

스캔들을 직접 신문사에 찌른다거나 등의 치사한 전략은 쓰지 않았다. 그러나 저들이 뿌린 씨앗을 제대로 활용했다. 적을 만들지 않고 최고가 될 기회를 만들었다. 원진문 회장은 이 전략이 성공만 한다면 엄청난 효과를 낼 수 있을 것이라 확신했다.

물론, 효과만큼 리스크도 만만치 않았으니 설레발은 금지였다.

"현지 말이야."

"네?"

"이 사장 말일세."

이름으로만 말하니 강윤은 순간 헷갈렸다. 원진문 회장이 추가로 설명을 해주자 그제야 이해하곤 멋쩍게 어깨를 으쓱였다.

"현지가 자네를 주시하고 있다네."

"사장님이 말입니까?"

"현지는 사람 보는 눈이 까칠하지. 일을 할 때 사람보다 일이 우선이라 주변에 사람이 많지 않네. 그래도 내 사람이다 싶으면 항상 우선으로 챙기는 사람이지. 이 사장이 자네에 대해선 계속 주시하고 있더군. 자네가 낸 보고서라든가 방송 자료들은 꼼꼼히 살피고 결재를 하고 있어. 우리 회사의 본격적인 해외 진출이라는 의미도 있지만 그것 이상으로 자네에게 집중하고 있다네."

이건 좋아해야 하는지 말아야 하는지. 강윤은 헛웃음을 흘렸다. 사장의 주시를 받는다니, 어떤 표현을 해야 할 지감이 오질 않았다.

"프레젠테이션도 끝났으니 이젠 일본에 가기 전 리허설 무대만이 남아 있겠군."

"그렇습니다."

"어때, 준비는 잘돼가나?"

"네. 순조롭습니다."

강윤의 편안한 답에 만족스러웠는지 원진문 회장은 호탕하게 웃음을 터뜨렸다.

"크하하. 그럼 다음 주를 기대하지. 자네가 만들어내는 주아, 정말 기대하고 있으니까."

원진문 회장도 회의실을 나가자 강윤 혼자만이 남았다.

"후우…… 끝났다."

그제야 강윤은 긴장이 풀려 온몸에 기운이 쭈욱 빠져 버렸다.

이사들 앞에서 펼치는 프레젠테이션은 만만치 않았다.

각종 날 선 질문을 쏟아내는 이사들과 대립하며, 때론 부드럽게 달래기도 하며 의문을 풀어주어야 했고 안심시켜야 했다. 나는 이런 사람이고 이런 것들을 준비하고 있다. 기대하고 있어라. 설득과 열변을 토해냈기에 진력이 모두 쇄진했다. 그래도 성과가 있어 강윤은 만족했다.

회의실 정리가 끝나고, 사무실로 향하던 강윤은 넓은 문의 연습실을 지났다.

'어?'

그런데 연습실 안에는 한 여자 연습생이 연습에 몰입하고 있었다. 몸에 착 붙는 트레이닝복을 입은 작은 키의 연습생이 빠른 템포에 맞춰 땀을 흘리고 있었다. 그리고 강윤의 눈에 익숙한 것이 보였다.

'하얀색?'

빛이었다. 연습생이 팔을 뻗을 때, 스텝을 밟을 때마다 하얀빛이 일렁이며 연습실을 굽이쳤다.

'춤에도 빛이? 허…….'

노래에만 빛이 보이는 줄 알고 있었건만, 춤에서도 빛이라니. 강윤은 이 신비한 능력에 기쁘면서도 얼떨떨했다. 그는 조용히 연습실 문을 열고 들어가 연습생의 연습을 지켜보기 시작했다.

빠른 템포의 음악에 맞춰 연습생은 몸을 돌리고, 팔로 파도를 치며 춤을 만들어갔다. 바닥에는 구슬땀이 떨어지고 신발과 바닥의 마찰음이 사방을 울렸다.

그런데 한참 연습에 집중하고 있는 연습생에게서 이상한게 비쳤다.

'회색?!'

왼발에서 흘러나오는 빛, 칙칙한 회색이었다. 왼발이 나아 갈 때 각도가 흐트러지며 전체 동작을 망가뜨렸다. 그리고 한번 망가지니 박자까지 흐트러졌다.

"잘 안 되네……. 아!"

결국 연습생은 한숨을 쉬곤 음악을 정지시켰다. 그런데 자신을 지켜보고 있는 강윤과 눈이 마주쳐 버렸다.

"아, 미안. 허락도 안 받고 들어와 버렸네. 미안."

"……아니에요. 괜찮습니다."

그래도 연습생은 무례한 반응을 보이지 않았다. 그녀는 강윤에게서 시선을 돌리고 아까 틀렸던 부분을 다시 연습하기 시작했다. 그러나 다시 왼발이 꼬이며 박자가 틀어져 버렸다.

같은 부분을 계속 틀리니 연습생의 표정이 어두워지기 시작했다.

"왜 안 되는 걸까. 민아는 잘하던데."

같은 춤을 연습하는 정민아는 1번에 같은 동작을 소화했었다. 그러나 그녀는 이 동작에서 몇 번이나 같은 실수를 반복하고 있는지 몰랐다. 연습을 해도 해도 이 실수는 지독하게 보완이 되지 않았다.

그때 강윤이 나섰다.

"저기, 왼발 스텝 말이야. 원래 나가야 하는 각도에서 틀어지는 게 원인 같은데."

"아!"

"왼발을 잘 살펴서 해봐."

강윤의 조언을 듣자마자 연습생은 바로 연습에 돌입했다. 그런데 거짓말같이 한 번에 동작에 성공, 음악을 재생해서 해봐도 바로 성공했다. 너무 간단히 되니 오히려 허무했다.

"감사합니다. 덕분에 쉽게 할 수 있었습니다."

"뭘 이 정도로. 그럼 수고해."

"네. 저, 혹시 성함을 알 수 있을까요?"

강윤이 뒤돌아 나가려는데 연습생이 그에게 물어왔다.

"이강윤이라고 해. 너는?"

"저는 한주연입니다. 오늘 도와주신 거 감사합니다."

예의 바르게 인사해 오는 연습생의 소개에 강윤은 놀라 바로 돌아보았다.

"주연?!"

"네? 왜 그러세요?"

"아, 아냐. 아무것도. 그럼 나중에 보자."

"네. 안녕히 가세요."

주연이라는 연습생은 왜 저러지라는 생각을 하며 갸웃거렸지만 이내 신경을 껐다. 그러나 강윤은 주연 때문에 매우 놀랐다.

'EDDIOS의 메인보컬 주연이잖아? 여기서 보게 될 줄이야. 아니, 저 유명한 애를 왜 못 알아본 거지?'

한주연은 지켜주고 싶은 남자의 로망을 자극하는 가수였다.

작은 얼굴의 동안으로 마치 여동생 같은 이미지가 강했다. 기껏 뿔테안경 하나 쓰고 있다고 못 알아보다니. 강윤은 실소를 냈다.

여러 가지로 만족스러운 하루를 보낸 강윤은 사무실에 가서 정리를 하고 서둘러 집으로 향했다.

'오늘이구나.'

모두가 곤히 자는 이른 새벽. 강윤은 일찍 일어나 미리 싸둔 캐리어를 챙겼다. 강윤은 희윤이 깰까 조용히 캐리어를 들고 살며시 대문을 나섰다.

그러나 그 작은 소리를 어찌 들었는지 희윤 방의 미닫이문이 드르륵 열렸다.

"……오빠. 나가?"

졸린 눈을 비비는 희윤이 엉망이 된 머리칼을 정리도 하지 않고 맨발로 걸어 나왔다.

"더 자지 않고. 학교도 가야 하잖아."

"오늘 오빠 못 보면 당분간 못 보잖아. 우……."

오늘, 강윤은 일본으로 간다.

주아의 일본 데뷔가 초읽기에 들어가 당분간 일본에 있어야 한다.

"병원 빼먹으면 안 된다? 무슨 일 있으면 꼭 연락하고. 급한 일 있을 땐……."

"알았어, 알았어. 지훈 아저씨한테 연락하면 되는 거지?"

"그것도 잊지 말고. 또 투석일 꼭 지켜야 해. 알았지? 밥은 꼭꼭 챙겨먹고. 무리하지 말고 차 조심하고……."

"알았어. 알았어. 또 시작이야."

희윤만 보면 이상하게 말이 많아졌다.

오빠 마음 다 같다고, 강윤도 크게 다르지 않았다.

바람만 불면 날아갈 것 같은 동생이 항상 걱정인 강윤은 중요한 일을 앞두고도 동생이 계속 밟혔다.

그러나 희윤은 걱정 말라며 씩씩하게 오빠를 떠밀었다.

"자자. 오빠 가야지. 팀장님이 지각하면 못 써."

"투석 잊으면 안 돼."

"알았어. 나도 잘 거야. 잘하고 와."

희윤의 배웅을 받으며 강윤은 김포공항으로 출발했다. 이른 새벽, 차가 없어 택시를 탄 후 바로 가방에서 스케줄 표를 꺼내 들었다.

'일본지사에 들어간 후 바로 제넥스 대표와 미팅이고…….'

스케줄은 빡빡했다. 그동안 MG엔터테인먼트사가 취해왔던 해외 진출 방법은 지사를 설립, 직접 섭외하며 현장을 뛰는 것이었다. 그러나 강윤은 다른 방식으로 전략을 수립했다.

'차라리 수익을 나누더라도 그들의 노하우도 익힐 겸, 섭외 부분은 맡기는 게 낫지.'

제넥스 사는 일본의 3대 기획사 중 하나. 강윤의 생각대로 그들은 주아의 가능성을 높이 샀다. 이미 MG엔터테인먼트의 홍보팀, 기획팀과도 잘 연결되어 이미 시너지효과를 내고 있었다. 이것들이 발판이 되어 주아뿐만 아니라 앞으로 다른 가수들의 진출에도 크게 도움이 될 것이다. 비록 지금 수익을 나누어 주더라도 미래를 위한 투자가 될 것이다.

물론 가장 중요한 것은 뮤직 스테이션 무대였다.

강윤은 김포공항에서 MG엔터테인먼트 사람들을 만나 바로 일본으로 향했다. 도쿄 하네다 공항에 내려 바로 MG엔터테인먼트 지사로 직행했다.

"늦어. 왜 이제 온 거야?"

지사에 도착해 연습실로 가니 주아가 강윤을 타박했다. 한창 연습 중이었는지 이마에는 송골송골 땀이 맺혀 있었다.

"시간 맞춰 온 건데 늦었다니."

"내가 늦었다면 늦은 거야. 물어볼 게 산더미라고."

땀 냄새를 풍기며 주아는 바로 강윤 옆에 척 달라붙더니 질문들을 쏟아내기 시작했다. 대부분 뮤직 스테이션 무대 이야기였다. 주아도 한국인 최초로 뮤직 스테이션 무대에 설 생각에 이미 마음이 들떠 있었다.

강윤과 주아는 연습실 바닥에 앉았다. 강윤은 무대의 순서가 적혀 있는 큐시트와 무대가 그려진 프린트, 컨셉 등이 그려진 프린터를 펼쳤고 두 사람은 이야기를 시작했다.

"뮤직 스테이션은 생방송이야. 그건 알고 있지?"

"알아. 사전 리허설 1번. 그리고 바로 생방. 생방에서 인터뷰 1번이 있고."

"잘 알고 있네."

"그런데 진짜 타이틀 곡 1곡밖에 못 하는 거야?"

"요청을 해봐야겠지만 한 가수에게 주어지는 시간은 기껏해야 5분이야. 말은 하겠지만 짧으면 5분이라는 걸 알아둬. 임팩트를 줄 수 있게 준비해 두라고."

"아쉬운데……."

주아는 무대 욕심이 매우 많았다. 그녀는 입술을 달싹였다. 첫무대란 원래 더 두근대고 설레는 법, 그녀는 아쉬움이 컸는지 계속 무언으로 요청을 하고 있었다.

"참아. 다음에는 더 큰 무대가 기다리고 있을 테니까."

"진짜지? 나 말만 번지르르한 거 진짜 싫어하는 거 알지? 도쿄돔 정도는 되는 거지?"

사실은 떠보는 말이었다.

그런데 강윤은 자신 있는지 고개를 끄덕였다.

그 자신감에 주아는 잠시 멈칫하다가 말을 이었다.

"……알았어. 그런데 나 진짜 뮤직 스테이션에 설 수 있는 거 맞지?"

"당연하지."

"그 오빠가 한 프리젠 뭐시기 말이야, 그때 흘러나온 이야기들 들었거든. 이번 주에 일본에 대형 가수들이 뮤직 스테이션을 차지해서 내가 나갈 자리가 없다고. 게다가 지금까지 연락도 없고. 그런데 나 계속 뮤직 스테이션 컴백 무대 연습해도 되는 거야?"

주아는 마음 한편에 불안함이 남아 있었다. 물론 뮤직 스테이션은 설렜다. 그러나 만약, 기대감이 무너진다면 실망감은 어찌할 길이 없었다. 가수에게 불안감이 있으면 제대로 준비할 수가 없다. 강윤은 지금이 중요하다는 걸 느꼈다.

"오늘 내로 연락이 올 거야. 걱정하지 마."

"무슨 연락?"

"뮤직 스테이션. 걱정할 거 없어?"

"진짜지? 난 오빠 말만 믿으면 되는 거야?"

강윤은 말없이 고개를 끄덕였다. 이럴 때는 말을 아끼는 게 좋았다. 주아는 강윤의 확신 어린 눈을 보며 입술을 꾹 다물었다.

"……알았어. 난 뮤직 스테이션만 생각할게. 다른 생각 안 해. 오빠는 오빠 일에 집중해. 대신 약속해. 꼭 뮤직 스테이션에 설 수 있게 해준다고."

"날 믿어. 꼭 그렇게 될 거야."

강윤은 이후 뮤직 스테이션 무대에 대한 설명을 하곤 수고

하라는 말과 함께 연습실을 나섰다. 그런 그의 뒷모습을 보며 주아는 작게 중얼거렸다.

"꼭 성공해야 해. 안 그러면 내가 무슨 짓을 할지 몰라."

주아의 뮤직 스테이션에 대한 기대감은 그 누구보다 컸다.

강윤은 그 기대감을 채워주겠다는 듯, 고개를 강하게 끄덕였다.

♪ ♫ ♪ ♫ ♪

강윤 일행이 한국에서 일본으로 온 그날 저녁.

일본지사에 마련된 임시 사무실에서, 강윤은 막바지로 일을 마무리하고 있었다.

"팀장님, 팀장님!"

무대의 백그라운드가 주아에게 적합한지를 보던 강윤의 사무실에 갑자기 홍보팀 한정석 과장이 노크도 하지 않고 들이닥쳤다.

"무슨 일 있습니까?"

"티, 팀장님! 터졌습니다!"

"터지다니요?"

"스, 스, 스캔들이요!"

한정석 팀장은 풍성한 거구의 몸집을 들썩이며 외쳤다. 그는 석간신문을 들고 있는 손을 부르르 떨며, 아직도 진정이 되지 않는지 목소리를 키웠다.

"여기 보십시오! 류지, 리타 호텔에서의 밀회. 팀장님 말씀이 옳았습니다!"

이제야 일어날 일이 일어났다. 강윤은 그제야 안도의 한숨을 쉬었다. 그러나 진짜 일은 이제부터였다. 강윤은 차분히 지시를 내렸다.

"알겠습니다. 어차피 지금까지 우린 이 상황을 대비해 왔지요. 어제 준비해 놨던 자료들 챙겨주세요. 바로 아사이TV로 가겠습니다."

"네, 팀장님."

한정석 과장은 티슈를 빼어 땀을 닦으며 흥분을 수습했다. 강윤은 필요한 서류들을 받아 들고 사무실을 나섰다. 빠르게 걸으면서도 전화를 걸어 아사이TV로 전화를 연결했다. 저번에는 그리도 연결이 힘들더니 이번에는 바로 요코제키 PD에게 연결되었다. 주아 문제로 집요하게 매달렸던 게 주요했는지 그는 바로 강윤을 기억해 냈다.

[만나 뵙고 싶은데 시간 괜찮으십니까?]

[그러시면…… 오늘 가능하십니까?]

이번에는 요코제키 PD도 마음이 급했는지 바로 콜을 보내왔다. 강윤은 알겠다 말을 하곤 바로 아사이TV로 향했다.

요코제키 PD를 만난 곳은 아사이TV 근처의 분위기 좋은 카페였다. 작은 문이 돋보이는 카페였는데 몇몇 일본 연예인도 보이는 그런 곳이었다.

[어서 오십시오.]

[안녕하십니까.]

인사를 마친 두 사람은 바로 본론으로 들어갔다. 강윤은 단도직입적으로 말을 꺼냈다.

[저번에 말씀드렸던 건으로 찾아왔습니다.]

[그 주아라는 가수 건으로 말씀하시는 겁니까?]

[그렇습니다.]

한정석 과장은 강윤의 손짓에 자료를 내밀었다. 주아의 앨범과 노래, 이번에 보일 앨범의 컨셉과 공연에 대한 내용들이었다. 저번에는 자료들을 잘 보려고 하지도 않던 요코제키 PD였지만 이번에는 달랐다. 그는 자료 하나하나를 신중히 보기 시작했다.

[흠……. 가수는 괜찮군요. 나이도 적당하고 저희 공연장에 딱 맞춘 공연 내용까지.]

그러나 뭔가 마음에 걸리는지 그는 고개를 흔들었다.

[하지만 아시다시피 뮤직 스테이션에는 외국 가수가 서본 적이 없습니다. 이는 개국 이래 지켜져 왔던 전통입니다. 국장님이 쉽게 승인해 주실지…….]

요코제키 PD는 난색을 표했다. 결원이 생겼다. 그러나 이걸 전통을 깨면서까지 채워야 할까? 그는 지금 의문이 들었다. 물론 내용은 괜찮다. 하지만 위험을 감수하면서까지 해야 할까? 너희의 공연이 그렇게 괜찮니? 내가 안심해도 될까? 지금 그는 그걸 묻는 것이었다.

[이걸 봐 주시겠습니까?]

그 마음을 바로 캐치한 강윤은 가방에서 서류 봉투를 꺼내 들었다. 그리고 PMP에서 영상을 재생해서 돌려주었다. 요코제키 PD는 저번과는 다르게 신중히 검토하기 시작했다.

'응?!'

그런데 시큰둥했던 그의 반응이 심상치 않았다. 난색을 표하던 그가 영상에 집중하기 시작했고 이어 펜을 들어 서류에도 꼼꼼히 체크하기 시작했다. 한참을 그렇게 체크하고 메모하던 그가 정리가 끝내고는 말했다.

[……철저하게 준비를 해오셨군요. 일본인들의 특징을 잘 조사해 오셨습니다. 이런 무대라면 뮤직 스테이션뿐만 아니라 어디서 해도 통할 것 같습니다. 이건 진심입니다.]

주아의 무대는 분명 끌리는 무대였다. 설계대로의 무대가 세워지고 방금 본 영상대로 공연이 이루어진다면 분명 두 가수의 결원은 생각도 나지 않을 그런 무대였다. 요코제키 프로듀서는 잘 하지 않는 칭찬을 했다.

강윤은 그동안 연구하고 노력한 대가를 받은 것 같아 기분이 좋아졌다. 그러나 아직 무대를 연 게 아니기에 안심하지 않았다.

[좋은 무대입니다. 그리고 첫 무대에 대한 비용을 직접 지불하겠

는 조건, 저희로는 나쁘지 않은 조건입니다. 시간은······.]

[제대로 준비한 것을 보여주려면 7분 정도가 필요합니다.]

[7분이라. 좋습니다. 어차피 사라진 시간이 있으니····· 8분. 8분 드리겠습니다. 1분은 늘리든, 줄이든 할 수 있으니까 재량껏 사용하십시오.]

8분. 두 곡을 할 여유가 생겼다. 한 곡을 임팩트 있게 준비해 데뷔할 생각이었는데, 오히려 한 곡을 더 벌었다. 이건 엄청난 일이었다. 그리고 강윤은 깨달았다.

'미래가 바뀌었다.'

노력으로 미래를 바꿨다. 원래 주아는 뮤직 스테이션에서 한 곡만을 방송했다. 그런데 두 곡이라니. 노력의 대가였을까. 강윤은 기쁘면서도 긴장되었다. 직접 미래를 개척하겠다 결심하고 노력해 왔지만 이렇게 피부로 와 닿을 결과가 나오기 시작하자 크게 긴장되었다.

[감사합니다.]

[아닙니다. 저희야 잘 부탁드립니다. 무대 장치는 목요일까지 세팅하시면 됩니다. 자세한 일정은 메일로 보내드리겠습니다.]

자세한 일정을 맞추고 강윤은 요코제키 PD와 악수를 한 후 헤어졌다.

카페를 나오며 한정석 과장은 기쁜 웃음을 감추지 못했다.

"팀장님! 해냈습니다, 해냈어요! 설마설마 했는데 진짜 뮤직 스테이션이라니!"

"모두가 노력한 공입니다. 수고하셨습니다."

사실상 뮤직 스테이션은 강윤이 발로 뛴 보상이다. 그러나 그는 공은 모두에게 돌렸다. 그 모습에 한정석 과장은 놀랐다.

"팀장님은 다르시군요."

"다르다구요?"

"멋있는 분이십니다. 이번 일은 팀장님이 거의 다 하셔놓고선…… . 하하하. 제가 10년 동안 이 바닥에 있었는데 팀장님 같은 분하고 일하게 될 줄은 몰랐습니다. 오늘은 정말 기쁩니다. 하하하!"

그는 정말 기분이 좋아 보였다. 하늘이 떠나가라 웃는데 강윤도 피식 웃음이 나왔다.

'이제 메인이다.'

뮤직 스테이션 무대, 이제 본 궤도에 올랐다. 강윤은 평소보다 더 맑은 하늘을 바라보았다. 그 하늘이 마치 앞으로 더 좋은 일이 있을 것이라 축복하는 것 같아 강윤의 마음은 더 설레었다.

뮤직 스테이션 생방송이 있기 하루 전날.

강윤은 뮤직 스테이션 생방송 녹화가 있는 아사이TV 공개홀에 와 있었다.

[거기, 거기! 아, 진짜! 야, 그 무빙을 거기다 놓으면 어쩌라는 거야!]

[죄송합니다, 죄송합니다.]

[미친놈아. 도면 봐, 도면!]

무대 장치 세팅이 많지 않은 뮤직 스테이션 무대였지만 오늘은 대공사가 진행 중이었다. 덕분에 잘 고용하지도 않는 일용직 노동자까지 현장에 있어 정신이 없었다.

뮤직 스테이션 무대는 여러 가수가 다양한 요구를 해오는 무대였다. 그 많은 요구를 다 수용한다면 무대는 중구난방, 대혼란이 오고 말 것이다. 그래도 요코제키 프로듀서가 대부분의 요구를 커트해서 뮤직 스테이션 무대는 혼란이 적었다.

그러나 이 칼 같은 PD도 거절하지 못한 요구가 있었다. 눈앞에 있는 강윤의 요구였다.

[다시 말씀드리지만 제가 이런 편의를 봐드렸다고 소문내시면 곤란합니다.]

[알겠습니다, 감사드립니다.]

요코제키 프로듀서는 난감한 표정으로 강윤에게 말했다. 강윤은 다 알고 있다는 표정으로 고개를 끄덕였다.

그로서는 펑크가 나버린 시간을 채워준 강윤에게 보답을 해줘야 했다. 강윤도 그걸 잘 알아 적당히 이용했다. 물론, 이런 특혜를 준 게 소문이 나면 난리가 나겠지만 말이다. 생방송이 나가면 의혹이 떠오를지 모르지만 이후는 요코제키 프로듀서가 알아서 한다고 했다.

[정말 처음 있는 일입니다. 그쪽에서 비용을 낸다지만 이런 특설 무대까지 마련하는 건 있을 수 없는 일입니다.]

[PD님의 배려에 후회가 없도록 하겠습니다.]

외국인, 그것도 한국 소속사의 가수에게 이런 편의를 봐준 다니. 요코제키 프로듀서는 한숨을 내쉬었다. 물론, 일본 3 대 소속사인 제넥스와 제휴를 했다지만 엄밀히 이건 한국 소속사와 아사이TV의 계약이다. 이 폐쇄적인 방송국에 이런 일이 일어나다니······.

강윤은 요코제키 프로듀서를 내버려 두고 무대로 향했다. 무대는 넓었고 조명과 무대장치도 화려했다. 그는 도면과 장치 하나하나를 살핀 후 조명감독에게로 가 세팅이 어떻게 될 것인지를 논의했다.

[처음에 블루톤으로 나갔다가 조금씩······.]

조명 감독과 곡에 맞는 조명세팅을 의논하고 장치에 어떻게 쏠 것인지 강도와 그 밖의 시간 등을 세세히 이야기했다. 원래 조명감독에게 완전히 맡기고 터치하지 않는 분야지만 지금은 완전히 내버려 둘 수가 없었다. 강윤은 무대 전체를 파악하고 머릿속에 넣어야 했다.

오전 내내 아사이 방송국에 있던 강윤은 오후가 되어서야 MG 일본지사로 복귀했다. 지사에는 이미 제작된 앨범들이 수두룩하게 쌓여 있었고 발주되어 나갈 일정만을 기다리고 있었고 홍보팀을 포함한 사무실 사람들, 매니저를 비롯한 현장팀들도 작은 일에도 촉각을 곤두세우고 있었다.

주아의 일본 데뷔 하루 전날, 회사는 초긴장 상태였다.

강윤은 간단하게 사람들의 업무 상태를 체크하곤 바로 주아에게로 향했다. 주아는 연습실에서 구슬땀을 흘리며 막바지 연습을 하고 있었다.

"오빠, 왔어?"

"그래, 왔다."

댄스팀과 최종적으로 안무를 맞추던 주아는 강윤을 반갑게 맞아주었다. 이미 그녀의 얇은 옷은 땀에 젖어 몸에 착 달라붙어 있었다. 그걸 아는지 모르는지 강윤은 들고 온 시원한 물을 내밀었다.

"감사합니다!"

연습을 하고 있던 모두가 물을 잽싸게 받아 들었다. 그리고 자연스럽게 휴식시간이 왔다. 주아는 강윤 옆에 자연스럽게 쪼르르 다가와 앉았다.

"준비 잘되고 있어, 오빠?"

"잘되고 있지. 리허설, 드라이까지 모두 할 수 있을 테니까 걱정 안 해도 돼."

"여어. 진짜 오빠 능력 있네. 여기서 이런 배려를 받을 수 있을 거라고 생각도 못했는데."

어떤 대접을 받더라도 참고 바닥부터 시작하자, 주아는 그런 각오를 하고 일본에 왔다. 일본 아이돌은 지하철을 타고 출퇴근을 한다는 무시무시한 말도 들어 알고 있었다. 리허설 시간도 배려받기 힘든 현실은 기본이다. 그런데 강윤과 함께 하니 준비가 너무 완벽해서 걱정할 게 하나도 없었다.

"말했잖아. 너는 음악에만 집중하면 된다고."

주아는 이토록 마음이 편할 수가 없었다. 지금까지 강윤은 일을 해오면서 주아에게 노래 외적인 일로 연락을 하거나 신경을 쓰이게 한 적도 없었다. 진짜로 그는 주아가 음악에만 집중할 수 있게 만들어 주었다.

"……오빠 진짜 짱이구나."

"뭘 새삼스럽게. 나 연습 보고 가도 되지?"

"당연하지. 꼭 보고 가."

주아는 망설임이라곤 눈곱만큼도 없었다. 그동안 사소한 스케줄조차 없었다. 모든 시간을 온전히 연습에만 쏟았다는 말이다. 주아는 자신 있었다.

곧 쉬는 시간이 끝났다.

사방이 거울인 연습실에서, 주아를 중심으로 댄서들이 사방에 섰다. 준비가 됐다는 신호가 떨어지자 강윤은 음악을 재생했다.

－胸で～ 叫ぶ～ dream－!(가슴속에서 느끼는 dream-!)

스피커를 타고, 주아의 목소리가 사방에 퍼져 갔다. 그리고 주아와 댄서들이 한 몸이 되어 춤을 추기 시작했다. 주아의 웨이브와 댄서들의 웨이브가 일치되며 춤은 하나가 되었다.

강윤의 눈에는 춤만 보이는 게 아니었다.

'주아를 중심으로 빛이 나오는구나. 댄서들에게서 나오는 빛은 주아를 더 빛나게 해주고 말야. 노래가 리듬감이 있어서인가 화려하네.'

원래 주아에게선 하얀빛이 나왔지만 오늘은 유난히 더 반짝였다. 그 빛이 워낙에 눈이 부셔 강윤은 저도 모르게 눈을 감을 뻔했다. 그만큼 강하며, 화려한 빛이었다.

'여기에 라이브까지 같이하면…… 눈도 못 뜨겠는걸?'

주아의 연습무대를 보며 강윤의 기대감도 크게 높아졌다. 주아는 말이 필요 없는 최고의 가수였다. 그의 기대감도 그렇게 현실이 되어갔다.

MG엔터테인먼트는 현재 모든 초점이 주아의 일본 앨범에 초점이 맞춰져 있다. 이번 앨범의 성공 여부에 따라서 해외 진출이 본격화될지 아니면 몇 년을 더 미루게 될지 방향이 결정되기 때문이었다.

"아직 시간 안 됐나요?"

"네, 사장님. 2시간 남았습니다."

이현지 사장은 그녀답지 않게 초조한 기색을 드러냈다. 비서는 이현지 사장에게 차를 내왔지만 평소와는 다르게 그녀는 차를 마시지 않고 계속 식히고만 있었다.

"주아가 오늘 잘해야 할 텐데 걱정이군요."

찻잔을 빙빙 돌리기만 하던 이현지 사장은 아직 결재하지 못한 서류로 눈을 돌렸다. 차기 걸그룹 선발에 관한 보고서였다.

"트레이너들이 평가하는 내용은 실력에 관한 내용들만 있지 스타성 평가는 영 꽝이란 말야. 흠……. 양 비서, 아직 차기 걸그룹 기획자, 선정되지 않았죠?"

"네, 사장님."

"회장님도 특별히 말이 없었고?"

"네. 아직까진 별다른 지시는 없으셨습니다."

"그렇단 말이지……."

이현지 사장은 '차기 걸그룹 후보생 보고서'라고 쓰인 보고서를 넘기고 찬찬히 살피기 시작했다. 결재란이 있었지만 결재는 하지 않았다. 그냥 서류에 '반려'라고 크게 쓰곤 한쪽에 올려놓았다.

"팀장님 갖다드릴까요?"

"그냥 놔둬요. 줄 사람은 따로 있으니까."

비서가 정중히 인사를 하고 밖으로 나가자 이현지 사장은 다시 시계를 초조히 바라보았다.

D-day.

아침 일찍부터 강윤과 주아는 밴을 타고 아사이TV로 향
했다. 다른 가수들과는 달리 아침에 가서 무대 동선을 파악
하고 1번이라는 리허설도 몇 번 더 해볼 욕심에서였다.

[진짜 부지런하시네요.]

[하하하.]

요코제키 프로듀서는 강윤을 보며 혀를 내둘렀다. 지금까
지 이렇게 유난을 떠는 기획자는 찾아볼 수가 없었다. 게다
가 이렇게 현장에 자주 나타나는 기획자라니. 한국은 모두
이렇게 일하나 하는 생각까지 들었다.

아침 일찍부터 왔기에 다른 가수들이 오기까지 주아는 총
3번의 리허설을 가질 수 있었다. 비록 세팅된 장비들을 활용
하지는 못했지만 동선을 파악하고 무대의상을 입어보고 무
대에 서보는 드레스 리허설까지 가졌기에 부지런을 떤 보람
이 있었다.

그렇게 부지런을 떠니 오전은 금방 가고 점심시간도 훌쩍
지나 어느새 촬영 시간이 다가오고 있었다.

스태프들을 만나 인사를 하고 온 강윤은 주아가 보이지 않
자 무대 뒤편에 있던 주아의 매니저에게 물었다.

"주아는 어디 갔나요?"

"대기실에 있습니다. 혼자 있고 싶다고……."

강윤은 바로 대기실로 향했다. 막바지 컨디션을 점검하기 위해서였다. 굳게 닫혀 있는 대기실에 노크를 했다.

"누구야?"

그런데 날 선 소리가 들려왔다.

"들어가도 될까?"

"강윤 오빠? 들어와."

강윤인 걸 알자 소리가 약간 부드러워졌다. 강윤은 조심스럽게 안으로 들어갔다.

"컨디션은 어때?"

"최고야."

이미 무대의상을 갖추고 출격 준비를 갖추고 있던 주아는 스스로 마음을 가다듬고 있었다. 메이크업이 완전히 끝나진 않았지만 마인드 컨트롤을 하며 오늘 있을 무대를 그려 보고 있었다.

"다행이네. 그럼 쉬어."

강윤은 긴 이야기를 하지 않았다. 주아는 믿어주면 더 잘하는 가수였다. 이미 그런 그녀의 특징을 잘 알고 있는 강윤으로선 그녀에게 뭐라 더 말을 할 필요가 없었다.

그런데 바로 나가려는 강윤을 주아가 붙잡았다.

"오빠."

"왜? 필요한 거 있어?"

"……오빠 확실히 다르네."

"뭐가?"

강윤은 의아했다. 계속 주아는 이 말을 해왔다. 주아가 무슨 말을 하려는지 몰라 물으려 할 때 주아가 말했다.

"다른 사람들은 날 컨트롤하려고만 했거든. 나이가 어리다는 이유, 사람들이 주목한다는 이유, 혼자서는 자기관리가 힘들다 등등등. 그런데 오빠는 달랐어. 계속 날 믿어줬어. 고마워."

저 사람이 날 믿고 있다는 마음, 신뢰.

주아에게 강윤의 이 마음은 무척 크게 다가왔다. MG엔터테인먼트는 철저하게 기획된 가수를 내보낸다. 예능 프로그램에서까지 할 말 안 할 말, 모두 각본을 짜서 주고 캐릭터조차 만들어줄 정도로 구속이 심했다.

그런데 강윤은 달랐다.

그는 주아가 마음껏 무대를 펼칠 수 있는 환경을 만들어 주었고, 언제나 믿고 있다는 마음을 심어주었다. 이게 주아가 강윤을 믿게 된 이유였다. 그리고 강윤이 보여준 갖가지 일들. 녹음실의 일이나 뮤직 스테이션 데뷔 무대까지, 내가 네 뒤 있으니 넌 뭐든 마음껏 해보라는 든든함이 결정타였다.

이제 주아는 강윤이 해가 서쪽에서 뜬다 해도 믿을 판이었다.

"주아야."

"왜, 오빠?"

"고마우면, 저기 그냥 쓸어버리고 와. 알겠지?"

"당삼빠따지. 기대해."

강윤은 오른손을 내밀자 주아는 그의 손에 짝 소리 나게 하이파이브를 하곤 무대로 뛰어나갔다.

가수 주아, 한국 탑에 이어 일본 탑에 올라.

2007년 12월 20일 목요일 AM 9:25

−연예부 기자 이연참

한국 가수 주아가 오리콘 차트 1위에 올랐다. 앨범 'Girls on Best'으로 일본에 데뷔한 주아는 아사이TV 뮤직 스테이션에 타이틀곡 'The One'으로 데뷔 무대를 가진 후 가파른 수직곡선을 타고 1주도 안 되어 정상에 올랐다. 지금까지 외국가수 누구도 뮤직 스테이션에 출연한 적이 없었고 파격적인 실력을 보인 게 주요 요소로 분석된다.

……중략…….

주아는 한국 가요계에서 최고의 가수로 손꼽힌다. 14세에 데뷔해…….

……중략…….

뮤직 스테이션을 통해 화려하게 데뷔한 주아는 이후 활동에 탄력을 받아 각 방송사에 러브콜이 쇄도하고 있다. 앨범 주문도 끊이지 않아 2차 제작에 들어갔다.

……중략…….

주아가 일본 진출에 물꼬를 트면서 한국 가수들의 일본 진출이 본격적으로 시작될 것이라고 예측된다.

"미안해."

―난 괜찮아, 오빠. 일이 바빠서 그런 거잖아.

"이해해 줘서 고마워. 아무튼 미안. 토요일에는 갔어야 하는 건데……."

강윤은 희윤과 전화 통화를 하며 미안함을 감추지 못했다.

뮤직 스테이션 무대가 끝나면 빨리 짐 싸서 집으로 갈 수 있다고 생각했지만 생각보다 남아 있는 일들이 많았다.

다행히 희윤은 그런 그의 사정을 잘 이해해 주며 강윤을 격려해 주었다.

―나 기사 봤어. 주아 언니 대박 났더라. 여기도 기사 많이 났어.

"대박 났지. 덕분에 여기 일손이 많이 딸려서 오빠가 못 가고 있어. 투석은 잘 받았지?"

―또또 잔소리. 오빤 그게 문제라니까. 걱정 마셔. 잘 받았어. 오빠는 밥 잘 챙겨 먹었고?

"당연하지. 오빠 걱정하려면 아직 멀었어, 희윤아."

-어어? 오빠 이러기야?

"하하하하."

희윤과 한참 통화하며 강윤은 잠시나마 휴식을 누릴 수 있었다.

그러나 그 시간도 잠시였다.

이내 사무실 문을 두드리는 소리가 나며 문이 열렸다.

강윤은 아쉬움에 짧게 한숨을 내쉬었다.

"나중에 전화할게."

-밥 잘 챙겨먹고. 차 조심해.

통화가 끝나고, 강윤은 들어온 한정석 과장에게서 서류를 받아들었다.

"XX유통사에서 온 발주 요청서입니다."

"엄청 많네요."

"뮤직 스테이션 효과가 엄청난 것 같습니다."

한정석 과장 말대로 데뷔 무대, 뮤직 스테이션 무대가 일본에 미친 파장은 엄청났다.

주아라는 한국의 가수가 일본에 화려하게 모습을 드러냈고, 그녀의 음반은 불티나게 팔려 나가고 있었다.

덕분에 지사에 쌓여 있던 음반은 이미 바닥이 드러났고 생산되는 음반은 만들어지는 족족 바로바로 나가는 상황이었다. 일손이 달려 회사 사람들은 모두 그쪽으로 지원 나가 강윤은 돌아가지도 못하고 있었다.

"주아는 뭐하고 있죠?"

"지금 사케우 연예잡지사와 인터뷰가 잡혀 있다 합니다. 그 이후 요리우라 잡지에서 화보 촬영이 있다 하네요. 그리고……."

"오자마자 엄청나네요. 그런데 음악 스케줄이 많지는 않군요."

"거기까지는……."

강윤이 이상히 여기자 한정석 과장은 자신의 주관이 아니라며 발을 뺐다. 타 과의 업무까지 이래라 저래라 할 수는 없는 노릇이었다.

강윤을 알겠다며 그를 내보냈다.

'휴우. 이 정도면 될 것 같군.'

강윤은 추가 발주 전화를 하려다 관뒀다.

사실 그가 담당할 업무는 무대와 이후 며칠의 데뷔 시즌으로 끝이었다.

시작을 화려하게 열었으니 이제는 다른 사람들에게 맡겨도 될 터. 그 이상 침범하는 건 월권이었다.

일을 끝낸 강윤은 옥상으로 향했다.

"후우."

옥상에서, 강윤은 길게 연기를 내뿜었다.

가수에게 안 좋은 영향이라도 줄까 눈치를 보며 잘 태우지도 못한 담배였다.

오늘따라 흩뿌려지는 연기가 이상하게 흐뭇했다.

'하하. 내가? 주아를? 그것도 성공?'

강윤은 아직도 가슴이 쉽게 진정되지 않았다.

음반 판매량은 집계가 안 됐지만 현재 판매량이 50만 장을 향해 가고 있다고 했다. 성공이라 말해도 됐다.

조만간 밀리언셀러도 바라볼 수 있을 것 같다니 성공도 이런 성공이 없었다. 과거, 실패만을 반복해서 마이너스의 손이라 불렸던 자신인데 제대로 된 가수를 해외에서 성공시키다니……. 그 성취감은 이루 말할 수가 없었다.

높지 않은 건물이었지만 내려다보이는 풍경은 이루 말할 수 없이 아름다웠다. 성취감은 눈에 보이는 모든 걸 아름답게 만들었다.

'빛…….'

노래, 춤이 빛으로 보이는 이 능력. 때로는 다른 사람이 아무렇지 않게 넘어갈 때도 잡아내는 컴퓨터 같은 능력. 이 능력이 불행한 과거를 흔들어 뒤바꾸어 놓았다.

바뀐 미래. 자신이 바꾸어놓은 과거는 미래를 뒤흔들어 놓았을 것이다. 이제 알 수 없는 미래를 강윤은 감내해야 했다. 그러기 위해서는 스스로 강해져야 했다.

딱딱한 생각을 하며 도시를 내려다보던 강윤은 이내 피식 웃음을 흘렸다. 복잡한 생각을 하기엔 오늘은 기쁜 날이었다. 스스로가 너무 팍팍하단 생각에 담배꽁초를 비벼 꺼버렸다. 무거운 생각을 하기엔 오늘이 아까웠다.

　사무실로 내려오니 손님이 기다리고 있었다.

　"회장님."

　"오, 이 팀장. 안녕하신가."

　손님, 원진문 회장은 강윤을 보자마자 덥석 끌어안았다.

　그는 얼굴에 웃음이 만발해 있었다. 주아의 일본 앨범이 이렇게 잘될 줄은 상상도 하지 못했건만. 진흙에서 보석을 캐낸 기분이었다. 한 번 안아주는 것만으로는 부족했는지 손에 힘이 팍팍 들어갔다.

　사무실 소파에 원진문 회장을 안내한 강윤은 커피를 내왔다. 직원도 없어 직접 커피를 타서 내와야 했다.

　"오랜만에 오는데 사람이 없구만."

　"다들 지원 나갔습니다. 지금 고양이 손도 모자랄 판국입니다."

　"그럴 만하지. 지금 50만 장이 넘었다지?"

　"네."

　원진문 회장은 입가에 미소가 떠나질 않았다. 그럴 만했다. 주아가 일본에서 1위를 하고 앨범 판매량이 폭주하자 주가가 미친 듯이 치솟았다. 그의 개인 재산도 폭증했다는 이야기였다. 그의 눈에 강윤이 그렇게 예뻐 보일 수가 없었다.

　"난 지금도 믿기지가 않아. 주아가 뮤직 스테이션에서 데뷔 무대를 가졌다는 게 말이야. 앨범 판매량은 말할 것도 없지. 자네가 근거를 들어 호언장담을 했지만 사실은 아직도 전혀 믿기지 않는다네."

"저도 사실 얼떨떨합니다."

"스스로 과소평가할 것 없어. 자넨 해냈어. 지저분한 수도 쓰지 않았고 주아를 올려놨어. 주아가 전화로 그러더군. 이렇게 편안하게 무대를 준비한 적은 데뷔 이래 처음이라고 말야. 앞으로도 계속 자네와 함께 작업을 했으면 좋겠다고 직접 요청해 왔어."

"그렇습니까."

주아라면 강윤은 환영이었다. 알아서 자기관리도 해줘, 요청도 잘 들어줘 성격도 나쁘지 않아…… 는 아니었고 아무튼 최고의 조건을 다 갖춘 가수였다. 게다가 신뢰까지 구축해놓았다. 그런 가수가 그를 원한다니. 기쁘고 즐거웠다. 물론 크게 티를 내진 않았다.

"하지만 말야……."

그러나 한국말은 끝까지 들어봐야 했다.

"주아는 이제 한시름 놓아도 괜찮아. 더 급한 일이 생겼네. 자네는 이제 한국에서 더 큰일을 해주었으면 좋겠어. 그래서 내가 직접 왔어."

"더 큰일 말씀입니까?"

"그래, 더 큰일."

원진문 회장은 들고 온 서류 봉투에서 서류들을 꺼내어 강윤에게 내밀었다.

"차기 걸그룹 후보생 보고서? 반려? 이건 무엇입니까?"

"보고 이야기하지."

강윤은 서류를 넘겼다. 그런데 서류를 넘기자 강윤의 눈이 휘둥그레졌다.

"정민아. 18세. 춤 A 노래 C 스타성 B. 전체 평가 C+. 뛰어난 댄스 실력을 갖추었으나 팀원들과 화합하지 못하고 혼자 돋보이려는 경향이 강해…… 엥?"

"아는 아이인가?"

"아, 아닙니다."

강윤은 다음페이지를 넘겼다.

"한주연, 춤 C 노래 A 스타성 C? 한주연이?"

"자네, 연습생들하고 만난 적이 있나?"

"아니, 아닙니다. 조금만 더 읽어보고 말씀드리겠습니다."

"그러게나."

강윤은 도무지 이해가 가질 않았다. 보고서에는 노래에 재능은 있으나 몸이 약해 춤에 약하다. 소심해 전체와 화합하질 못해 스타로 대성하기는 힘들 것 같다고 적혀 있었다.

'이거 누가 평가한 거야? 한주연이? 나중에 인기의 핵이 한주연인데 스타로 대성하기 힘들다고? 눈이 엉덩이에 달렸나?'

강윤은 기가 막혔다. 대체 이런 평가는 누가 했는지 만나 보고 싶을 정도였다. 강윤은 이런 평가에 황당해하며 서류를 읽다 말고 덮어버렸다.

"이 평가 누가 했는지 물어봐도 되겠습니까?"

"왜 그런가. 이상한가?"

원진문 회장이 물었다. 그는 강윤의 생각이 궁금했다. 강윤은 강윤대로 어떻게 말을 해야 할지 곰곰이 생각했다. 그리고 답했다.

"춤이나 댄스는 잘 모르겠습니다만, 스타성에 있어선 평가가 잘못되었다고 생각합니다."

"스타성에서? 이유가 무엇인가?"

"스타성이란, 사람들의 관심을 끄는 특정할 수 없는 매력입니다. 정민아는 사람들을 홀리는 매력이 있습니다. 춤을 잘 추는 사람은 많지만 정민아만큼 매력적으로 춤을 추는 사람은 드뭅니다. 특히 여자가 여자를 홀리는 춤은 말이죠."

"호오, 그런가?"

"네. 그리고 한주연은 남자들에게 지켜주고 싶은 이미지가 강합니다. 하지만 그녀 스스로는 당찬 구석이 있죠. 이게 오히려 남자들을 더 홀립니다. 저라면 이런 걸 메이킹하겠습니다. 스타성이 없다는 평가는 아닌 것 같습니다."

원진문 회장은 강윤의 말에 수긍했는지 박수를 천천히 쳤다.

"역시 자네는 언제나 예상 이상의 답을 내놓는군. 연습생들에 대한 파악도 했을 줄은 생각도 못 했는데 말야. 내가 이 자료를 들고 온 건 트레이너들과 차기 걸그룹을 기획할 기획팀장이 평가한 이 자료가 너무 마음에 들지 않아서야. 이현지 사장이 온다는 걸 내가 고집을 부려 직접 왔지. 역시 자네는 다른 사람하고 다른 답을 내놔서 좋아."

낯 뜨거운 칭찬이었지만 원진문 회장은 꺼리지 않았다. 그는 진심으로 감탄했다. 단순한 혜성이 아니었다. 주아의 앨범을 성공시킨 게 절대 우연이 아니라 생각했다. 강윤에게는 특별한 눈이 있다고 원진문 회장은 확신했다.

"이제 자네는 우리 차기 걸그룹을 맡게 될 거야. 연습생들 선발부터 훈련, 모든 것을 알아서 하게. 그 일만 하는 건 자네에게도 시간 낭비니까 중간중간 공연이나 다른 일도 맡아 주면 좋겠어."

"신인…… 말입니까? 주아가 회장님께 요청한 게 있다 들었습니다만."

"주아는 괜찮아. 누구와도 잘할 수 있어. 그 문젠 내가 알아서 하지. 자네가 워낙 기반을 탄탄하게 깔아놔서 여긴 괜찮아."

일을 너무 잘해도 이런 게 문제였다. 조금은 한가해질까 싶었는데. 강윤은 작게 한숨지었다. 물론 행복함과 아쉬움, 여러 가지가 뒤섞인 한숨이었다.

"내일까지 여기 일은 인수인계하고 한국으로 돌아가지. 수고 많았네."

원진문 회장의 선언과 함께 주아와의 프로젝트는 끝이 났다.

강윤의 첫 프로젝트는 대성공으로 막을 내렸다.

주아라는 한국의 가수를 일본의 스타로 올려놓았고, 이후 MG엔터테인먼트 가수들이 진출할 방법과 발판, 인맥까지 마련해 놓았다며 업계에 소문이 파다하게 퍼져 나갔다.

그렇게 기획 프로듀서 이강윤은 가요계에 모습을 드러냈다.

3화
신인 기획

"리스야, 리스야! 들었어?"

"……뭘?"

크리스티 안은 스트레칭을 하며 호들갑을 떨어오는 친구에게 시크하게 반응했다. 표정 변화가 별로 없는 크리스티 안에게 이미 익숙했는지 친구는 수다에 열을 올렸다.

"주아 선배님 말야, 일본에서 대박쳤데. 완전 초대박! 앨범 지금 50만 장 팔리고 방송도……."

크리스티 안은 친구의 수다를 한 귀로 듣고 한 귀로 흘렸다. 좋아하는 스타 이야기라 당연히 좋긴 했지만 이미 다 알고 있는 내용이다. 같은 이야기 또 듣는 건 별로였다. 하지만 눈치 없는 친구는 계속 주아 이야기를 계속해 댔다.

'그만 좀 하지.'

그렇다고 크리스티 안은 쓸데없이 트러블을 만들고 싶은 마음도 없었다. 실력만큼이나 이미지 메이킹도 중요한 게 이 바닥이다. 연습생 때부터의 소문은 가수 때까지 이어지는 법.

그녀는 그냥 그러려니 해버렸다.

"안녕."

"안녕하세요?"

몸이 거의 풀릴 즈음, 트레이너 선생님이 들어왔다.

연습을 시작하기 전, 간단히 조회를 하고 바로 연습에 들어가야 했지만 오늘은 조금 길었다.

"오늘은 공지사항이 있다. 위에서 연습을 보러 오실 거야."

"손님이요? 저번처럼 이사님들 오시나요?"

머리를 돌돌 말아 묶은 중학생 정도 되어 보이는 연습생 하나가 물었다.

요새 가수 후보생들 선발한다고 정장 입은 높은 사람들이 오가니 연습생들 부담감이 이만저만이 아니었다.

"비슷해. 아무튼 더 열심히 해야 할 거야."

트레이너가 으름장을 놓았지만, 크리스티 안에게는 남의 나라 이야기였다.

'뭐, 오겠지.'

어차피 뽑힐 사람들이 뽑힐 것을.

그녀는 조용히 한쪽 구석으로 가서 연습을 준비했다.

"어서 오십시오. 이쪽입니다."

강윤은 트레이너의 안내를 받아 연습실로 들어갔다. 혹여나 연습생들이 부담을 느낄까 평가서같이 보일 것들은 아무것도 들고 오지 않았다. 딱 하나, 핸드폰 하나만 들고 왔다. 핸드폰 메모장을 이용해 아주 간략한 메모만 할 생각이었다.

"안녕하십니까!"

강윤이 들어가자, 정렬해 있던 연습생들이 모두 한목소리로 외쳤다. 강윤은 그 기합에 놀라 뒤로 물러날 정도였다.

"그, 그래. 안녕."

"하하하. 팀장님, 놀라셨습니까?"

"다들 기합이 대단하네요."

가벼운 마음으로 왔는데, 군대식 일치를 본 강윤은 찔끔할수밖에 없었다. 군대에서나 보던 이런 인사에 정렬에 강윤은 찔끔했다.

'MG엔터테인먼트가 괜히 큰 게 아니구나.'

얼마나 철저하게 가르쳐야 저런 게 나올까. 기합이 단단히 든 연습생들의 모습에 강윤은 다시 감탄했다.

"오늘 오신 분은 이강윤 총괄기획팀장님이시다. 전에는 가수 주아의 앨범 'Girls on Top'를 기획하셨고 이번에는 신인 걸그룹 기획을 위해 너희 중 필요한 사람을 선발하러 직접 오셨다. 자, 팀장님. 말씀하시지요."

트레이너의 말에 강윤은 잠시 주춤했다. 사전에 말을 해놓을 것을, 가볍게 보고만 갈 생각이었는데 살짝 틀어져 버렸다. 그래도 기왕 이렇게 된 거 강윤은 앞으로 나섰다.

"안녕하세요. 이강윤입니다. 간단하게 이야기할게. 편안하게 준비해 오던 걸 보여주면 좋겠어. 이상이야."

연습생들은 박수를 쳤다. 아니, 강윤의 간단한 한마디가 모두의 눈빛을 바꾸어 놓았다. 가수가 된다는 것은 모든 연습생의 꿈이다. 게다가 여자 연습생들의 워너비인 주아를 일본에서도 제대로 띄워놓은 총괄기획팀장의 손에서 가수가 된다니. 말 그대로 선발만 되면 스타가 된다는 이야기 아니겠는가. 모두의 눈에서 빛이 났다.

"그럼 저는 저쪽에 있겠습니다."

강윤은 맨 앞, 연습생들이 가장 잘 보이는 곳에 앉았다.

"그럼 시작해 보자. 어디까지 했지?"

트레이너의 말이 끝나기가 무섭게 바로 연습이 시작되었다.

연습이 시작되자 수많은 연습생에게서 빛이 발산되었다.

'아, 눈이야……'

강윤은 각자에게서 나오는 빛을 보느라 순간 눈을 비볐다. 그러나 이내 적응했는지 한 사람, 한 사람에게 집중하기 시작했다. 빛은 제각각이었다. 주아와 댄스팀이 연습할 때처럼 하나로 합쳐져 화려하고 강하게 빛나는 종류는 아니었다. 서

로가 서로를 잡아먹는 그런 빛이었다. 춤의 성격에 맞게 빛
도 경쟁하고 있었다. 칙칙한 회색도 여기저기서 비쳤고 그나
마 보이는 흰빛은 세기가 너무 약했다.

'기록할 것도 없겠네.'

강윤은 고개를 흔들었다. 물론, 지금 저들이 보여주는 게 전
부는 아니라 생각해 며칠 더 지켜볼 생각이었지만 기대를 하
고 온 만큼 실망도 했다. 강윤은 고개를 절레절레 흔들었다.

다른 반에 가봐야겠다 생각하며 자리를 뜨려는데 희미하
지만 계속 눈에 들어오는 빛이 있었다. 순백의 빛이었다. 계
속 신경이 쓰였지만 주변의 회색이 너무 짙어 잘 보질 못했
는데 강윤은 눈을 가늘게 뜨고 주목했다.

'리스?'

크리스티 안.

과거에 EDDIOS의 멤버였다.

혼혈로 아버지가 미국인이었다. 특이한 목소리가 매력적
이었으며 시크하고 여성스러움으로 한주연과 함께 남성팬들
의 인기를 한 몸에 받았었다.

'허……. 여기 있었구나. 그런데 표정이 어둡네. 춤에도 그
리 성의가 없고.'

평가 중인 걸 알면서도 저리도 대충하다니. 저건 자신감일
까, 반항일까. 빛은 희미했지만 강윤에게 크리스티 안은 계
속 눈에 들어왔다. 이국적이지만 한국적인 미가 뒤섞인 얼굴

하며 모두가 좋아할 마른 체형에 차가운 분위기, 표정. 저건
끌릴 수밖에 없었다.

'그런데 왜 스타성이 B밖에 안 됐지?'

강윤은 보고서에서 봤던 크리스티 안의 스타성 평가를 기
억해 냈다. 사람을 계속 쳐다보고 싶게 만드는 매력, 저건 엄
청난 매력이다. 보면 볼수록 강윤은 평가서와 현실의 차이가
이해가 가질 않았다.

이윽고, 연습이 끝났다. 강윤은 트레이너에게 귀띔을 하곤
연습실을 나갔다.

쉬는 시간, 크리스티 안은 물을 마시기 위해 휴게실로 향
했다. 그런데 그 뒤를 트레이너가 따라왔다.

"선생님."

"크리스티."

"무슨 일 있나요?"

트레이너가 급히 따라온 거지만 크리스티는 별 표정 변화
가 없었다. 다른 연습생들 몰래 이야기하는 것은 뭔가 중요
한 이야기가 있다는 말이다. 그런데도 그녀는 동요가 없었
다. 대범함인지, 아니면 다른 무엇인지. 트레이너는 의아해
하면서도 용건을 이야기했다.

"5층으로 가봐."

"5층이면……."

"총괄기획팀장 사무실."

5층부터는 연습생들에겐 거의 인연이 없는 곳이다. 팀장, 이사장, 사장 등 '장'이 붙는 사람들의 개인실이 즐비한 곳이 바로 5층 이후부터다. 그런데 5층으로의 호출이라니. 동요가 없던 크리스티 안이지만 표정이 흔들렸다.

"제가 무슨 잘못이라도 했나요?"

"나도 잘 모르겠어. 일단 가봐. 바로."

크리스티 안은 두근거렸다. 좋게 뛰는 가슴은 아니었다. 아니, 좋은 일일 수도 있었다. 그러나 그녀가 보기에 방금 총괄기획팀장이라는 사람이 연습 장면을 좋게 보고 간 것 같진 않았다. 살며시 고개를 흔들고 가는 모습을 봤기 때문에 알 수 있었다.

크리스티 안은 떨리는 가슴을 안고 5층 총괄기획팀장 사무실 앞에 도착했다. 노크를 하고 안으로 들어가니 강윤이 그녀를 맞아주었다.

"앉아. 커피 한잔할래?"

"아니요. 괜찮습니다."

무려 총괄기획팀장이다. 이제 겨우 연습생인 크리스티 안에겐 하늘과도 같은 존재다. 그녀는 정자세로 바짝 얼었다.

'이건 이것대로 재미있네. 리스가 내 앞에서 이러고 있다니.'

미래에 모든 남자들의 로망이 되는 가수, 리스였다. 연습생이라지만 그런 그녀가 자신의 앞에서 이렇게 얼어 있었다. 강윤은 이 사실이 재미있으면서 신기했다.

물론, 일과는 별개였다.

"크리스티 안. 춤 C 노래 B 스타성 B. 전체 평가 B-. 지난번 연습생 평가에서의 네 평가야."

"……."

크리스티 안은 고개를 떨궜다. 저 평가는 연습생에게서 공포의 대상이었다. A는 되어야 가수를 꿈꿔 볼 수 있으며 A에서도 소수만이 데뷔를 할 수 있다. 그런데 B-라니. 게다가 그녀의 나이 17살. 이미 동년배 연습생들은 주위에 널리고 널렸다. 이런 생각들을 하니 저절로 고개가 푹 숙여졌다.

그런데.

찌이익-!

갑자기 강윤이 평가서를 주욱 찢어버렸다.

"아……!"

이게 무슨 의미일까.

크리스티 안은 놀라 고개를 번쩍 들었다.

"이런 평가들이야 나중에 충분히 만회할 수 있어."

평가서를 단번에 찢어버린 강윤 때문에 크리스티 안의 포커페이스는 단번에 깨져 버렸다.

"춤 C. 춤은 아직이긴 하지. 노래 B. 이것도 아직은 크게 눈에 띄진 않아. 하지만 스타성 B. 이건 인정하기 힘드네."

"스타…… 성이요?"

크리스티 안은 전혀 이해가 가질 않아 갸웃거렸다. 연습생들이 자주 듣는 말이지만 말로 설명하기 모호한 게 스타성이다. 외모를 비롯해 각종 복합적인 요소들을 합한 종합적인 요소들의 총체다. 덕분에 주관적인 요소가 무척 강해 말이 많은 요소이기도 했다.

스타성이 부족하면 아무리 뛰어난 실력을 가진 연습생도 데뷔를 못 하거나, 데뷔를 했어도 질타가 끊이질 않는다. 가장 평가하기 어렵고 언급도 쉽지 않은 요소였다. 누구도 쉽게 말을 하지 않는 게 스타성이었다.

그런데 강윤은 스타성을 언급했다. 자신이 그게 있다고 말했다.

크리스티 안은 의아했다.

"제가 스타성이 있다구요?"

"있어."

"어떤 면에서 스타성이 있다 말씀하시는지 물어봐도 될까요?"

크리스티 안은 냉정했다. 강윤이 자신을 이렇게 높이 평가하는 이유가 궁금했다. 누구도 자신에게 그런 말을 해주는 이가 없었다. 그런데 가장 핫한 기획 프로듀서가 스타성이 있다 말했다. 두근거렸지만 마냥 기뻐할 수도 없었다. 이유가 있을 게 분명했다.

"일단 흔치 않은 요소가 있어 사람들의 시선을 모을 수 있지."

"제가 혼혈이기 때문인가요?"

"그것도 한몫하지. 이국적이면서 한국적인 얼굴, 그리고 묘하게 차가운 것 같으면서 그렇지 않은 것 같은 분위기. 외모도 한몫 단단히 하고 있고."

"분위기요? 제가요?"

"아직은 부족하지. 이미지 메이킹을 해야지."

강윤이 보기에 지금의 크리스티 안은 차갑기만 했다. 냉기를 풀풀 풍기며 사람들을 쳐내기만 하는 듯했다. 그러나 줄 듯 말 듯 밀당을 하며 조금씩 자신을 보여준다면 분명 성공할 수 있다. 과거에 리스가 그랬던 것처럼, 아니 과거보다 조금은 더 주면서 더 아쉽게 만들면 더더욱 사람들을 안달 나게 만들 수 있다.

물론 강윤은 더 큰 것을 바라보고 있었지만 말이다.

"그럼 절 여기로 부르신 이유가⋯⋯."

"아아. 내 팀에 넣으려고 부른 거야. 그 이전에 가계약을 하려는 거지."

크리스티 안은 눈을 감았다. 가계약⋯⋯.

가수가 되기 전, 그러니까 데뷔를 위한 팀에 들어가는 연습생들이 맺는 계약을 위해 부른 것이었다니. 혹시나 안 좋은 일들이 있을까 가슴을 졸였건만 일이 좋게 풀리자 그녀의 눈에서 눈물이 어렸다.

"우니?"

"아, 아니에요. 그냥……."

"이제 겨우 시작인데."

강윤은 티슈를 빼서 내주었다. 갑자기 찾아온 기쁨에 감정이 터진 크리스티 안은 민망했는지 고개를 돌려 눈물을 닦았다. 그제야 살짝 웃으며 그녀는 편안하게 앉을 수 있었다.

강윤은 가계약 서류를 내밀었다.

"아직 미성년자라 부모님 서명이 들어가야 해. 집에 가서 꼼꼼히 체크해 보고 부모님 도장을 받아서 와. 법적인 부분에 대해선 부모님 조언도 들어보도록 해."

"네, 선생님. 정말…… 감사합니다. 그런데 저 부모님 사인을 받을 수가 없는데……."

"왜? 무슨 일 있어?"

"부모님이 미국에 계셔서."

"아, 맞다. 숙소에서 혼자 살지?"

크리스티 안은 미국에서 홀로 한국에 와 연습생 생활을 하고 있었다. 부모님은 모두 미국에 있었고. 강윤은 그런 그녀를 위해 미국으로 서류를 보내겠다 이야기했다. 가계약은 부모님과 이야기한 후 사인하기로 하고 이야기를 맺었다.

"감사합니다, 선생님."

"아냐. 당분간은 원래 하던 대로 연습해. 조만간 차출해서 부를 거니까."

"저 말고 다른 애들도 있나요?"

"더 뽑아야지. 지금은 네가 처음이야."

"알겠습니다. 열심히 하겠습니다."

크리스티 안은 90도로 인사를 하곤 밖으로 나갔다. 차가운 얼굴로 들어와선 상기되어 나가는 모습을 보니 영락없는 10대 소녀였다.

"아무리 미래의 대형 가수라 해도 지금은 10대 소녀구만. 다음은 누구 차례지?"

설레는 얼굴로 나가는 크리스티 안을 보니 강윤은 신기했다. 미래의 가수들을 과거의 모습으로 만나는 건 소소한 즐거움이었다.

그것과 별개로 강윤이 만나봐야 할 사람은 많았다. 그는 바로 서류를 들고 연습실로 향했다.

7층 원진문 회장의 집무실은 아무나 들락거리지 못하는 금지다. 취향에 맞게 너무 크지 않으면서도 검은 사무가구들이 멋들어지게 들어선 집무실은 원진문 회장의 일터이자 회사의 중요한 결재가 이루어지는 장소였다. 중요한 장소인 만큼 아무나 들어갈 수 없는 게 당연했다.

그런데 지금 그곳에서 일이 벌어지고 있었다.

"삼촌!"

회장 집무실에서 전혀 나오지 않을 법한 귀가 째지는 소리가 터져 나오고 있었다.

"주아야. 삼촌이 설명했잖니."

"아, 난 이해 못 해요, 못 해! 다 필요 없어, 없다고! 강윤오빠 내놔요, 내놔!"

원진문 회장은 그답지 않게 땀을 삐질삐질 흘렸다. 물론 회장의 권위가 회사 최고이긴 하다. 권위로 누르면 눌러진다지만 지금 상대는 주아였다. 최고 잘나가는 가수. 괜히 마음 상하게 하면 마케팅에 지장이 온다. 그리고 찔리는 구석도 있었다.

"강윤강윤강윤! 내 강윤! 강윤이 내놔요!"

"주아야. 회사에 중요한 일이 있어서……."

"이 회사에서 나만큼 중요한 일이 있어요?"

회장실이 떠나가라 주아는 난리를 쳤다. 이미 이성이 날아갔는지 주아는 눈에 불이 확 켜져 있었다. 그녀 입장에선 그럴 만했다. 앞으로의 일정을 강윤과 나누며 마음 편하게 일하려고 했건만 2일 동안 스케줄 다녀왔더니 강윤은 어디론가 사라져 있었다.

갑작스러운 강윤의 잠수에 분노한 주아는 매니저에게서 자초지종을 듣고 그길로 바로 한국으로 날아왔다.

"그렇긴 해도 주아야. 강윤 팀장도 일본에만 있을 순 없는……."

"몰라요, 몰라. 삼촌, 나 주아예요. 연주아."

현재 MG엔터테인먼트 최고의 가수. 이름값으로 밀어붙이니 원진문 회장도 머리가 아팠다. 물론 회장 권위로 그냥 '내 말 들어!'할 수도 있었지만 그래 봐야 좋을 게 없었다.

'일을 너무 잘해도 머리가 아프구만.'

주아가 이렇게까지 우겨댄 적은 처음이었다. 원진문 회장은 주아가 이렇게 회장실까지 와서 강짜를 부릴 줄은 생각도 못했다.

그렇다고 이제 막 신인 기획에 들어간 강윤을 보내줄 수도 없는 노릇. 주아가 캐시카우라면 강윤은 캐시카우를 창조하는 마법사였다.

결국 원진문 회장을 주아를 달래고 달래며 시간을 보내다 주아가 스케줄 시간이 되어 나가고 나서야 안도의 한숨을 쉴 수 있었다.

"후우……. 무슨 해바라기도 아니고……."

그런데 닫혔던 문이 덜커덕 열리며 주아가 고개를 쑤욱 내밀었다.

"다음에 또 올 거예요."

나 또 오기 전에 강윤을 데려다 놔라. 그 의미였다. 결국 원진문 회장은 머리를 잡고 소파에 드러눕고 말았다.

'미국으로 출장이나 갈까?'

이도 저도 못하는 상황에서 원진문 회장은 지금 이 스무

살도 안 된 가수가 너무도 무서웠다.

"오빠!"

저녁 시간, 대문이 열리는 소리가 들리자 희윤은 방문을 열고 달려 나갔다. 문을 여니 강윤이었다. 일을 일찍 마치고 귀가한 그는 추운지 온몸은 바르르 떨고 있었다.

"왜 나왔어? 추운데."

"오빠가 왔는데 나와야지."

"춥다. 들어가자."

모처럼 이른 시간에 귀가한 강윤은 손에 먹을 것들을 잔뜩 싸들고 왔다. 희윤은 신이 나서 먹거리들로 저녁을 차리기 시작했다. 상에 이거저거 놓는 손길에 강윤이 대신 하겠다 했지만 희윤이 그를 막아섰다.

"직장인은 씻고 기다리셔."

희윤의 고집에 밀려 강윤은 곧 편안한 옷으로 갈아입고 씻었다. 집에 온수 시설이 없어 물을 직접 덥혀야 했다. 덕분에 씻는 데 시간이 제법 걸렸다.

강윤이 씻고 나오니 희윤이 저녁을 거하게 차려 놓았다.

"오빠, 밥 먹자."

강윤이 수건을 두르고 가니 상에는 치킨에 강윤이 마실 맥주, 그리고 희윤이 좋아하는 잡채와 각종 밑반찬, 찌개 등이 푸짐하게 놓여 있었다. 강윤이 젓가락을 들자 희윤도 수저를 들었다.

"희윤이 오늘 뭐 했어?"

"공부하고, 병원 가고 그랬지."

"친구들하고는 잘 놀았고?"

"알잖아. 나 친구 없는 거."

식사를 하며 강윤은 희윤의 학교생활을 물었다. 그러나 희윤은 그리 할 말이 없는지 답을 피했다. 어릴 때부터 희윤은 몸이 약해 어울릴 친구가 없었다. 희윤의 말을 듣는 강윤은 마음 한편이 쓰려왔다.

오빠의 표정이 어두워지는 게 싫어 희윤은 밝게 이야기했다.

"그래도 괜찮아. 이렇게 좋은 오빠가 있잖아."

"자식."

강윤은 치킨 다리를 희윤의 밥에 올려 주었다. 희윤은 다리를 야무지게 잡아 입에 넣었다. 두툼한 살이 입안에서 살살 녹았다.

"오빠하고 저녁 먹으니까 참 좋다."

그동안 강윤이 너무 바빠 밥도 함께 먹기 힘들었다. 강윤의 출근과 퇴근 때 얼굴보고 인사하는 게 대화의 전부였다. 이 점이 마음에 걸렸던 강윤에게 이런 식사 시간은 기쁨이고 행복이었다.

"나도."

"그래도 오빠가 일이 잘되고 있다니까 더 좋아. 주아 언니도 엄청 잘됐다며."

"잘됐지. 사인 받아다 줄까?"

"사인보다 같이 사진 찍어보고 싶어."

"그게 어렵겠어? 오빠가 누군데."

"오올. 우리 오빠 능력 있는데?"

강윤은 대수롭지 않게 말했다. 희윤에게는 뭐라도 다 해주고 싶었다. 주아와 사진 찍기? 동생을 회사로 초대하면 될 일이다. 주아를 위해 그렇게 뛰었는데 사진 하나 안 찍어주겠나. 더한 것도 해줄 자신이 있었다.

"오빠 이거 먹어."

"이거 날개잖아. 오빠 날개 안 좋아해."

"먹고 힘내서 애인도 데리고 와야지. 결혼도 하고."

"……희윤아."

강윤은 우물거리던 걸 뿜을 뻔했다. 간혹 이런 동생의 촌철살인은 어디서도 떨지 않던 강윤을 부들부들하게 만들었다.

"안녕하십니까?"

"안녕?"

트레이너들에게 서류를 받기 위해 잠시 3층에 들른 강윤은 복도를 지나며 마주친 여자 연습생들에게 우렁찬 인사를 받았다.

'야야야, 저 사람이야?'

'어어. 다음 가수 기획한대. 대박대박.'

연습생들, 특히 여자 연습생들은 더더욱 난리였다. 강윤의 눈에 조금이라도 띄기 위해, 혹은 잘 보일까 인사도 크게 하고 때론 여우같이 애교까지 부리며 접근해 왔다. 그러나 30대, 아니, 과거에 10년을 더 산 정신연령 40대인 강윤에게 연습생들의 이런 모습은 재롱떠는 조카들로밖에 보이지 않았다. 그저 한번 허허 웃어버리고 말았다.

"여기 관련 서류들입니다."

"감사합니다."

강윤은 트레이너에게 서류를 받아 들고 사무실로 향하려다 커피가 생각나 휴게실로 향했다.

"아, 안녕하세요?"

"민아구나. 안녕."

휴게실에는 선객이 있었다. 목에 수건을 두르고 나시티를 입은 정민아였다. 그녀는 강윤이 반가웠는지 손을 흔들었다. 정민아는 수건에 가려진 목선과 몸에 착 달라붙은 가슴선이 두드러져 지나가는 연습생들마다 한 번씩 힐끔거리며 쳐다

보게 만들고 있었다.

강윤은 그녀에게 물을 뽑아 주었다.

"감사합니다."

"그래. 연습 중이었어?"

"네. 아저씨는 일하는 중?"

"하. 아저씨라니. 아직 결혼도 안 한 총각한테 그러는 거 아냐."

"난 아저씨라는 말 좋은데……. 그래도 싫으시면 다른 말로 할게요."

"……맘대로 해라. 그리고 회사에서는 팀장님이라고 불러야 한다."

"……네. 밖은 상관없는 거죠?"

"……에라이."

진심으로 아쉬워하는 정민아에게 강윤은 딱히 뭐라 할 말이 떠오르지 않았다. 귀엽긴 했지만 회사는 사람들의 시선이 많은 곳이었다. 조심해야 했다.

강윤과 정민아는 잠시 앉아서 한담을 가졌다. 이미 정민아에겐 처음 만났을 때의 까칠함은 없었다. 그녀는 활기차게 연습생의 일상을 이야기했고 강윤은 이야기를 들으며 간간히 조언을 해주었다. 물론 강윤은 차기 걸그룹에 대한 이야기는 일절 하지 않았다. 정민아도 마찬가지였다.

잠시 이야기를 나눈 강윤은 시간이 되었다 생각해 자리에서 일어났다.

"그럼 먼저 가볼게."

"네, 안녕히 가세요."

강윤은 정민아를 뒤로하고 사무실로 올라갔다. 크리스틴 안에 대한 자료들을 정리하고 가계약 건에 대한 일들도 서둘러야 했다. 각 팀들에 업무도 배분해야 했으니 그의 작업량은 무척 많았다.

일에 몰입하다 보니 시간은 금방금방 지나갔다.

"후아…… 끝났다."

일들을 모두 배분하고 가계약 건을 마치니 밤이 되었다.

'지금 가면 희윤이랑 같이 밥 먹을 수 있겠는걸?'

무려 칼퇴근이었다. 일은 많았지만 빠르게 처리한 덕분이었다. 동생과의 저녁 시간은 강윤의 소소한 행복. 강윤은 서둘러 사무실을 나와 엘리베이터를 탔다. 그런데 1층에 서야할 엘리베이터가 3층에 서더니 문이 열렸다. 그런데 앞에는 아무도 없었다.

'뭐야?'

누가 눌렀다 계단으로 갔나 싶어 강윤은 바로 닫기를 눌렀다. 그런데.

─우리 이제~ 사랑하나요. 그대와~

멀지 않은 곳에서 들려오는 노랫소리가 그의 귀를 자극했다. 여자 목소리였다. 강윤은 바로 열기 버튼을 누르고 밖으로 나왔다. 그리고 소리가 나는 곳으로 향했다.

－오늘은 사랑하기 좋은 날~ 그대와 나－!

소리는 점점 가까워졌다. 목소리는 알찼고 힘이 있었다. 그러나 부드러우면서 듣기 좋았다. 뚜렷했고 가사도 명확했다. 소리가 궁금해진 강윤은 점점 그곳으로 다가갔다. 그리고 소리가 들려오는 연습실 문을 조심스레 열었다.

'한주연?'

문 안에는 적당한 키에 긴 머리칼의 연습생이 있었다. 강윤에겐 뒷모습만이 보였는데 얇은 허리가 도드라졌다. 그녀에게서 나오는 하얀빛이 사방을 가득 메우고 있었다. 주아가 보이던 강한 빛과 비슷했지만 또 달랐다.

한주연은 강윤을 인식하지 못했다. 노래에 몰입해 누가 들어온 것을 인식하지 못한 탓이다. 강윤은 그녀의 노래가 귀에 쏙쏙 박히는 것을 느꼈다. 가사가 제대로 전달되었다. 사랑하기 좋은 날, 하지만 우린 헤어져야 한다는 연인의 이야기가 강윤에게 그대로 전달되었다. 그에 맞춰 그녀에게서 나오는 빛도 점점 강해졌다.

'잘하네. 그런데 왜 저렇게 바이브레이션이 심하지? 아직은 기본기를 더 닦아주었으면 하는데…….'

아직은 연습생이어서 그런지 아쉬움을 드러냈다. 절정 부분에서 목소리를 심하게 떠는 한주연에게서 강윤은 아쉬움을 가졌다. 한주연에게서 나오는 빛도 절정에서 희미해졌다. 강윤은 그 부분이 아쉬웠다. 하지만 그는 느꼈다. 그녀의 목소리가 필요하다는 걸 말이다.

강윤은 노래가 끝나기 전, 조용히 연습실을 나왔다.

'일단 한주연은 후보로 넣자. 그리고······.'

강윤의 머릿속에는 한주연을 어떤 방향으로 육성할 것인가에 대한 수만 가지 생각이 떠오르고 있었다.

♪ ♪ ♪ ♪ ♪ ♪ ♪

"크리스티 안, 한주연, 서한유, 에일리 정. 이렇게 4명인가요?"

이현지 사장은 강윤이 가져온 보고서를 꼼꼼히 읽어나갔다. 처리해야 할 일이 많아 결재란에 체크만 하고 넘어가는 일도 많은 그녀였지만 강윤의 보고서는 절대로 그렇게 하지 않았다.

사안도 중요하고 알게 모르게 보고서에서 배울 것도 많았기에.

"그렇습니다."

"그럼 이번 걸그룹은 4명으로 확정?"

그룹에서 가장 중요한 것 중 하나가 인원이다. 퍼포먼스 컨셉, 노래 등 다양한 것에 인원이 영향을 주기 때문이다. 요즘 대세는 4~5명 사이. 이현지 사장은 궁금했다.

"일단을 그렇게 할 생각입니다만……."

"생각입니다만?"

"확정은 짓지 않았습니다만, 7명까지 생각하고 있습니다."

그러자 이현지 사장이 고개를 갸웃거렸다.

"인원이 많으면 모두의 개성을 살릴 수 없을 텐데요."

이현지 사장의 말대로였다. 인원이 많으면 표현이 풍부해지긴 하지만 개개인의 개성은 죽어버린다. 이 말은 개인 멤버별 마케팅 요소가 부족하다는 말이다. 그녀가 걱정하는 요인은 이것이었다.

"팀과 멤버 개성을 동시에 살릴 방법을 찾아야겠죠."

"최대 7명의 멤버에, 멤버별 개성까지 동시에 살릴 그룹이라. 알겠어요. 해보세요."

이현지 사장은 시원시원했다. 성과가 깡패라고 강윤이 주아의 일본 진출을 성공시킨 영향은 무척 컸다.

이현지 사장은 바로 결재란에 사인을 하고는 서류를 옆에 놓았다. 이 서류는 이제 그녀가 원진문 회장에게로 가져갈 터.

"그럼 전 나가 보겠습니다."

"멤버 선발은 언제쯤 끝나요?"

"다음 주까진 마무리 짓겠습니다."

"알겠어요. 수고해요."

강윤은 인사를 하곤 사장실을 나섰다.

'하, 피곤하다.'

신인 걸그룹 프로젝트는 사장이 전담하여 담당한다고 했다. 덕분에 강윤은 이현지 사장에게 주기적으로 보고서를 올려야 했다. 물론 이현지 사장도 원진문 회장같이 시원하게 믿어주는 사람이었지만 의문이 가는 점이 있으면 수긍할 때까지 늘어지는 면이 있어 강윤은 사장실에 갈 때마다 철저히 준비를 해야 했다.

덕분에 보고가 끝나고 사무실에 오자마자 바로 소파에 녹다운되었다.

'하아. 힘들다.'

신인 기획은 무에서 유를 창조하는 작업이었다. 연습생이라는 자원을 캐내 가공하여 제품을 만들어 시장에 내놓아 소득을 창출해야 했다. 지금은 수많은 콘텐츠들이 난립하는 시기, 어지간한 준비가 없으면 성공도 쉽지 않았다.

'그러고 보니 EDDIOS 멤버들이 모이고 있네. 그 애들이 준비가 되어 있었으니 그때도 가수가 된 거겠지.'

실패한 과거의 EDDIOS의 멤버들이었던 소녀들은 이미 스스로 노력하고 있었다. 색안경을 끼고 보려 하지 않았지만 선발을 안 하려야 안 할 수가 없었다. 덕분에 콘셉트를 잡는 데도 도움이 되어 기획팀에 첨언을 붙여 내려 보낼 수 있었다.

잠시 쉰 강윤은 연습실로 향했다. 혹시나 놓친 연습생들이 있나 찾아보기 위해서였다. 연습생들 사이에서는 이미 '스카우터'라고 유명했다. 그의 눈에 띄기 위해 연습생들은 평소보다 더 바짝 긴장하며 연습하고 있었다.

'별다른 건 없네.'

하지만 아무리 긴장하고 연습해도 춤과 노래를 색깔로 보는 강윤에겐 크게 의미가 있지 않았다. 사람들을 공감시킬 때, 혹은 무언가 다른 게 있을 때 강윤에게 보이는 빛은 더 화려하게 빛이 났고 연습생들을 구별해 냈다. 그러나 요 며칠사이 그렇게 눈에 띄는 연습생은 없었다.

강윤이 연습실들을 다 돌고 실망하여 올라가려 할 때였다.

"재수 없는 자식!"

갑자기 그의 귓가를 강타하는 소리가 들렸다.

"에?"

"니가 나한테 이럴 수 있어? 니가 뭔데, 뭔데!"

강윤은 당황스러웠다. 혹시 내가 뭘 잘못했나? 이런 생각에 주변을 돌아보았다. 그러나 주변엔 아무도 없었다. 두리번거리다 소리가 난 곳으로 향하니 불이 켜져 있었다. 강윤은 문을 열고 안으로 들어갔다.

"대체, 대체. 나한테 왜 이러는데? 그 여자가, 그 여자가 그렇게 좋니?"

작은 연습실, 한 소녀가 있었다. 키가 무척 컸다. 배우를 연상케 하는 이목구비까지 갖추고 있는 소녀였다.

"꺼져! 가버리란 말야! 다신 돌아오지 마!"

소녀에게서 눈물이 떨어졌다. 강윤은 마치 그녀 앞에 누군가가 있는 게 느껴졌다. 아무도 없는데 누군가가 있다는 듯, 그녀의 연기는 리얼했다.

"아……."

그런데 한창 연습에 몰입하던 소녀가 강윤을 발견했다. 그제야 소녀는 민망해하며 얼른 눈물을 닦아냈다.

"안녕하세요."

"아, 안녕. 내가 방해했구나."

"아, 아닙니다. 방해는요."

소녀는 수줍은 듯, 강윤을 피했다. 눈물까지 흘리며 몰입했던 연습이 민망한 탓이었다.

'민진서? 민진서잖아. 민진서가 여기에 있어?'

민진서라는 소녀를 본 강윤은 눈이 휘둥그레졌다. 강윤은 그녀를 매우 잘 알았다.

'연기력, 외모 모두를 갖춘 최고의 여배우였어. 성인이 되기 전 영화판까지 휩쓸었으니 할 말 다 했지. 아역은 성인이 되면 망하는 경우가 많았는데 시기를 잘 넘기고 성인 때도 최고 자리를 유지했어. 그런데 민진서가 MG엔터테인먼트에 있었나? 디로스엔터테인먼트 소속인 걸로 알았는데.'

아무리 생각해도 이상했다. 작은 소속사였던 디로스엔터테인먼트는 민진서로 인해 후에 최고의 연기자들을 줄줄이 맡는 소속소로 거듭나게 되었다. 그런 민진서가 여기에 있다니. 강윤은 의문이었다.

"저기요?"

강윤이 상념에 빠져 있을 때, 민진서가 그를 불렀다.

"아, 미안. 연습하는 소리가 밖까지 들려서. 궁금해서 와 봤어."

"아, 그러셨군요. 저, 선생님 알아요. 이강요 선생님?"

"……강윤이야."

"죄송해요."

머리가 복잡한 강윤과는 다르게 민진서는 '아무것도 몰라 요'라는 얼굴로 강윤을 바라보았다. 무슨 일일까 하며 강윤을 보는 민진서와는 달리 그녀를 보는 강윤은 매우 복잡했다.

'이거 복이 굴러 들어온 거 아냐?'

강윤은 믿기질 않는다는 듯, 흔들리는 눈으로 민진서를 바라보았고,

그의 마음을 아는지 모르는지, 그녀는 강윤에게 경계심을 보였다.

"진서는 연기를 잘하는구나."

"……고맙습니다."

강윤이 분위기를 환기시키려 가볍게 말했지만 민진서는 바짝 얼어 있었다.

"혼자 연습하고 있었어? 연기반 연습은 여기가 아닌 걸로 아는데."

"그게……."

민진서는 강윤의 눈을 피했다.

지금 민진서가 있는 곳은 연기 연습을 하는 연습실이 아니라 댄스 연습실이었다.

그녀가 지나치게 떠는 모습을 보이자 강윤은 조금 더 부드럽게 말했다.

"왜? 말하기 힘든 거야?"

"그런 건 아닌데…… 죄송해요!"

민진서는 갑자기 고개를 푹 숙여 죄송하다는 말만 연발했다.

강윤으로선 이유를 알 수 없었다.

"왜 그러니?"

"당분간 연기 연습하지 말라셨는데……. 죄송해요. 하지만 너무 연습을 안 하면 감을 잃을까 봐…… 죄송합니다."

"잠깐만. 연기 연습을 하지 말라고?"

이건 또 무슨 말인지.

강윤은 난생 처음 듣는 말에 당혹스러웠다. 그러나 곧 이유를 알 수 있었다.

"선생님들이 당분간 모든 연습생은 걸그룹 선발 연습에 초점을 맞추라 하셨는데…… 죄송합니다. 그냥 잠깐만, 잠깐만 한다는 게……."

요점은 그랬다.

연기반이든 가수반이든 누구든 이번 걸그룹 선발을 위해

모두 댄스와 노래에 집중해야 한다는 명령이 떨어졌다는 이야기였다.

상관의 명령을 너무 충실히 이행한 폐해였다.

그녀는 그녀대로 걸그룹 선발의 책임자, 강윤에게 연기 연습을 들켰으니 가슴을 졸였고 말이다.

상황을 이해한 강윤은 깊은 한숨을 내쉬었다.

'하여간 회사가 커지면 너무 일방적이 된다니까.'

핫아이콘이 되어 전적인 협력을 얻은 건 좋았는데, 폐해가 생겼다.

연기팀조차도 가수팀 오디션에 나가라 하니 말이다.

물론 그렇게 잘될 가능성이 높다지만…….

강윤은 괜한 피해를 준 것 같아 민진서에게 미안해졌다.

"하던 거 마저 연습해."

"네?"

"모든 연습을 걸그룹에 맞출 필요는 없어. 볼펜 물고 발음 연습도 하고, 대본 리딩도 하도록 해. 매일매일."

걸그룹 선발 책임자에게 혼이 나긴커녕 격려를 들으니 당황한 건 민진서였다.

그녀는 상징과도 같은 큰 눈을 껌뻑였다.

"그래도…… 되나요?"

"재능을 꺾으면서까지 회사의 지시에 따를 이유는 없어."

"혹시 불이익이 있는 건…….."

"그렇게까지 쪼잔하진 않아. 만약 회사가 그렇게 한다면 나한테 와. 가수보다 배우가 되고 싶은 것 아니었어?"

민진서는 작게 고개를 끄덕였다.

출중한 외모로 거리에서 캐스팅되었지만, 가수보다 배우가 더 좋았다. 하지만 회사는 배우보다 가수를 더 밀어주는 상황.

소심한 성격, 연습생이라는 신분은 현재 상황을 말하지 못하게 만들었다. 그런데 이 걸그룹 책임자는 아이러니하게도 그녀에게 명확한 길을 내주었다.

"알겠습니다."

"휘둘리지 말고 네 할 일을 해. 연기 쪽 애들 연습까지 빼지 말아달라고 말해 놓을 테니까."

"네. 감사합니다."

민진서는 진심으로 고개를 숙였다.

지금까지 회사에서 누가 이렇게 자신에게 힘이 되어준 사람이 있던가.

정체성이 모호한 자신에게 그 누구도 배우가 되라고 명확하게 말을 해준 이도 없었다.

그런데 그는 그녀의 길을 명확하게 제시해 주었다.

"열심히 하겠습니다."

"그래. 나중에 데뷔 보고서를 보는 날을 기대할게. 그런 나중에 보자."

"안녕히 가세요."

강윤은 즐거움을 안고 민진서의 연습실을 나왔다.

미래의 대배우를 만난 반가움에 그는 어깨를 들썩이며 집으로 향했다.

연습생 선발은 순조로웠다.

강윤은 회사의 전폭적인 협조를 받아 2일에 한 번 연습실로 내려가 연습생들의 연습을 보았다.

보통 후보생 선발을 위해선 오디션을 진행하는 게 보통이었지만 강윤은 그렇게 하지 않았다. 연습생들이 연습할 때 보이는 빛을 보는 능력 덕분이었다.

실력이 있거나 마음이 끌리는 춤, 노래를 하는 연습생들은 어김없이 밝은 하얀빛을 냈다. 보통의 하얀빛과는 분명히 차이가 있었다.

그래도 한 번만 봐서는 알 수 없다 생각한 강윤은 여러 번 연습생들을 보러 내려갔고 덕분에 제대로 구별해 낼 수 있었다.

"다들 모였구나."

강윤의 사무실.

선발된 6명의 소녀는 바짝 얼어 있었다. 그러나 그 얼어 있는 모습에선 설렘도 함께 발견되었다.

소녀들은 소녀들이었다.

"반가워. 정식으로 인사할게. 이강윤이야."

"안녕하세요?"

앉아 있던 소녀들 모두가 자리에서 일어났다. 강윤은 앉으라 했고 그 자신은 앞 상석에 앉았다. 그리고 본격적인 이야기를 시작했다.

"이제 너희들과 난 가수가 되는 마라톤을 시작할 거야. 첫 번째 도착점은 데뷔가 될 거고 두 번째 도착점이 너희가 이야기하는 '뜬다'는 시점이 되겠지. 그다음 목표는 해외 진출 등이 되겠지. 아무튼 이때까지 우린 열심히 준비하고 한 팀으로 서로를 위해줬으면 좋겠다. 꼭 기억해야 할 건 우린 한 팀, 한 팀이라는 거야. 알겠지."

"네."

"질문."

강윤의 말은 길지 않았다. 어차피 일하면서 서로에 대해 알게 될 거고 더더욱 친해지게 될 것이다. 지금 많은 말을 해 봐야 피부로 와 닿지 않는다.

첫 질문은 서한유에게서 나왔다.

"저……. 그럼 저흰 이제 같이 연습하는 건가요?"

"맞아. 이제부터 스케줄도 너희들은 따로 나온다. 다른 연습생들하곤 다를 거야. 다음."

두 번째로 정민아가 손을 들었다.

"주로 어떤 연습들을 하게 되나요?"

"지금 너희는 6명이 뭔가를 맞춰본 일이 없지. 팀워크 훈련을 중점으로 들어갈 거야. 그리고 개인별 맞춤 트레이닝을 하게 될 거야. 트레이닝을 하고 평가 결과에 따라 나랑 개인 면담을 한다."

"으엑⋯⋯."

정민아는 질색을 했다. 개인 면담이라니. 진심으로 싫은 표정이 얼굴에 쓰여 있었다. 그러다 아차 싶어 바로 자세를 바로 했지만 이미 늦었다. 연습생들은 웃었고 강윤도 실소했다.

"평가를 잘 받으면 되지. 다음."

다음 질문은 단발머리의 연습생이었다.

"삼순이구나. 뭐니?"

"푸웃."

강윤이 연습생의 이름을 말하자 모두가 웃어버렸다. 그러나 삼순이라는 연습생은 당당하게 어깨를 펴곤 질문을 시작했다.

"제 질문은유, 이거 통과 못 하면 짐 싸고 집으로 가야 하나유?"

"푸읍!"

충청도의 구수한 사투리로 여유 있게 말하는 이삼순의 말은 긴장되는 첫 모임에서 웃음이 터지게 만들었다. 강윤은 물론 제외였다.

"아니. 너희는 나와 끝까지 간다."

"야~. 선생님 멋진 분이구먼유. 지는 연습만 열심히 하면 되지라?"

"물론."

끝까지, 함께.

강윤은 이 부분을 강조했다. 난 어떤 일이 있어도 너희를 끝까지 책임지겠다. 너희도 최선을 다해 끝까지 나를 따라와라. 강윤은 강조, 또 강조했다. 구수한 사투리로 분위기는 풀어졌지만 핵심은 모두에게 그대로 전달되었다.

"다른 질문 없니?"

"숙소는 그대로 쓰면 되나요?"

크리스티 안의 질문이었다. 지금 여기에는 숙소에 사는 소녀들도, 집에서 다니는 아이들도 있었다.

"조만간 공문이 나갈 거야. 앞으론 전원 합숙이야. 기숙사가 아니고 따로 방을 마련해 줄 거야."

그러자 한주연이 말했다.

"만약에 합숙이 힘들면 어떻게 하나요?"

"난 다른 사람을 뽑아야겠지."

강윤은 단호하게 잘랐다. 이 부분에서 타협은 없었다. 같이 부대끼고 사는 것은 매우 중요한 요소였다. 한주연은 고개를 끄덕였다.

그 외 강윤은 어떤 연습을 하게 될지, 개인별로 스케줄과 현재 개인별로 무엇이 필요한지를 설명해 주었다. 연습생들은 개인별 케어는 받은 적 있어도 이렇게 자세한 케어는 처음이라 얼떨떨해했다.

"내일 하루는 휴가야. 하루 푹 쉬고 모레부터 열심히 해보자. 잘 부탁해."

연습생들이 모두 나가고, 강윤은 올릴 보고서를 작성하기 시작했다.

'기존의 에디오스(EDDIOS)와는 멤버가 달라졌다. 한주연과 정민아, 크리스티 안은 그대로지만 이삼순이나 에일리 정, 서한유는 아예 새로운 멤버들이야. 아니, 이걸 에디오스라고 할 수 있을까? 다른 에디오스 멤버들은 선발하지 않았다. 난 이 도전을 해도 괜찮은 걸까?'

연습생들을 관찰하며 멤버들을 선발할 때, 에디오스의 멤버들도 당연히 보았다. 그러나 그 에디오스 멤버들보다 더 빛나는 연습생들이 있었다. 강윤은 선택해야 했다. 안전한 길로 갈 건지, 아니면 모험을 할 것인지. 하지만 연습생들을 선발할 때 강윤은 연습생들을 빛을 보고 선발했고 그것을 신뢰하기로 했다.

'이삼순. 대체 어디서 이런 연습생을 뽑아왔는지 스카우터가 신기할 정도야. 사투리는 어쩌고. 택견을 해서 그런지 춤하나는 예술이지. 지금 너무 남자 같아서 그렇지 머리도 기

르고 옷도 갖춰 입으면 절대 이탈하지 않는 고정 팬이 생길 거야.'

트레이너들이 계속 이삼순의 사투리를 지적했지만 쉽게 고쳐지지 않았다. 삼순은 보이시하기도, 소녀 같기도 한 이 중적 매력을 함께 가졌지만 사투리만 터지면 주위 모두가 쓰러졌다. 덕분에 트레이너들도 스타성에선 매우 박한 점수를 줬었다. 하지만 강윤의 생각은 달랐고 그녀를 선발했다.

'에일리 정, 부잣집 딸이고 고생 한번 해본 적 없는 게 티 나는 징징이. 트레이너들도 저 앤 절대 안 된다며 날 뜯어 말렸다. 하지만 대체 내가 본 그 빛은 뭐였을까.'

춤도 지지리 못 춘다. 노래도 크게 눈에 띄진 않았다. 하지만 간혹 그녀가 연습할 때마다 보이는 빛은 다른 연습생들보다 밝았고 화려할 때가 있었다.

강윤은 이 현상이 도무지 이해가 가질 않아 그녀를 선발하는 데 계속 망설였다. 평을 비롯한 다양한 요소로 평가해 보고 따져 보니 나쁘지 않았다. 교우관계도 괜찮았다. 강윤은 고민 끝에 에일리 정을 선발했다.

'서한유. 전형적인 노력파. 사람들에게 나도 저렇게 될 수 있다는 친근감을 심어줄 수 있겠다는 이미지 메이킹이 가능할 것 같다. 화려해질 수도 있고.'

강윤은 보고서를 작성하며 선발한 이유들을 작성했다. 물론, 빛에 대한 사항은 당연히 뺐다. 오늘 보고서가 이현지 사장에게 올라가 결재가 나면 본격적으로 프로젝트가 시작된다.

'내 손으로 가수를 만든다…….'

생각하면 할수록 강윤은 두근거렸다. 과거, 항상 실패만 해오던 인생이었다. 손대는 가수마다 망쳐 놓는 마이너스 기획자였다. 그러나 이젠 절대 그렇게 되지 않으리라. 이젠 마이너스는 없다고 강윤은 다짐하고 또 다짐했다.

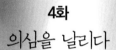

4화
의심을 날리다

"잘 다녀와."

강윤은 희윤의 배웅을 받으며 출근을 했다. 정장군단에 끼여 버스와 지하철을 타고 힘들게 회사에 도착하니 사장실로 오라는 호출을 받았다. 어제 올린 보고서 때문이었다.

강윤은 서류를 챙겨 사장실로 향했다.

"흠……."

이현지 사장은 서류들을 잘 넘기다 한 부분에서 넘겼다 덮었다를 반복했다. 평소에는 쿨하게 결재도 잘해주던 이현지 사장이었지만 오늘은 달랐다. 그녀는 서류를 계속 앞뒤로 넘기는 것을 반복하다 힘겹게 사인을 했다.

"오늘은 사인이 힘드네요. 회장실에는 직접 올리도록 하세요."

"알겠습니다. 이유를 물어도 되겠습니까?"

"다 좋은데, 이 멤버는 쉽게 이해가 가질 않네요."

이현지 사장은 서류 맨 뒤에 있는 이삼순을 가리켰다. 사인은 해주지만 이 멤버를 신뢰하기는 힘들다, 그녀는 그렇게 말하고 있었다.

그녀의 불안을 불식시키려 강윤은 확신을 가지고 했다.

"사장님. 지금 이삼순은 최고의 멤버입니다. 개성은 말할 것도 없고 스타성도 만족시킬 수 있습니다."

"강윤 팀장을 못 믿는 게 아닙니다. 하지만 이 멤버는 지금까지의 컨셉과 너무 다르네요. 파격도 좋지만 확신이 어려워요. 일단 회장실로 가보세요."

강윤은 이현지 사장에게 인사를 하곤 사장실을 나왔다. 평소라면 직접 회장실로 가는 이현지 사장이 직접 서류를 올리라니, 이건 직접 설명하고 납득을 시키라는 이야기였다. 물론 강윤은 그럴 자신이 있었다.

강윤이 회장실로 가기 위해 엘리베이터를 오르려는데 누군가가 강윤 앞에 섰다. 하얀 정장을 입은 여자 비서였다.

"안녕하십니까, 이 팀장님."

"네, 안녕하세요."

"정현태 이사님께서 잠시 뵙자 하십니다."

이사의 부름이라니 강윤은 무슨 일인가 싶었다. 강윤은 잠시 회장실로 가는 것을 미루고 바로 비서 뒤를 따라나섰다.

"어서 오게. 반가워."

정현태 이사는 배가 두둑이 나온 흰 머리의 50대의 중년인이었다. 그는 강윤을 보자마자 자리에서 일어나 오른손을 내밀었다. 강윤은 악수를 하고 바로 자리에 앉았다.

"차 한잔하겠나?"

"커피 주시겠습니까?"

"그래그래. 루왁 커피 괜찮은가?"

정현태 이사는 고급 커피를 내오게 했다. 사람 좋게 생겼지만 꿍꿍이가 있는 것 같은 느낌이 강했다. 쎄한 느낌이 들어 강윤은 경계했다.

아니나 다를까.

"이번 걸그룹 선정 말야, 도움을 주고 싶어서 불렀어."

도움이라고 했다. 전권이 강윤에게 있는데 도움이라니. 이건 간섭하겠다는 말이었다. 강윤은 어이가 없었지만 차분히 답했다.

"도움이라니, 말씀만이라도 감사합니다."

"아냐아냐. 자네가 일본에서 일을 오래 해서 한국 일을 하는 데 어려움을 겪는 것 같아서 말야. 내가 좀 도와줘야 할 것 같아서 말이지. 그래서 대화도 하고 친해지기도 할 겸 이렇게 불렀네. 시간 내줘서 고마워."

"아닙니다. 도움을 주신다니 말씀만이라도 고맙습니다."

이건 호의가 아니다. 강윤은 정현태 이사의 의도를 정확히 파악했다. 게다가 타이밍도 마뜩찮았다. 이현지 사장이 이삼순의 자격 여부에 대해 의심하는 상황에 이런 일이 벌어지다니. 강윤은 정신을 똑바로 차렸다.

"내가 추천해 주고 싶은 아이가 하나 있네. 강지희라고 있는데, 아나?"

"지희라……. 네. 압니다."

"자네가 그 아이를 그냥 지나친 것 같아서 말야. 다시 한 번 봐주는 게 어떨까 해서 말이지. 실력도 있고 괜찮은 아이야."

강윤은 저도 모르게 주먹을 꽈악 쥐었다. 결국 한 손 걸치겠다는 이야기다. 이런 대형 프로젝트에 한 손을 제대로 걸쳐 앞으로 힘을 키우겠다는 의도였다.

그걸 떠나서 강윤이 강지희를 안 본 건 아니었다. 분명히 실력도 괜찮았다. 그러나 강윤은 신중하게 판단하여 그녀 대신 다른 사람을 선발했다. 이건 강윤에 대한 모독이기도 했다.

"이사님."

"아아, 이미 알고 있어. 선발하는 데 얼마나 힘들었겠나. 하지만 말야, 다시 한 번 봐줬으면 좋겠네. 그 누구냐, 촌티 날리게 사투리 쓰는 애, 그런 애가 스타가 될 수 있겠냔 말이지."

이삼순을 말함이다. 저 이사가 어떻게 이삼순이 선발된 걸 알았을까. 강윤은 뭐라 할까 하다 그만두었다. 그걸 떠나서 더 말할 가치를 느끼질 못했다. 권위를 이용한 누름이고 명백한 침해였다. 게다가 이미 강윤은 약속했다. 그 선발한 아이들과 끝까지 가겠다고.

이건 그 말을 지키는 첫 시험이었다.

"하하하. 저는 촌티도 스타로 만들 수 있습니다."

강윤의 말에 미묘하게 정현태 이사의 얼굴이 틀어졌다.

"후후. 그런가? 기왕 하는 거 촌티보다 서울이 낫지 않겠나?"

"서울만 한국이 아니잖습니까. 전국을 한번 품어볼 생각입니다. 죄송하지만 일이 밀려 있어서 이만 가보겠습니다."

강윤은 그대로 일어나 이사실을 나가 버렸다. 정현태 이사가 그를 불렀지만 강윤은 뒤돌아보지도 않았다.

"건방진 새끼. 네 잘난 척이 얼마나 가는지 보자. 이 비서, 이 비서! 물 가져와!"

강윤이 나가자마자, 정현태 이사의 얼굴이 험악하게 일그러졌다. 물을 가지고 들어온 미인 비서는 그 모습을 보자 겁에 질려 바들바들 떨어야 했다.

♪ ♩♪♩♩ ♫♫♩ ♪

"새롭구만. 좋아. 그런데 이번에는 왜 오늘은 직접 왔나?"

원진문 회장은 보고서를 받아 들곤 만족했는지 결재란에 사인을 해주었다.

"사장님이 직접 가보라고 하셨습니다."

"그래? 아니, 대체 왜?"

    원진문 회장도 의문이었다. 이현지 사장이 이런 보고서에 사인을 안 해주다니. 강윤의 보고서는 그야말로 완벽했다. 그가 의심이 들어 보고서를 계속 넘겨보니 뒷부분에 불안 요소가 있었다.

    '이삼순 때문이군.'

    원진문 회장은 바로 알 수 있었다. 강윤이 선발한 이삼순, 그녀에 대한 불안 때문이었다. 물론 강윤이 이삼순을 선발한 확실한 근거가 있었다. 결재할 만도 했다. 문제는 그동안 MG엔터테인먼트의 가수들과 너무 동떨어졌다는 게 문제였다. 새로운 시도에는 통증이 유발된다. 안정을 추구하는 이현지 사장이 반려한 건 어찌 보면 당연한 일이었다. 생각의 차이였다.

    "저번에도 말했지만 이현지 사장은 타당한 근거가 없으면 절대 수긍하지 않아. 그래도 사인을 해준 걸 보면 자네를 인정하고 있는 건 확실해 보여."

    "그렇습니까."

    "지금도 주아는 탄력받아서 잘나가고 있으니까. 성과가 깡패라는 말도 있잖나."

    원진문 회장은 더 말을 하지 않았다. 강윤이라면 이 정도만 말해도 알 것이라 생각하며.

    "알겠습니다. 그럼 이만 가보겠습니다."

    "이번에도 기대하지."

강윤은 회장실을 나서 사무실로 향했다.

'결국 이삼순이 문제구나, 삼순이가. 삼순이가…….'

정현태 이사가 멤버 개입을 시도한 것도 이삼순이었다. 사인은 다 받았지만 결국 이삼순에 대한 불안을 해결해야 했다. 다음 이사회의에서 이와 같은 일이 없어야 한다.

강윤은 확실히 깨달았다. 그리고 그 길로 이삼순이 있는 연습실로 달려갔다.

"안녕하세유?"

"그래, 안녕."

구수한 사투리로 인사하는 이삼순은 평소에 웃음이 나오게 만들었지만 지금의 강윤에겐 그런 여유는 없었다.

"잠깐 나 좀 볼까?"

이삼순은 '갑자기 왜'라는 불안감을 안고 강윤을 뒤따랐다.

휴게실에서, 강윤은 이삼순에게 물을 내밀었다. 연습생에게 음료수란 그리 좋지 않았다.

"감사합니다."

"삼순아. 연습은 잘돼?"

"네. 잘하고 있어유. 선생님들이 잘 교육시켜 주고 있어라. 지도 열심히 하고 있지유."

이삼순의 사투리는 구수하고 여유가 느껴졌다. 가뜩이나 소녀다운 얇은 소리였는데 구수한 사투리가 나오니 특이한 매력이 느껴졌다.

강윤은 이삼순의 근황을 잠깐 물어보곤 본론으로 들어
갔다.

"우리 공연 하나 안 해볼래?"

"공연이어라? 갑자기 웬 공연이에유?"

"공연이라 하긴 거창한 것 같고, 그냥 발표라 생각하자.
가볍게 거리에서 음악 틀고 노래해 보는 거야. 어때?"

"지는 좋구먼유."

이삼순은 쿨했다. 마음에 부담도 없는지 목소리도 밝았다.

"좋아. 그럼 가볼까?"

"지금 말이쥬?"

"그래."

강윤의 결단은 무척 빨랐다. 그는 바로 창고 키를 받아 장
비를 챙겨 거리 공연이 있는 홍대거리로 출발했다.

젊음의 거리라는 명칭에 맞게 홍대에는 많은 사람들이 모
여 있었다. 커플부터 대학생들까지, 거리는 활기를 띄었다.

"선생님, 사람이 많네유."

믹서를 비롯한 장비를 옮기며 이삼순은 주위가 신기한지
여기저기 둘러보느라 정신이 없었다. 회사, 숙소, 회사, 숙소
를 반복해 온 그녀에겐 이런 거리는 신기함 그 자체였다.

"많지. 저기가 좋겠다."

강윤은 광장을 가리켰다.

광장에 앰프와 믹서, 그리고 카메라 등을 세팅하고 마이크를 맞추니 사람들이 이게 뭔가 하며 조금씩 모여들기 시작했다.

"아아. 지가 마이크를 테스터해유, 테스터."

"큭큭큭."

이삼순의 구수한 목소리가 마이크를 타자 몇몇 사람이 킥킥거렸다. 그러나 이삼순은 전혀 기죽지 않고 웃었다. 오히려 더 밝게 웃으며 사람들에게 손을 흔들었다. 매우 자연스럽게.

'역시.'

그 모습을 보고 강윤은 이삼순에 대해 자신이 생각한 게 맞다는 걸 확신했다. 사람들은 웃고 있으면서도 이삼순에게서 눈을 떼지 못했다.

귀여우면서 사투리를 쓰는 소녀, 그리고 거기에 기죽지 않는 소녀. 이삼순은 타고난 스타 기질이 있었다. 기가 죽기는 커녕, 오히려 기가 더더욱 살아나는지 사람들과 토크쇼까지 벌일 기세였다.

준비가 끝나자 이삼순은 사람들에게 본격적으로 인사했다.

"안녕하세유?"

"푸하하하하!"

"지는 이삼순이라고 하는구먼유. MG엔터테인먼트 연습생이구유, 오늘 공연하러 왔시유."

작지만 사람들에게서 환호성이 생기기 시작했다. 귀여운 소녀가 사투리로 당차게 말한다. 외모와 매치되지 않는 사투리가 매력을 발산하고 있었다. 강윤도 웃음이 나오는 걸 참고 있었다.

"오늘 작은 공연을 할까 하는디 괜찮겠지유?"

"오오! 엄머나 하나 땡겨줘요!"

"지가 트로트에는 약해서 힘들구유."

반장난삼아 관중들이 하는 이야기를 이삼순은 잘 넘겨주었다. 곧 세팅이 끝나고, 강윤이 신호를 보냈다.

'시작하자.'

'네.'

강윤이 음악을 재생했다. 이어 이삼순의 목소리가 마이크를 타고 광장을 울리기 시작했다.

─이상해~ 숨겨지지 않아 내 맘, 어떡해~!

활발하며 가벼운 소녀의 노래가 광장에 퍼져 나갔다. 사투리의 억양, 느낌, 그런 건 전혀 없었다.

'그래, 이거야!'

강윤은 쾌재를 불렀다. 사람들이 이삼순의 반전에 놀라 박수를 치기 시작했다. 개그를 위해 나온 줄 알았던 사람들도 조금씩 홀릭해 갔다.

'이거다!'

강윤은 리모컨으로 카메라를 돌려 사람들의 반응도 빠짐

없이 담았다. 평소의 사투리가 노래할 때면 온데간데없이 사라진다. 이삼순의 피나는 노력 덕분이었다. 이런 매력이 이삼순을 뽑은 이유였다. 이미 그녀에게선 하얀빛이 경쾌하게 뿜어져 나와 사람들도 덩실대게 만들고 있었다.

강윤은 이젠 사람들과 하이파이브까지 하는 이삼순을 보며 흐뭇한 미소를 지었다.

다음 날.

언제나 있는 기획회의였지만 오늘은 성격이 달랐다. 평소라면 기획팀과 연출팀 등 스태프들이 모여 회의를 했겠지만 오늘은 그들뿐만 아니라 전 이사진들도 함께 모이라는 명령이 떨어졌다. 강윤이 원진문 회장에게 요청한 까닭이었다.

"흠, 이사진들도 와달라니. 재미있는 게 있나 보군, 이 팀장."

원진문 회장은 넓은 회의실에 들어오며 강윤에게 물었다.

"보여드릴 게 있어서 오시라 했습니다."

"기대하지."

원진문 회장은 들어가면서 강윤의 어깨에 손을 가볍게 얹었다. 그는 강윤이 갈수록 마음에 들었다. 그의 일은 깔끔하고 무엇보다 예측이 힘들어 재미있었다.

회장에 이어 이현지 사장, 이사진들이 하나둘 들어왔다.

그들이 다 들어오니 기획회의임에도 이사회의 못지않은 무거운 분위기를 연출했다. 모두가 출석하자 강윤은 레이저포인터로 화면을 비추며 회의를 시작했다.

"이사님들, 사장님, 회장님. 무거운 발걸음 해주셔서 감사합니다. 오늘 모신 이유는 차기 걸그룹 멤버를 확정하기 위해서입니다."

강윤의 말에 이사진들이 웅성이기 시작했다. 이현지 사장이 말했다.

"재미있군요. 시작하죠."

이현지 사장은 강윤을 재촉했다. 차기 걸그룹 프로젝트는 회사의 미래를 결정하는 중요 사업이다. 사장, 회장의 사인과 이사회의의 승인이 있어야 했다. 하물며 이건 기획회의. 그런데 보여줄 게 있다니 흥미가 샘솟았다.

"그럼 시작하겠습니다."

강윤은 준비해 온 자료들을 하나하나 보여주기 시작했다. 이 멤버는 왜 선발하게 되었으며 이런 데이터가 있고 이런 컨셉으로 갈 예정이다, 근거 자료를 덧붙이며 설명했다. 회의라 여러 이사들의 첨언들이 붙게 마련이지만 자료가 워낙 철저히 준비되어 그럴 요소가 없었다.

하지만 문제는 마지막에 발생했다.

"마지막으로 이삼순입니다. 쉽게 요약하면 MG엔터테인먼트에서 이삼순은 열등생이었죠. 문제는 사투리와 외모였습니다. 하지만 실력에는 하등 문제가 없습니다. 외모야 관리에 들어가면 나아질 부분이고…….."

"잠깐."

정현태 이사가 손을 들었다. 지금까지 침묵했던 모습과는 전혀 달랐다.

"실력에 하등 문제가 없다라. 하지만 이삼순 연습생의 지독한 사투리는 여기 모두가 알고 있네. 들어보니 트레이너뿐만 아니라 오디션 때 사장님이 지적해도 안 고쳐졌다는군. 이건 앞으로도 회사에 반항할 요소가 있다고 해석되지 않을까? 좋은 연습생도 많은데 굳이 갈등을 일으킬 연습생을 선발할 이유가 있나?"

"노래에는 지장이 없다 말씀드렸습니다. 그리고 사투리를 못 고쳤다고 반항할 것 같다는 평가는 지나친 억측이라 생각합니다. 이삼순 연습생은 힘든 연습생 생활을 3년 이상 해오면서도 문제를 일으킨 적이 단 한 번도 없습니다. 회사의 방침에 반항한다는 근거로는 부족하다 생각합니다."

"이……."

정현태 이사는 이를 부르륵 갈았다. 이강윤 팀장은 이사라고 떨거나 조심스러운 면모가 전혀 없었다. 할 말은 반드시했고 근거도 확실했다. 정현태 이사는 자신이 한 말에 근거가 깨져 버리니 얼굴이 화끈거렸다. 공개적인 자리에서 이런 모욕이라니.

"이사님들께서 이삼순 연습생에 대해 의문을 가지시는데 잠시 보여드릴게 있습니다. 이걸 봐주시겠습니까?"

강윤은 어제 저녁에 녹화해 온 회심의 야외 공연 영상을 재생시켰다.

－이상해~ 숨겨지지 않는 이 맘, 어떡해~

영상에는 이삼순이 사람들과 하이파이브를 하며 노래하는 모습이 흘러나왔다.

신나게 뛰며 관객들 사이에 들어가 장난도 치며 노래하는 이삼순의 모습은 모두가 생각하던 촌티 나는 이삼순과는 거리가 멀었다. 보이시한 매력이 사람들의 시선을 계속 끌어당기고 있었다.

영상이 나오는 가운데 강윤이 말했다.

"이삼순은 사람들을 끌어들이는 매력이 있습니다. 거리에서 저 정도 사람을 끌어당길 정도라면 스타성은 말할 것도 없다 생각합니다. 저는 이 가능성을 보고 이삼순을 선발했습니다. 순박한 시골소녀, 하지만 마이크만 잡으면 180도 변신. 까면 깔수록 계속 새로운 모습이 나오는 양파 같은 소녀. 마케팅 소지는 무궁무진합니다. 이런 가능성을 버리는 건 회사에도 손해라 생각합니다."

강윤의 열변이 끝남과 동시에 거짓말처럼 영상도 끝이 났다. 잠시 침묵이 흘렀다. 이사들은 저마다 생각이 있는 듯 서로 귓속말을 하며 의견을 교환했다.

화를 참고 있던 정현태 이사가 마음을 가라앉혔는지 차분하게 이야기했다.

"먼저 이삼순이라는 연습생의 재능을 저렇게까지 발굴해 낸 이 팀장에게 경의를 표하겠네."

"감사합니다."

"지금까지 묻혀왔던 연습생을 저렇게 발굴해 낼 정도라니, 이 팀장의 눈이 대단하다는 걸 느끼네. 그래도 시간, 비용을 생각하면 숨어 있는 재능 발굴보다 이미 개화된 재능을 활용하는 건 어떨까 하는데."

강윤은 정현태 이사의 의도를 대번에 알 수 있었다. 저번에 이사실에서 했던 말을 둘러치기하고 있는 것이다. 약간의 순화만 들어갔을 뿐, 바꿔보는 게 어떻겠냐. 그런 의도였다. 강윤은 속에서 올라오는 불을 참고 침착하게 말했다.

"지금 시기는 절약이 아닌 투자를 해야 할 시기입니다. 어떤 가수든 초기에는 아끼지 말고 투자하는 게 MG엔터테인먼트 아니었습니까?"

"그…… 그래도 아껴서 같은 효과를 낼 수 있으면 좋지 않겠는가. 고려를 해봐. 이보게들, 내가 좋은 연습생을 하나 알고 있네."

이번에 정현태 이사는 주변의 호응을 유도했지만 주변은 혀를 찰 뿐이었다. 강윤은 여기에 쐐기를 박기로 마음먹었다. 분명 앞으로도 이런 월권은 있을 것이다. 강윤은 들고 있던 레이저포인터를 내려놓았다.

"이사님, 저는 이삼순이라는 연습생이 이 정도 실력이 있고 앞으로 더 크게 될 가능성을 근거로 들어 제시했습니다. 거기에 따른 명확한 근거를 주시면 제대로 고려해 보겠습니다. 하지만 지금과 같이 이삼순은 안 된다는 말씀만 하신다는 건 제 이야기를 듣지 않으시는 거 아닙니까? 이건 아니라고 생각합니다."

"뭐, 뭐야?!"

정현태 이사의 목소리가 확 올라갔다. 그러나 강윤은 차분했다.

"이사님께서 그 연습생을 추천하는 근거를 말씀해 주십시오. 그렇다면 저도 이삼순 연습생과 비교하여 더 우수한 연습생 선발을 고려하겠습니다. 이게 제 일입니다. 이사님들이 결재권이 있다면 선발권은 제 권한입니다. 조언은 감사하지만 월권은 사양하겠습니다."

"뭐, 뭐? 이 자식이?!"

정현태 이사가 자리에서 벌떡 일어났다. 강윤은 차분하게 이야기했지만 지금 '네가 하는 말은 근거가 하나도 없어'라고 퇴짜를 놔버린 것이다.

이건 굴욕이었다.

목소리 큰 사람이 이기는 회의는 작은 회사에서나 통하는 법. 이런 자리에서는 전혀 통하지 않았다.

"앉지, 정 이사."

"죄, 죄송합니다."

"이따 나 좀 보지."

결국 흥분해 소리를 높였던 정현태 이사는 원진문 회장의 낮은 음성에 눈을 질끈 감았다. 흥분해서 도를 지나쳐 버렸다.

팀장이라 해도 결국은 직원이다. 이사가 말을 하면 기죽는 그런 모습이라도 있을 줄 알았는데 강윤은 오히려 따박따박 말만 잘했다. 속에서 불이 올라와 한 번 내지른 결과는 암담했다. 이후에 어떤 불호령과 대가가 따를지 그의 어깨가 추욱 처졌다.

원진문 회장은 강윤에게 눈을 돌렸다.

"이미 난 결재를 했네. 모두 합당한 근거가 있어. 특히 거리공연을 근거로 보이며 이런 가능성을 시각적 자료로 보여 주다니. 재미있어."

"감사합니다, 회장님."

"이제 자네 차례네, 이 사장."

원진문 회장은 바통을 이현지 사장에게로 넘겼다.

"어제 기획안을 받고 이게 뭔가 싶어 사인을 하면서도 의아했죠. 나도 이삼순이 불안 요소라 판단했어요. 결국 사인은 했지만 찝찝했었는데, 불안 요소를 이렇게 해소시켜 주는군요."

이현지 사장은 만족했다. 강윤은 저번에 이어 이번에도 실망시키지 않았다. 그녀는 만족스러웠는지 가볍게 박수를 치며 주위로 시선을 돌렸다.

"다들 어떠신가요? 다시 이사회의를 열어야 할까요? 여기서 결정하죠."

이현지 사장의 말에 다른 이사들은 모두 고개를 저었다. 같은 안건으로 이사회의를 또 하는 건 사양이었다. 이사들에게도 회의는 사실 힘들었다. 그들도 직장인이었다.

모두에게 동의를 얻은 이현지 사장은 강윤에게로 눈을 돌렸다.

"오늘부로 차기 걸그룹 프로젝트를 승인합니다. 이강윤 팀장, 앞으로 잘 부탁해요."

이현지 사장의 선언과 함께 이사들의 박수 소리가 회의실에 울려 퍼졌다. 어쩌면 첫 번째 위기가 될 수 있었던 회의를 강윤은 멋지게 신뢰로 역전시키며 기획회의를 마무리 지었다.

평소보다 일찍 퇴근한 강윤은 바로 희윤에게 전화해 유명한 백화점으로 불러냈다.

"오빠 손잡고 걸으니까 참 좋다."

백화점의 밝은 조명 아래에 있으니 희윤의 하얀 얼굴이 더더욱 하얗게 빛났다. 화장기 하나 없어도 티 없이 하얀 얼굴에 마른 몸은 지켜주고 싶은 소녀의 표상이었다.

"혹시 필요한 거 없어?"

"괜찮아, 괜찮아. 오빠 양복부터 사자."

"오빠 옷 많아."

"거짓말. 오빠 옷장 텅텅 빈 거 다 봤거든."

희윤의 옷을 사주려 나왔건만, 희윤은 오빠 옷부터 사자고 생떼였다. 결국 강윤은 여성복 코너에서 희윤에게 이끌려 여성복 위층에 있는 남성복 코너로 갔다.

"오빠가 미남이시네요. 동생은 좋겠다."

"당연히 좋죠."

옷을 고르며 직원에게 자신을 자랑하는 희윤 때문에 강윤은 마음이 푸근해졌다. 덕분에 불편한 정장을 수도 없이 입는 곤욕을 치러야 했지만……

강윤은 돈이 없다며 다음에 오자 했지만 희윤은 끝까지 우겨 와이셔츠 하나를 건졌다. 물론 강윤 것이었다. 졸지에 자신의 옷을 산 강윤은 다시 여성복 코너로 향했다. 오늘은 무슨 일이 있어도 동생의 옷을 마련해 줄 생각이었다.

"어? 이희윤?"

"김세진……."

그런데 옷가게 앞에서 강윤과 희윤은 교복을 입은 4명의 여학생들을 만났다. 희윤과 같은 교복을 입고 있는 학생들이었다. 머리에 핀도 꼽고 스웨터도 입은 발랄한 여고생들이었다.

"희윤이 친구들이니?"

"누구세요?"

강윤은 희윤의 오빠라 이야기하려 했는데 희윤이 갑자기 그의 손을 잡아끌었다.

"오빠, 가자."

"어? 어?"

강윤은 갑자기 자신을 강하게 잡아끄는 희윤에 이끌려 멀리 끌려가 버렸다. 평소에 보이지 않는 모습에 강윤은 의아했다.

"희윤아? 왜 그래? 친구들 아냐?"

"······."

"희윤아?"

"그냥 같은 반 애들이야."

희윤의 딱딱한 말이 강윤은 이상하게 느껴졌다. 그래서 더 물었다.

"희윤아. 혹시 저 애들이 괴롭히는 거야?"

"그런 거 아냐."

"그러면?"

"······나쁜 애들은 아냐."

희윤은 더 이상 말을 하려 하지 않았다. 희윤은 강윤에겐 언제나 밝은 모습을 보이려 애를 썼고 강윤도 그걸 잘 알았다. 그런데 이렇게 침울해지다니, 강윤은 가슴이 쓰렸다.

분위기도 전환할 겸 두 사람은 잠시 카페에 앉았다. 커피와 달달한 스무디를 시키고 수다를 떨다 강윤은 화장실이 가고 싶어 자리에서 일어났다.

그런데 화장실로 향하는 강윤에게로 이상한 말이 들렸다.

"야야, 이희윤이 여긴 웬일이래."

"모르지. 밥 먹으러 왔나?"

"야야, 다른 건 모르겠고 걘 누가 옷 좀 사줘라. 옷이 그렇게 낡아서야 쓰겠냐."

"놔둬. 걔네 집 가난해서 투석비도 간신히 마련한대. 옷 가지고 놀리지 말자."

"오올. 선비님. 멋있는데?"

아까 희윤의 친구들이었다. 지나가던 소녀들은 수다에 정신없었는지 강윤을 알아보진 못했다.

'희윤이 교복, 물려받은 거였지.'

교복 맞출 돈도 없어 선배들이 버리고 간 교복을 뒤져 얻어낸 교복이었다. 그걸 3년이나 수선하고 기워 입고 했으니 낡을 대로 낡아 있었다. 강윤은 동생의 해진 옷자락을 생각하니 가슴이 쓰렸다. 이런 세세한 곳에 신경 쓰지 못한 자신을 자책했다.

강윤은 볼일도 보지 않고 바로 돌아왔다.

"오빠, 왜 그래?"

"희윤아. 가자."

"어어?"

커피도 다 마시지 못하고 희윤은 강윤의 손에 이끌려 5층으로 향했다. 백화점에 있는 교복점이었다. 강윤은 바로 카드를 꺼내 들곤 희윤의 교복을 구입했다.

"오빠, 교복을 왜 사."

"너무 낡았더라."

"난 괜찮아 오빠."

"……."

하지만 강윤은 더 말을 하지 않았다. 아니.

이때부터가 시작이었다.

"오빠, 이거 너무 비싸."

"오빠, 이걸 어떻게 사?"

"오빠, 무리야."

"오빠……."

강윤은 희윤의 손을 잡고 전 옷가게를 돌기 시작했다. 가격표를 보면 희윤은 옷이 예뻐도 그대로 내려놓았지만 강윤은 달랐다.

"이거 주세요."

그는 희윤이 마음에 조금이라도 든 것 같으면 모조리 집어 들었다. 집의 낡은 옷장이 미어터져라 사들였다. 희윤이 놀라 계속 말렸지만 강윤은 괜찮다는 말만 되풀이했다.

그렇게 2시간쯤 지나니 강윤의 손은 희윤의 옷으로 빵빵해져 있었다.

"오빠, 내일 환불하러 오자."

백화점을 나오며 희윤이 걱정스레 말했다. 그러나 강윤은 고개를 저었다.

"이거, 다 네 옷이야."

아직도 희윤은 강윤의 손에 들린 옷들이 믿기지 않는지 멍한 얼굴이었다. 투석비에 치료비로 이런 건 꿈도 못 꾼다는 걸 뻔히 아는데, 무리도 이런 무리가 없었다. 게다가 하나같이 비싼 옷들이었다. 평소라면 생각도 못 한 메이커들만 줄줄이 샀다.

희윤이 걱정하는 눈빛으로 계속 보자 강윤은 당차게 이야기했다.

"희윤아. 오빠 이번에 돈 좀 벌었어. 걱정 말고 입어도 돼. 저번에 주아랑 일했던 거 있지? 그걸로 특별 보너스 받았거든."

"그랬으면 저축부터 해야지. 오늘 돈 너무 많이 쓴 거 아냐?"

"괜찮아. 어차피 희윤이 옷도 없어서 사야 했어. 그리고……."

희윤이 타박을 했지만 강윤은 여전히 미소였다. 오빠 걱정해 주는 사람은 동생밖에 없었다. 그 따스함이 좋아 강윤은 잡은 희윤의 손을 더 꼬옥 잡았다.

"우리, 곧 이사 갈 거야."

"이사? 어떻게?"

"이번에 일한 게 너무 잘됐잖아. 지금 구하고 있어. 학교하고 직장에 가까운 곳으로 옮길 거야. 금방이니까 조금 힘들어도 참자. 알았지?"

"오빠……."

희윤은 눈물이 글썽였다. 단순히 옷, 집 때문이 아니었다. 이런 것들을 사기 위해 오빠가 얼마나 고생을 했을까 그런 생각이 들어서였다. 희윤은 말없이 강윤을 끌어안았다.

"오빠, 고생했어."

"우리 행복해지자. 오빠가 희윤이 대학도 보내줄게."

"오빠……."

"희윤이는 하고 싶은 거 마음껏 하고 살아. 병도 꼭 낫게 해줄 거야. 알았지?"

희윤은 눈물이 났다.

이런 오빠, 어디서 만날 수 있을까. 그녀의 눈물이 강윤의 등을 적셨다.

"……고마워."

"새삼스럽게. 가자."

희윤이 강윤의 짐을 나눠 들려 했지만 강윤은 짐을 나눠주지 않았다. 희윤이 가는 팔로 짐을 드는 거, 보고 싶지 않았다. 희윤은 가는 길 내내 강윤에게 짐을 달라 했지만 강윤은 끝까지 거절했다.

그렇게 천천히, 남매는 집으로 향했다. 차가운 바람이 불었지만 그들의 마음은 훈훈했다.

"저기 오빠."

"응? 왜?"

"나 갖고 싶은 거 있어."

"뭔데?"

"주아 언니 사인 CD."

이미 사인은 받아다 주었다. 그런데 사인 CD라니. 강윤이 주아와 일을 한 영향인지 희윤도 친밀감을 느끼고 있었다. 자신과 다르게 당당하게 자신의 길을 개척해 가는 모습에 대한 동경도 한몫을 했다.

"알았어. 희윤이가 요즘 주아를 많이 좋아하네."

"주아 언니 짱이야. 멋있어. 특히 일본 노래 완전 짱짱. 오빠가 만들어서 그런가?"

"아부도 할 줄 아네?"

"오빠, 아파."

강윤은 희윤의 어깨에 팔을 걸치며 장난을 쳤다. 희윤은 맞대응한다고 가는 손가락으로 옆구리를 찔렀다. 강윤이 질색하자 희윤은 크게 웃었다.

"그리고 주아 말야. 언니 아니다. 너랑 동갑이야."

"그냥 언니 할래. 멋있잖아."

"뭐?"

"하하하."

강윤과 희윤은 장난을 치며 즐겁게 집으로 향했다.

다음 날.

이른 아침, 강윤을 배웅하고 희윤은 서둘러 학교로 향했다. 집과 학교가 멀리 있어 교실에 들어가니 반 아이들 대부분 자리에 앉아 있었다.

드르륵.

희윤은 문을 열고 교실로 들어갔다. 그런데 오늘따라 희윤을 보는 시선이 이상했다.

'이희윤 옷 좀 봐. 웬일이래.'

'저 가방 봐. 저거 라쿤이잖아? 100만 원짜리?!'

'이희윤 핏 좀 사는데?'

희윤은 평소에는 접근도 안 하던 반 친구들이 이상하게 자신을 계속 쳐다보자 의문이 들었다. 평소에는 없는 사람 취급도 많이 당했었는데 오늘은 조금 달랐다.

자리에 앉으니 짝이 다가왔다.

"희윤아."

"왜? 무슨 일 있어?"

평소에는 말도 잘 걸지 않던 짝이었다. 그런데 말을 걸어오다니. 희윤은 고개를 돌렸다.

"오늘 완전 예쁘다. 진작 이렇게 다니지."

"고마워."

"어제……."

그게 시작이었다. 쉬는 시간, 점심시간 등 평소에는 잘 접근도 하지 않던 반 친구들이 하나둘씩 모여들기 시작했다. 깔끔하고 고급진 교복에 희윤의 긴 검은 머리는 병약해 보이지만 지켜주고 싶은 소녀로 모두에게 어필하고 있었다. 평소에는 호기심이 있었지만 해진 교복, 불쌍한 이미지 등이 그녀에게로의 접근을 막고 있었지만 지금은 달랐다.

희윤은 평소에 아프다며 약한 척을 하지도 않았다. 그게 주효했다. 거리감은 있었지만 그녀를 싫어하지 않던 반 학생들이 다가와 희윤과 대화를 하더니 이내 친구들로 동화되기 시작했다. 옷 이야기로 시작해서 인기 연예인 이야기 등등 화제가 터지니 친구가 되는 건 금방이었다.

'오빠, 고마워.'

학교에서 친구들과 웃고, 떠들며 희윤은 지금도 고생하고 있을 오빠가 생각났다. 자신에게 이런 행복을 안겨다주는 오빠, 강윤. 희윤은 이런 오빠가 있다는 것에 감사하고 또 감사했다.

5화
뜻하지 않은 학교 정벌

　원래 집에서 생활하던 정민아는 숙소 생활을 강제하는 걸 그룹 프로젝트가 살짝 불만이었다. 부모님이 해주시는 밥에서 멀어지고 싶지 않았지만 그렇다고 이번 기회를 놓칠 수도 없었다. 결국, 눈물을 머금고 짐을 바리바리 싸들고 숙소로 왔다.

　그런데 진짜 고난은 이제 시작이었다.

　"만나서 반가워. 이삼순이여."

　"그…… 그래. 정민아야."

　같은 방에 배정받은 동갑내기 친구, 이삼순.

　충청도 사투리를 구수하게 쓰는 그녀가 정민아에겐 곤욕이었다.

　"니 침대는 이거 쓰고 내는 이거 쓰면 되재?"

"그, 근데 삼순아……."

"그라고 내는 11시면 자야 한데. 네는 언제 자?"

"아하하. 나는 그게……."

"일찍 자고 일찍 일어나야 가슴도 커진데이."

느릿하게 말을 늘리는 삼순의 마이페이스는 정민아에겐 처음 겪는 일이었다. 게다가 거침도 없다. 사투리도 적응 안 되는데 선머슴에 마이페이스라니……. 정민아는 뒷목이 뻐근해지는 것을 느꼈다.

"어어……."

"앞으로 잘 부탁해이. 맞다. 민아, 네 말여. 강윤 아재하고 친해?"

"아, 아재?"

민아는 사투리를 그리 좋아하지 않았다. 지금 웃어야 할지 울어야 할지. 이삼순에 대해 소문만 들었지 직접 겪어보니 그녀는 웃지 못했다. 상성이 전혀 맞질 않았다.

"기여, 아니여? 왜 말이 없데? 싱겁게."

"아, 아냐. 친하다기보다……."

"에이. 뭐여. 기여 아녀?"

누구는 정감 있는 사투리라 할지 몰랐지만, 세련미라곤 찾아볼 수 없는 이삼순을 정민아는 받아들이고 싶지 않았다.

'애 뭐야?! 저런 애랑 앞으로 계속 살라고?!'

이런 선머슴 촌년과 앞으로 함께 지내야 한다 생각하니,

정민아의 멘탈은 와장창 무너졌다. 앞날이 캄캄해져 보이질
않았다.

모든 결재가 떨어지고 걸그룹 프로젝트가 시작되었다.

전담 기획팀과 트레이닝 팀이 구성되었고 강윤은 이들에
게 업무를 배분하여 내려 보냈다. 주아 프로젝트 이후 다시
찾아온 대형 프로젝트의 시작이었다.

모두가 분주했다. 선발된 소녀들은 숙소를 옮기고 개인 스
케줄을 받아 든 후 연습을 하느라 분주했고 일을 배분받은
직원들은 다시 시작된 야근에 몸살을 앓았다.

개인별로 보고서를 올리는 건 만만한 일이 아니었다. 벌써
부터 식단부터 사소한 부분까지 철저히 관리하라니, 자기 관
리를 스스로 하도록 했던 주아 때와는 달리 강윤은 연습생들
개별 관리는 타이트하게 했다.

"……다들 연습은 잘하고 있군요."

일주일 후, 회의 시간.

강윤은 팀별로 받은 보고서를 들고 이야기를 하고 있었다.

"처음에 말씀드렸지만, 당분간은 팀워크 위주로 훈련하겠
습니다. 모르긴 몰라도 기 센 애들이라 많이 싸울 겁니다. 싸
우는 건 어쩔 수 없어도 잘 풀어질 수 있도록 관리해 주세요."

"네."

"다른 의견 있으십니까?"

크게 나오는 안건은 없었다. 강윤은 크게 지시만 했지 세세한 거에 관해선 이야기하지 않았다. 직원들의 일 방식은 존중하면서 목적을 달성하는 방식을 썼다.

"회의 마치겠습니다."

강윤은 회의를 짧게 끝났다. 연습생들의 단체 데이터가 아직 많이 쌓이지 않아 초반 핵심 요소인 팀워크에 대해 논의할 것이 없었다. 그러나 이것도 다음 주부터 활발히 논의가 시작될 터.

회의가 끝나자 사람들이 강윤의 사무실을 썰물같이 빠져나갔다. 이후 강윤은 보고서를 정리하여 바로 사장실로 향했다.

"어서 와요, 강윤 팀장."

이현지 사장이 강윤을 맞았다. 프로젝트 결정 후 첫 보고라 그녀는 기대가 컸는지 상기되어 있었다. 비서가 가져다준 커피를 마시며 이현지 사장은 보고서를 읽기 시작했다.

강윤의 보고서를 보며 이현지 사장은 만족해하며 결재란에 서명을 했다.

"좋네요. 수고하셨어요."

"감사합니다."

강윤은 간단히 경과를 보고했다. 앞으로 훈련을 이렇게 할 것, 그리고 팀워크 훈련에 힘을 기울인다는 이야기였다.

"최종 결과물은 언제쯤 볼 수 있나요?"

"1년으로 예상하고 있습니다."

"빠듯하지 않겠어요?"

2년에서 3년을 예상했던 이현지 사장은 고개를 갸웃했다. 지금의 강윤이라면 빠른 성과보다 오래 걸리더라도 안정된 성과가 더 나았다. 이현지 사장은 성과를 재촉하지도 않는데 굳이 1년을 부른 이유를 알고 싶었다.

"2000년 초반까지 솔로 가수들이 힘을 받고 있었지만, 점점 판이 달라지고 있습니다. 그룹 가수들, 특히 10대, 20대 가수들이 점점 그들의 입지를 넘어서고 있죠. 지금은 물론 솔로 가수들이 나은 형편이지만 그 판도가 머잖아 깨질 겁니다. 그러자면 서둘러 준비를 해야 합니다."

"호오."

이현지 사장은 강윤과의 이런 대화를 즐겼다. 그녀의 생각에 강윤은 시대를 읽는 시각이 있었다. 이현지 사장도 강윤과 비슷한 생각을 하고 있었다. 그러나 이현지 사장은 그걸 내색하지는 않았다.

"그럼 나가보겠습니다."

"수고해요."

티타임 겸 보고를 마친 강윤은 사장실을 나서 사무실로 향했다.

"아저씨!"

그런데 아무도 없는 줄 알았던 사무실에 사람이 있었다. 정민아였다.

"민아? 무슨 일 있어?"

"팀장님, 할 말이 있어서 왔어요."

강윤은 궁금했다. 지금 정민아는 할 말이 무척 많은 사람처럼 보였다. 뭔가 쌓인 사람의 느낌이었다. 강윤은 앉으라고 한 다음 귀를 기울였다.

"저 삼순이랑 너무 안 맞는 것 같아요. 같은 방에서 못 살겠어요."

"왜?"

"생활방식부터 버릇, 말하는 것까지 마음에 드는 게 하나도 없어요. 팀장님. 바꿔주시면 안 될까요?"

숙소 생활한 지 이제 하루가 지났다. 그런데 정민아가 쪼르르 달려왔다. 강윤은 기가 막혔지만 속을 누르며 이야기했다.

"이제 숙소 생활한 지 며칠 지났지?"

"……하루요."

"하루 만에 방을 바꿔 달라고 하는 건 아니지. 게다가 삼순이가 잘못한 것도 아니고. 더 이상 할 말 없으면 나가줬으면 좋겠다."

강윤은 말을 딱 잘랐다. 정민아는 귀한 인재였다. 그러나 이런 철없는 요구를 들어주는 건 말도 안 되는 이야기였다. 이런 것들 하나하나가 훈련이라고 강윤은 생각하고 있었다.

"팀장님."

"가서 연습해."

강윤은 더 이야기하지 않았다. 달래주지도 않았다. 이런 경우는 강하게 쳐야 한다, 그는 그렇게 생각했다. 정민아가 서운함을 강하게 느꼈다는 걸 알았지만, 지금은 더 큰 걸 봐야 할 때다.

결국, 정민아는 풀이 죽어 사무실을 나갔다. 강윤도 당연히 마음이 좋지 않았다. 하지만 이런 문제는 처음부터 단호해야 추후 이런 일이 없는 법이다. 과거, 7년간의 매니저 생활에서 몸으로 배운 교훈이었다.

강윤이 보고서를 거의 끝냈을 즈음이었다.

그때 갑자기 문이 벌컥 열렸다.

"짜잔! 오빠, 내가 돌아왔어!"

강윤이 깜짝 놀라 고개를 들자 작은 키의 여인이 팔을 벌리며 요란스럽게 등장했다. 주아였다. 강윤은 맥이 빠졌는지 한숨을 쉬었다.

"노크는 해야지, 노크는."

"뭐야. 그 반응은? 오랜만에 보고도 안 반가운 거야?"

"그래그래. 반갑다."

"아~ 이 엎드려 절 받는 기분. 뭐야? 난 오랜만에 봐서 반가운데."

주아가 실망감을 역력히 드러내자 강윤은 피식 웃었다. 사석에서의 주아는 제멋대로였다.

얼마 남지 않은 일을 마무리 지은 강윤은 바로 차를 내왔다.

"땡큐. 근데 차는 잘 못 타네."

"주는 대로 마시지, 그냥."

"하하하. 오빠 죄가 뭔지는 알고 있지?"

"죄? 죄는 무슨."

"일본 먹튀. 죽을 때까지 우려먹을 거야."

주아는 계속 강윤과 함께 일을 하고 싶었다. 원진문 회장에게 그 난리를 쳤어도 결국 강윤은 돌려받지 못했다. 이런 불통을 처음 겪는 주아는 어쩔 수 없이 양보했지만, 속에 고이고이 담아뒀다.

"그게 내 잘못이야?"

"몰라, 그런 거. 내 원한은 바다와 같아."

"무대포냐. 맘대로 해라. 일단 그런 것보다 사인 CD나 하나 줘."

"사인 CD? 왜?"

화제가 돌아가고, 강윤의 요청에 주아는 궁금해졌다. 저번에도 강윤이 사인을 요청해서 다른 지인이 요청한 것보다 더 정성 들여 사인해 줬다. 하나밖에 없는 사진에 사인해서 줬으니 말 다했다.

"내 동생 갖다 주려고 그런다. 내 동생이 네 팬이거든."

"동생? 오빠 동생 있었어?"

"너랑 동갑이야."

"호오, 그래? 나이 차이 많이 나네?"

"좀 나지. 부탁할게."

"줘야지, 줘야지. 그런데 말이야. 지금 주고 싶어도 못 줘. 3차도 매진돼서 4차로 CD를 또 제작하고 있거든."

앨범이 너무 잘나가도 문제였다. 덕분에 회사는 매출에 활짝 웃고 있었지만.

"아무튼, 부탁할게."

"그래그래. 누구 부탁인데."

"그럼 믿는다."

그 후, 주아는 강윤에게 앞으로의 일들에 대한 조언을 들었다. 강윤은 주아에게 처세나 친해져야 할 사람 등에 대한 이야기를 해주었다. 장난을 일삼던 주아였지만 강윤의 말은 필기까지 해가며 새겨들었다.

한참을 이야기하던 주아는 시계를 보더니 자리에서 일어났다.

"그럼 나 갈게. 비행기 타야 해."

"바쁘구나."

"다음에 또 봐. CD는 걱정 마."

주아가 나가자 폭풍우를 맞은 듯, 강윤은 그 자리에서 힘이 빠져 버렸다.

"하여간, 기운 하난 넘친다니까."

주아가 가고, 강윤은 피식 웃어버렸다.

학년이 바뀌어 새 학기가 시작된 희윤은 요새 학교 다닐 맛이 났다.

친구가 생겼고, 이야기할 사람들이 늘어났다. 많은 이야기를 하진 못했지만 혼자서 조용히 있는 듯 없는 듯했던 과거와는 비교도 할 수 없는 변화였다. 이런 변화 탓인지 희윤의 얼굴은 더더욱 생기가 돌았다.

"리미트 N에서 10까지……."

수학 시간. 대부분의 학생이 숫자와 도형이라는 수면제에 잠드는 공포의 시간.

희윤은 내성을 지니고 수업에 열중하고 있었다.

'쉽지 않네.'

물론 이리 보고 저리 봐도 수학은 만만치 않았다. 선생님은 문제를 다 풀었지만, 희윤은 막혀 있었다. 희윤은 하다하다 안 돼서 손을 번쩍 들었다.

"저기, 선새……."

희윤이 질문하려고 손을 든 그때였다.

부아아아아아앙!

창가 쪽으로 엄청난 엔진 소리가 들려왔다.

"어? 저 차 뭐야?!"

"어디어디?"

학생들이 학교 전체에 울려 퍼지는 엄청난 엔진 소리에 놀라 모두 창가로 몰려왔다. 미사일이라도 맞았나 놀란 선생님도 창가로 달려갔다.

그런데 창가로 보이는 풍경에는 TV에서나 보던 빨간 차한 대가 먼지를 일으키며 운동장 한가운데를 질주해 오고 있었다.

"저거, 보르쉐야, 보르쉐!"

"레알? 구라면 뒤진다."

"야, 내 전 재산 건다."

차 마니아인 남학생들은 차를 보고 난리도 아니었다. 저런 비싼 차가 왜 여기 왔느냐는 둥, 여기 재벌 있냐는 둥 각종 추측이 난무하기 시작했다.

이윽고, 차가 멈추고 여자가 내렸다.

"야야야! 저거 주아야, 주아!"

"주아다!"

"미친! 진짜 주아야!"

요새 가장 핫한 연예인, 학생들이 가장 동경하고, 질투하고 되고 싶어 하는 연예인 1위, 주아가 보르쉐에서 천천히 학교로 걸어오고 있었다.

점심시간.

강윤은 원진문 회장은 이현지 사장과 함께 회사 근처 중국 레스토랑에 갔다. 찹쌀 탕수육이 일품이라 원진문 회장이 자주 찾는 곳이었다.

"이 집은 특히 탕수육이 맛있네. 들지."

식감을 자극하는 찹쌀 탕수육과 짜장면이 나오고 모두가 젓가락을 땄다. 원진문 회장이 짜장면을 맛깔나게 비비며 강윤에게 물었다.

"강윤 자네는 여동생이 하나 있다고 했나?

"그렇습니다."

"자네 닮았으면 아주 미인이겠어. 데리고 와보지 그러나. 혹시 아나, 잘될지. 하하하."

원진문 회장은 웃었다. 물론 농담 반, 진담 반이었다. 악의가 없다는 걸 알기에 강윤도 웃어넘겼다.

"안타깝지만 동생은 연예계엔 관심 없습니다."

"이런, 안타깝군. 현지 양, 그렇지?"

"맞습니다."

"하여간 딱딱하긴."

이현지 사장의 각 잡힌 모습에 원진문 회장은 피식 웃었다. 식사 시간까지 딱딱한 걸 원진문 회장은 원치 않았지만,

이현지 사장은 여전히 각이 있었다.

세 사람이 식사하는데 원진문 회장의 휴대전화가 마구 춤을 췄다. 회장비서실의 연락이었다.

"무슨 일인가? 뭐? 주아가?"

주아라는 말에 강윤과 이현지 사장 모두가 젓가락을 멈췄다.

"별일이군. 알았네."

통화가 끝나고, 원진문 회장은 강윤 쪽으로 시선을 돌렸다.

"이보게 강윤이."

"네, 회장님."

"주아가 말이야. 허참. 황당하군."

"주아가 무슨 문제 일으켰습니까?"

강윤은 의아했다. 주아는 무슨 문제를 일으킬 사람이 아니었다. 도박을 하는 것도 연예하는 것도 이상한 취미를 가진 것도 아니건만……. 그런데 원진문 회장은 머리가 아픈지 머리를 잡고 있었다.

"내 살다살다 이런 경우는 처음 보네. 강윤이 자네 동생한테 CD 갖다 주러 갔다는군. 세현고등학교, 맞나?"

"네?"

강윤의 목소리가 확 높아졌다. 이 무슨 맑은 하늘에 벼락 맞고 비행기 떨어지는 소리인지.

"신입 매니저한테 보르쉐 운전하게 하고 연예인 티 팍팍

다 내고 갔다는군. 덕분에 그 학교 지금 수업도 못 하고 대혼
란이 일어났다네. 무슨 일이 있을지 몰라 경찰까지 출동했다
니……. 이봐, 강윤이, 강윤이!"

찹쌀 탕수육의 식감이 가시기도 전에 강윤은 식당을 뛰쳐
나왔다.

♪ ♫ ♪♪ ♪

"감사합니다, 예, 고마워요."

사진 찍고 사인하고, 사진 찍고 사인하고.

희윤의 학교에서는 이미 주아의 사인회가 열리고 있었다.

"으흑! 사랑해요!"

"저도요."

주아는 익숙하게 남자 팬을 안아주기까지 하며 팬서비스
의 극치를 보여주고 있었다. 매니저 한 명뿐, 경호원도 없었
지만 그녀는 매우 대범했다.

"주아 언니……."

"나만 믿으라고. 그리고 언니라니. 우린 친구잖아."

그런 주아를 희윤은 옆에서 걱정스레 보았지만, 주아는 괜
찮다는 듯 윙크를 해 보였다. 학교에서는 수업 시간을 빼주
는 배려를 해주었고 덕분에 희윤의 3학년 4반 교실은 전교생
이 몰려들어 사인을 받으려는 학생들로 북새통이었다.

"연주아!"

그런데 한창 사인하고 있는 사람들 틈을 뚫고 날 선 소리가 터져 나왔다. 학생들이 저 사람 뭐냐며 웅성거렸지만 그 소리는 전혀 의식하지 않고 인파를 뚫어댔다.

"여어, 여기야 여기."

더군다나 주아는 태연했다.

힘겹게 학생들을 뚫고 주아 앞에 선 이는 강윤이었다.

"오빠."

"희윤아."

강윤이 헉헉대며 주아 앞에 서니 희윤도 그녀 옆에 있었다. 이미 둘이 많이 친해졌는지 서로 팔짱까지 끼고 있었다. 그 주위로 사람들이 원을 치고 있었고 사인을 원하는 사람들이 한 명씩 줄 서서 오는 그림이었다.

"비켜요. 내 차례예요."

힘겹게 사람들을 뚫고 왔건만 강윤은 밀려날 판이었다.

"풋."

그 모습에 주아와 희윤까지 웃음이 나버렸다.

"죄송해요. 사인 금방 해드릴게요. 이분 저희 팀장님이에요. 사인 때문에 서 계신 게 아니에요."

"아아. 네."

"희윤이 오빠기도 하죠."

사인 때문에 섰던 남학생뿐만 아니라 희윤의 반 학생들까지 모두 눈이 휘둥그레졌다.

'어쩐지, 주아가 희윤이 옆에 찰싹 붙었다 했어.'

'팀장? 팀장이면 어느 정도지? 위로…….'

'이야…….'

샘내는 눈빛, 대단하다는 눈빛, 멍 때리는 눈빛 등등 희윤을 보는 시선은 다양했다. 조금 전까지 주아가 희윤에게 팔짱도 끼고 친구라 했던 걸 팬서비스 차원이라고 생각했던 학생들의 시선이 확 변했다.

"주아야. 쓸데없는 말을……."

"뭐 어때서. 희윤아. 네 오빠는 자랑스러워해도 돼. 이번에 나 일본에서 확 띄운 거 강윤 오빠야. 강윤 오빠 아니었으면 나 이렇게 다니기도 힘들었을걸?"

"정말?"

이번에는 희윤의 눈이 동그래졌다. 동생 앞에서 칭찬을 들으려니 강윤은 낯이 간지러웠다.

"주아야, 금칠은 그만. 이만 가자. 애들 수업해야지."

"아아아아아아~!"

강윤이 주아를 데리고 나가려는데 주변 반응이 매우 격했다. 학생들이 한마음으로 외친 소리였다. 강윤은 깜짝 놀랐다.

"학생이 수업을 해야지, 이건……."

"오빠, 봤지? 이게 내 인기야."

"……."

강윤은 결국 주아의 머리를 쥐어박아 버렸다.

"아얏! 아파!"

"오늘은 맞자. 일루 와!"

"히익! 폭력팀장 저리 가라!"

주아는 얼른 희윤 뒤에 숨는 순발력을 발휘했고 강윤과 실랑이가 벌어졌다. 이 생경한 장면은 자연스럽게 학생들의 손에 의해 녹화되었다.

이후 누군가의 핸드폰에서 나왔는지 모를 강윤이 주아를 쥐어박는 사진은 전설이 되어 후에 '주아의 굴욕'이라는 이름으로 두고두고 회자되었다.

"이게 아니라고!"

이준열은 매니저에게 일단의 서류뭉치를 집어 던졌다. 유승철 매니저는 큰 모욕을 당했지만 익숙했는지 침착했다.

"형, 이거도 아니다 저거도 아니다 하시면 어떻게 해요. 벌써 10번째예요. 기획자만 3번째 갈아 치웠다고요."

"아, 몰라. 미치겠네."

이준열은 담배를 거칠게 물고 연기를 내뿜었다. 답답한 마음이 그대로 연기로 배어나왔다. 그의 어두운 표정을 보며 유승철 매니저는 차분히 설명했다.

"거기 형편하고 우리 예산을 생각해 보면 이 정도가 최선이랬어요. 형, 이만하면 됐어요. 여기서 더 고집 피우면 컴백이고 뭐고 물 건너간다구요."

"그래서 넌 이딴 무대에서 컴백을 하라는 거냐? 나 세디야. 너까지 나한테 이러기야?"

세디.

본명 이준열.

데뷔 4년 차 가수로 정상에 올랐던 남자 솔로 가수였다. 그런 그가 2년 만에 컴백 무대를 가지려고 한다. 컴백 무대를 열기 위해 쇼케이스를 하려 했지만 소속사에 예산이 없었고 방송사에 요청하려니 마음에 드는 무대가 없었다. 결국 궁여지책으로 라디오 공개방송을 선택했지만 이번에는 무대가 문제였다. 이준열이 무대 스케치를 보는 족족 집어 던지는 통에 결국 속 타는 건 유승철 매니저였다.

"이거저거 다 싫다고 하면 진짜 큰일 나요. 형, 이러다 컴백 미뤄야 한다고요."

"그걸 해결하는 게 네 역할이잖아."

"아, 미치겠네……."

어린애처럼 우기기만 하는 이준열은 말이 통하질 않았다. 결국, 유승철 매니저는 속만 끓이다 밖으로 나왔다.

"야, 승철아. 설득은 했냐?"

밖에선 이준열의 소속사 듀카엔터테인먼트의 사장 김태수

가 기다리고 있었다. 그는 혹시나 하는 마음에 가까이 다가
갔다.

"말을 안 들어 먹어요. 사장님, 저거 진짜 어떡하죠?"

"결국, 이거냐. 아, 미치겠네. 저 꼴통 진짜……. 벌써 MG
랑 유통 계약까지 해버려서 컴백 못 하면 난리 나는데."

김태수 사장은 발을 동동 굴렀다. 컴백은 말 그대로 홍보
다. 음반이 나와도 홍보가 안 되면 어쩌겠는가. 사무실이 앨
범의 수렁으로 빠져드는 거다. 그는 필사적으로 머리를 굴
렸다.

사람은 궁지에 몰리면 뭐라도 하게 돼 있는 법이다.

"승철아."

"네, 사장님."

"나 MG에 갔다 올게."

"유통 계약 미루시게요?"

"미쳤냐. 거기가 그런다고 미뤄줄 동네야? 일단 도와 달라
고 해야지. 이번에 주아 일본에서 띄운 그 사람 누구냐?"

"이강윤이요? 에이, 그 사람을 우리가 어떻게 만나요. 사
장님? 사장님!"

유승철 매니저의 말이 끝나지도 않았건만, 김태수 사장은
정장을 걸치고 밖으로 뛰쳐나갔다. 마음이 급했다. 서둘러야
했다.

주아와의 해프닝 아닌 해프닝도 있었지만, 강윤의 회사 생활은 평온했다.

아침에는 걸그룹 프로젝트에 대한 보고서를 받고 부족한 사항에 대한 보완 지시를 내린 후 자료들을 정리한다. 낮에는 연습실로 내려가 체크를 하고 기획팀이나 예산팀을 만나 프로젝트에 대해 회의를 한다. 퇴근을 하고 희윤과 식사를 한 후 하루를 마무리하면 그날이 끝난다.

이런 하루의 반복이었다. 큰일 없이 강윤의 매일은 물 흘러가듯 흘러갔다.

그러던 어느 날이었다. 강윤은 보고를 위해 사장실로 올라갔다. 이현지 사장이 여느 때처럼 보고서에 결재하고 옆에 내려놓자 강윤은 인사를 하곤 뒤돌아섰다.

"잠시만 앉겠어요? 할 이야기가 있는데."

평소와는 다른 전개에 강윤은 의아했다. 사장과의 대화라니, 원래 윗사람과의 대화는 긴장되는 법이다. 게다가 이현지 사장이 친히 커피를 내오는 성의까지 보였다. 긴장이 더해갔다.

"내가 지난번에 공연팀에 대해 잠깐 말했던 거 기억하고 있나요?"

"걸그룹 프로젝트 진행하면서 시간 되면 조금씩 맡아서 담당하라고 하셨던 그거 말씀이십니까?"

"맞아요, 그거. 회사 산하의 일만 처리하던 공연팀의 규모를 키워서 전문 공연팀을 운영할 계획이에요. 강윤 팀장이 그 부서의 총괄책임을 지어줬으면 좋겠어요."

공연팀. 공연에 관한 전반적인 기획, 연출 등 모든 것을 총괄하는 것을 이야기한다. MG엔터테인먼트 같은 큰 회사는 자체적으로 공연 인력을 운영할 여력이 있었다. 이전에는 회사 내부를 위해서만 운영했다면 이젠 외부 의뢰도 받으며 전문적으로 운영을 할 생각이었다.

"사장님, 공연팀과 걸그룹 프로젝트를 동시에 진행하는 건 쉬운 일이 아닙니다."

"물론 보상은 당연히 따릅니다. 주아 일 끝나고 통장 확인해 보셨죠?"

강윤은 한번 물러났지만, 이현지 사장은 한 발짝 다가왔다. 그것도 돈으로. 난생처음 찍힌 통장의 단위에 강윤은 경악을 했고 희윤에게 여러 가지를 해줄 수 있었다.

이현지 사장은 계속 말을 이었다.

"이 팀장은 욕심이 있다 생각해요. 난 이 공연팀이 잘되면 독립시켜 법인으로 만들 생각도 하고 있어요."

강윤은 침을 꿀꺽 삼켰다. 내가 있던 팀이 법인이 된다. 직장인에겐 엄청난 일이었다. 물론 강윤에겐 출세는 전부는 아니었다. 그래도 더 위를 바라볼 수 있다는 것에서 메리트가 있었다.

"지금까지 냉정하게 강윤 팀장을 판단하고 내린 결론입니다. 강윤 팀장이 없었다면 공연팀을 본격적으로 가동한다는 생각을 하진 못했을 겁니다. 걸그룹, 공연. 모두 할 수 있다 판단해서 권합니다. 같이 가요, 우리."

"……."

강윤은 고민했다. 분명히 이건 기회였다. 함정? 그런 게 있을 리 없었다. 그러나 그는 신중히 고민했다. 과거도 생각해 보았다.

'MG엔터테인먼트에서 공연팀이 있다는 이야기는 들었어. 하지만 규모에 대해 들은 적은 없었지. 만약 확장해 키울 생각이었다면 분명히 내가 알고 있었을 거야. 그런데 이렇게 키운다?'

그가 알기로 MG엔터테인먼트의 공연팀은 규모가 크지 않았다. 그래서 중요한 공연은 대부분 외주로 돌리곤 했다. 그런데 팀을 키우겠다니.

알 수 없는 미래는 분명히 두려움으로 다가왔다. 하지만 강윤은 두근거렸다.

"해보겠습니다."

공연팀, 새로운 도전.

강윤은 힘차게 고개를 끄덕였다.

이현지 사장은 만족했는지 그의 앞에 서류를 하나 내밀

었다.

"공연팀 첫 번째 일입니다."

강윤은 서류를 받아 들었다.

-세디 컴백 무대 의뢰안.

'세디? 잠깐. 그 양아치?'

첫 가수부터 만만치 않은 가수가 걸렸다. 함께 공연하는 것이 만만치 않을 것이란 생각에 강윤은 마음을 단단히 다졌다.

6화

공백을 극복하는 기획 上

'2년 만에 컴백한 세디는 멋지게 컴백을 말아먹고 잠적을 하지.'

사무실로 돌아온 강윤은 기획안을 펼쳐 놓고 생각에 잠겼다. 데뷔 이후 감미로운 목소리와 그에 걸맞은 감성적인 노래로 여자들의 마음을 설레게 했던 가수 세디는 2년간 꾸준히 잘나가다 돌연 잠적하였다. 그 이후 2년 만에 복귀했지만, 목소리가 바뀌었다느니, 쉬다 와서 감이 떨어졌다는 등의 악평을 받으며 내는 앨범마다 족족 말아먹었다.

'첫 공연부터 운이 없구먼.'

분명히 이번 타이밍이 2년 만의 공백 끝에 회복하는 타이밍이다. 잘나가는 때는 지났다는 말이다. 하지만 사람도 만나보지 않고 일을 거부하는 건 도리가 아니라 생각한 강윤은 자료부터 수집하고 결정하기로 마음먹었다.

인터넷을 뒤졌고 자료실에 요청해 세디에 대한 자료들을 요청했다. 곧 세디에 대한 자료가 강윤의 자리에 수북이 쌓였다.

'이러니 망할 만하지.'

자료를 보고 강윤은 한숨을 내쉬었다. 세디는 단기간에 돈을 너무 많이 뽑았다. 그는 데뷔하자마자 히트를 했고 돈과 인기는 콧대 높여 놨다. 이른바 스타병이었다. 스타병은 그를 빠르게 잠식해 들어갔고 이후 제대로 개인 관리를 하지 않고 너무 놀아 결국 병이 생기고 말았다.

'목이 망가졌군. 그래서 2년을 쉬었던 거야.'

중요 문서라 분류된 파일을 보며 강윤은 고개를 절레절레 흔들었다. 어떤 경우든 목이 망가진 후유증은 매우 심각하다. 원래 목소리로 돌아올 가능성은 희박하다. 노래가 가능하다 해도 변한 목소리를 사람들이 받아들일 가능성도 알 수 없었다.

강윤은 자료들을 덮었다. 일단 가수를 만나보는 게 우선이었다. 세디라는 가수에 대해선 미래는 알지만 만나본 적이 없었다.

강윤은 바로 듀카엔터테인먼트로 연락했다.

"안녕하십니까. MG엔터테인먼트 이강윤이라 합니다."

이미 연락을 받았는지 일은 일사천리였다. 세디의 매니저 유승철이라는 사람은 매우 친절했고 강윤을 지금이라도 당장 모시고 싶다며 매우 저자세로 나왔다. 강윤은 시간 끌 것 없이 바로 약속을 잡고 당장 출발했다. 직접 오라 할 수도 있었지만, 강윤은 직접 사정을 보기로 하고 출발했다.

'듀카엔터테인먼트가 이렇게 작았나?'

강윤은 듀카엔터테인먼트 앞에 도착했다. 듀카엔터테인먼트는 3층 건물의 2층에 있었다. 한때는 잘나가서 건물 하나를 임대할 정도라 들었는데, 지금은 달랑 한 층이라니. 강윤은 이상함을 느끼며 안으로 들어갔다.

'그, 뭐야. 이 담배 냄새는?'

강윤이 문을 열고 안으로 들어가자마자 지독한 담배 냄새가 코를 찔렀다. 가수 소속사 사무실에서 지독한 담배 냄새를 맡을 줄은 상상도 못 한 강윤은 인상을 확 구겼다.

"아우, 담배."

"저……."

강윤의 구겨진 인상에 당황했는지 순박한 인상의 남자가 손을 내밀다 뒤로 물러났다. 강윤도 그제야 남자를 보곤 멋쩍어졌다.

"죄송합니다. 당황스러워서."

"아닙니다. 제가 죄송하죠. 이런 모습을 보일까 봐 밖에서 뵙자 한 건데……. 인사드리겠습니다. 매니저 겸 총무를 맡고 있는 유승철이라고 합니다."

"이강윤이라고 합니다."

유승철이라는 사람은 순박한 인상에 통통한 체형의 남자였다. 사람이 좋아 보였다.

간단하게 인사를 마친 두 사람은 자리에 앉아 본격적인 이야기를 시작했다.

"배우 정신혜가 진행하는 'FM과 산책을'공개방송. 토요일 6시가 공개방송일. 맞지요?"

"맞습니다. 3주 뒤죠."

"혹시 방송국과도 이야기된 겁니까?"

"라디오국에서 시간만 받아놨습니다. 세디 형이 무대장치를 많이 하고 싶어 해서요. 물론 저희도 힘들다는 건 압니다. 하지만…… 하……."

유승철 매니저도 세디가 답답했는지 한숨이었다. 라디오 공개무대에서 너무 많은 장치를 달면 다른 가수에게도 민폐다. 그런데 자꾸 요구해 대니 답답했다. 강윤은 요구 조건을 찬찬히 훑어보며 이야기했다.

"이러면 차라리 쇼케이스를 하는 게 나을 텐데요."

"그러기엔 저희가 돈이……."

예산 부족이란다. 강윤은 한숨을 쉬었다.

"타 가수들과 무대를 같이 쓰기에 배려를 해줘야 합니다. 저희만의 무대라 생각하고 물량 공세나 장치들을 무작위로 동원하는 건 무리입니다. 그러려면 쇼케이스를 해야죠."

"그래서 의뢰를 한 겁니다. 저희로선 좋은 방법이 나오지 않아서 말입니다."

강윤은 머리가 아파져 왔다. 이건 뭐 어쩌라는 건지. 이렇게 하라면 돈이 없다, 저렇게 하라면 힘들다, 답답했다.

"일단 세디부터 만나봐야겠네요. 어디 있습니까?"

"저, 그게……."

"어디 있습니까?"

강윤이 주위를 두리번거리는데 방 안에서 꺄르르 소리가 나며 문이 열렸다. 그리고 짧은 머리의 잘생긴 남자와 타이트한 옷을 입은 여자가 서로 완전히 붙어서 걸어 나왔다. 가수 세디, 이준열이었다.

"호호호, 오빠, 완전 멋있다. 그래서? 그땐 어떻게 했어?"

"어떻게 하긴. 오함마로 그냥……."

"우와, 자기 완전 남자답다."

남들이 듣기에도 거북한 저속한 대화가 오갔다. 강윤은 기가 막혔다. 누군 자신을 위해 일을 하러 왔건만 누구는 저렇게 여자나 끼고 놀고 있다니.

"……전 이만 가보겠습니다."

강윤은 더 할 말이 없었다. 그가 알던 과거에 세디가 망한 이유를 눈으로 보고야 말았으니 말이다. 기획을 위해 회의를 왔는데 관심도 보이지 않고 여자나 끼고 있는 가수라니, 저런 가수라면 망하는 게 당연했다.

"네? 아니, 팀장님. 잠깐만 제 이야기를……."

"저런 사람이면 무슨 짓을 해도 망합니다. 더 볼 것도 없네요."

유승철 매니저가 당황하며 강윤을 잡았지만, 강윤은 바로 돌아섰다. 지난 생애, 망해가던 10년 동안 수많은 가수들을 봐왔다. 아니, 기획하기 이전 7년 동안 매니저 생활을 해오며 방송계 바닥을 굴렀다.

그러면서 아무리 노력해도 재능이 없어 망하는 연예인들을 무수히 보았다. 그런데 저 세디라는 남자는 재능이 있음에도 노력하지 않고 시간을 썩히고 있었다.

그런 남자에게 다시 얻은 이 시간을 낭비하고 싶은 생각, 추호도 들지 않았다.

"오늘 온다는 그 공연기획자분이신가요? 반갑네요, 반가워. 저 세디입니다."

그런데 강윤의 말을 무시라도 하는 것인지 이준열은 태연하게 악수를 청했다.

입가에 꼬리까지 올리는 게 아주 태연하게. 마치 '귀엽네, 더 해봐라'라는 얼굴이었다.

"형! 이분은……."

유승철 매니저가 놀라 세디를 가로막았다. 그러나 이미 강윤의 뚜껑은 열려 버렸다. 그는 표정을 굳히고 심호흡을 하더니 소리를 낮추곤 세디와 눈을 마주쳤다.

"한심하군요."

"호오?"

"지금 시기라면 연습에 연습을 거듭해 목소리를 다듬어봐야 할 시기일 텐데 여자랑……. 왜 회사가 이렇게 됐는지 그 이유를 알 것 같습니다."

"팀장님!"

강윤이 세디를 자극하자 유승철 매니저가 깜짝 놀라 강윤을 제지했다. 그러나 한번 화가 난 강윤은 멈출 줄은 몰랐다.

"지금의 세디라면 뭘 하더라도 안 됩니다. 단언할 수 있습니다. 다음에는 안 봤으면 좋겠군요."

강윤은 그대로 뒤돌아섰다. 속에서 불이 마구 치솟아 올랐다. 담배 냄새부터 여자까지 생각도 하고 싶지 않았다.

"팀장님. 잠시만 제 이야기를 들어주십시오."

"더 이상 할 이야기가 없을 것 같습니다. 죄송합니다."

유승철 매니저가 간곡하게 매달렸지만, 강윤은 그대로 문을 열고 밖으로 나가 버렸다.

그러나 강윤이 모욕을 주고 갔음에도 세디는 입꼬리만 올릴 뿐이었다.

"뭐야, 저 새끼? 아, 재수 없어. 그치 오빠?"

"……야."

"왜 그래, 오빠?"

"너도 그만 가라."

세디는 지금껏 끼고 놀던 여자를 갑자기 품에서 내쳤다. 여자는 갑자기 내쳐진 이유를 모른 채 투덜거리다 세디를 욕

하곤 또각 소리와 함께 밖으로 나가 버렸다.

"아, 형! 그분이 누군지 알고 또 사고를 쳐요! 아, 진짜!"

유승철 매니저는 돌아버릴 것 같았다. 어떻게 설득한 MG 엔터테인먼트이건만. 김태훈 사장이 손이 마르고 닳도록 빌고 또 빌어서 간신히 공연팀을 움직일 수 있었다. 물론 유통 계약이 주요하긴 했지만 말이다.

굴러들어 온 복을 걷어찼으니 저 사고뭉치를 그냥 확 XX 해 버리고 싶은 심정이었다.

"방금 저 사람, 그 사람 맞지?"

"뭐요?"

유승철 매니저는 까칠해졌다. 그러나 이준열은 무시하고 말을 이었다.

"컴백 무대 해준다던 사람."

"맞아요. 형이 내쫓았고요. 아, 진짜. 저 사람 주아 일본에서 확 띄운 그 사람이라고요. 형이 저번에 말했던."

"아, 그래?"

그러나 그는 심드렁했다. 하지만 잠시 생각하더니 말했다.

"야, 승철아."

"아 진짜, 왜 자꾸 불러요?"

"지금까지 나한테 이렇게 대놓고 면박 먹인 사람 있냐?"

"몰라요. 잘나갔잖아요."

"그런데 이렇게 대놓고 안 한다 이거지? 재미있네."

이준열은 재미있는 무언가를 발견한 사람처럼 눈빛을 반짝였다. 유승철 매니저는 이 자식이 또 무슨 생각을 하는지 사고를 칠까 봐 머리가 아파져 왔다.

♪ ♫ ♪ ♫ ♪

"뭐라고요? 거절?!"

다음 날 이현지 사장은 강윤에게 세디 일을 거절했다는 보고를 받고 눈이 휘둥그레졌다.

"거절한 이유가 뭐죠?"

"저희에게 실익이 없습니다. 처음 받는 일인데 하기에 좋지 않습니다……."

"그렇게 판단한 이유가 뭐죠?"

첫 업무는 무척 중요하다. 게다가 MG엔터테인먼트 공연팀이 외주를 받은 첫 업무다. 이 업무가 잘 풀려야 이후 좋은 업무들도 받을 수 있었다. 강윤은 이준열에 대해 '정신상태가 썩었습니다'라고 말하고 싶었지만, 객관적인 자료가 되지 못해서 참았다.

그래서 강윤은 준비해 온 서류를 꺼내 이현지 사장에게 내밀었다.

"2년간 쉬면서 목소리가 너무 많이 변했습니다. 저희야 무대만 기획해 주고 빠진다 해도 컴백 무대를 기획해 준 가수가 망했다는 말이 나오면 처음 일을 시작한 저희에게 악영향을 줄 수 있습니다."

"세디에게 리스크가 있다, 이 말이죠?"

"그렇습니다."

"하지만 리스크가 있는 만큼 얻는 것도 있을 텐데요. 저번에 주아도 그 리스크를 안고도 성공하지 않았나요?"

그때 강윤은 확실한 근거가 있었다. 하지만 지금은 성공할 근거가 없었다. 무엇보다 세디의 정신 상태가 글러 먹었다. 아직도 강윤의 눈엔 여자를 끼고 나오던 세디가 잊히질 않았다.

"주아는 외부의 위험을 감당할 실력이 있었습니다. 실력과 지원, 이런 것들이 갖추어져 있었죠. 하지만 세디는 다릅니다. 회사도 작고 개인 실력도 확신이 없습니다. 저는 그렇게 판단했습니다."

"알겠어요. 이 팀장이 그렇게 판단했다면야."

이현지 사장은 고개를 끄덕였다. 이현지 사장은 강윤을 신뢰했다. 강윤에게 뛰어난 눈이 있다는 걸 알고 있으니까.

강윤은 사장실에 보고를 사무실로 향했다. 공연 일은 시도도 못 하고 싱겁게 끝이 났지만, 신인 일은 한창 진행 중이었다. 이제 그 일을 위해 컴퓨터를 켰다.

그런데 갑자기 전화가 울렸다. 로비에서 온 전화였다.

"무슨 일이시죠?"

-가수 세디라고, 팀장님을 찾으십니다.

"세디가요? 더 할 말 없으니 돌려 보내주세요."

－일 끝날 때까지 기다리시겠답니다.

갑자기 들이닥쳐 기다리겠다니. 강윤은 예상하지 못한 일에 잠시 당황했지만, 코웃음을 쳤다.

♪ ♫ ♩ ♪ ♫ ♪

"야야야, 저 사람 세디 아냐?"

"세디? 대박. 저 사람이 여기 웬일이야?"

MG엔터테인먼트 로비 구석의 소파에 다리를 꼬고 앉아 있는 이준열을 보며 연습생들은 수군댔다. 창가로 비치는 빛에 그의 잘생긴 얼굴을 더더욱 두드려져 여자 연습생들은 특히 더 난리였다.

'어린것들, 귀엽네.'

연습생들에게 사인도 해주며 간간이 덕담도 해가며 이준열은 계속 로비에 머물렀다. 휴대전화 게임도 하며 창가로 지나다니는 사람들을 보며 하염없이 시간을 흘려보냈다. 그러나 연락을 넣었다는 사람은 나타나지 않았다.

"아직이에요?"

"……돌아가시랍니다."

벌써 10번째 연락을 넣었다. 이젠 로비 직원들도 지쳐서 전화도 안 넣어준다. 처음에는 그의 외모와 이름값에 전화도

꼬박꼬박 해주었지만 어두컴컴해지기 시작하는 지금, 그 시선은 벌레 보는 눈으로 바뀌어 있었다.

'허, 그놈 재밌어.'

이준열은 강윤이 궁금해졌다. 어떻게 자신을 이렇게 철저히 무시할 수 있는지. 화는 당연히 났다. 그러나 그것보다 궁금했다. 지금까지 이렇게 마음대로 살고도 무사했는데 왜 망한다고 확신하는지 말이다.

"아, 오늘 평가 망했어. 삼순아, 넌 어땠어?"

"망했지. 아주 시원하게 망했지. 정이 네는 어땠어?"

"······나 에일린데. 정은 성이고."

'뭐야? 이 자식은 아직도 회사야?'

이준열은 연습생들마저 모두 퇴근하고도 보이지 않는 강윤이 기가 막혔다. 그렇다고 이대로 가고 싶지도 않았다. 이미 오기가 생길 대로 생겨 얼굴을 보지 않고는 절대로 가고 싶지 않았다.

"······세디?"

연습생들이 가고 한참이 지나서야 세디가 그토록 보고 싶던 존재가 나타났다. 강윤이었다. 코빼기도 안 비치던 놈이 퇴근도 가장 늦어 야근까지 끝내고 나타났다.

"당신······?!"

"아직도 안 갔습니까? 더 할 말은 없는 거로 압니다."

지금까지 기다렸다는 게 놀랍긴 했지만, 강윤은 그리 감흥은 없었다. 책이나 영화에서 나오는 것처럼 저 사람을 바꿔서 공연하겠다는 만화 같은 생각은 추호도 없었다. 그런 면에서 강윤은 현실적이었다.

"아무리 생각해도 이해가 안 가서 말이지."

"나랑 관련 없는 일입니다. 그리고 어디서 반말이야. 나이도 어린 게."

강윤도 참지 않았다. 예의를 계속 지켜주면 기어오르는 사람들이 있다. 세디와 같은 부류였다.

이준열은 사람 모두를 자기 발밑으로 보는 스타병 말기 증세일 터. 강윤은 괜히 그런 사람과 붙어 있고 싶지 않았다. 강윤을 잠시 노려보던 이준열은 언제 그랬냐는 듯 허허 웃었다.

"하하하. 역시 재미있네. 그래, 형. 멋있네. 할 말 다 하고."

"가서 원래 하듯 여자나 안고 놀아. 양아치는 상대하지 않아."

"크큭. 양아치라."

모욕을 진하게 들었지만, 이준열은 웃기만 했다. 강윤은 상대할 가치를 느끼지 못했다.

'미쳤네. 더 이상 상대하면 큰일 나겠어.'

괜히 이상한 일에 휘말릴까 싶어 강윤은 자리를 빨리 피하고 싶었다. 기행이나 일삼고 철저하게 자기중심적인 세디와 엮여봐야 좋은 일이 없었다.

그런데 이준열은 강윤의 예상과 너무도 다른 말을 했다.

"형아. 나랑 같이 공연하자."

그런데 이준열에게서 강윤에게 전혀 뜬금없는 말이 나왔다.

"뭐?"

"나 컴백시켜 주라."

강윤은 어이가 없었다. 지금 자기가 무슨 말을 들었는지 알다가도 모를 일이었다.

"지금 뭐라는 거야? 컴백?"

"응. 컴백."

강윤은 어이가 없었다. 세디의 얼굴을 보니 피식피식 웃는 게 장난기가 잔뜩 어려 있었다. 강윤은 속의 불을 한 번 착 누르고 정색했다.

"거절할게. 아니 거절합니다. 지금 컴백해 봐야 백 퍼센트 망할 텐데 그런 곳에 에너지 쓸 필요가 없지."

"망해? 내가?"

"무조건 망하지. 목소리가 변했는데 어떻게 안 망하겠어."

덥석!

이준열이 강윤의 멱살을 거세게 잡았다. 사실 장난삼아 했던 말이었다. 그런데 이렇게 대놓고 정곡을 찌를 줄은 몰랐다. 항상 웃는 낯의 이준열이었지만 순식간에 얼굴빛이 험악해졌다.

"감히, 감히, 감히……!"

"사람들이 모를 것 같아? 스타는 환상이 깨지면 끝이야. 변신? 좋게 바뀌어야 변신이지 지금 네 목소리가 바뀐 게 변신인 것 같아? 그건 변신이 아니라 변형이야, 변형. 더 나쁘게 말해줄게. 퇴보야, 퇴보. 진화한 게 아니라 퇴화한 거라고."

"으으으……."

강윤은 낯빛 하나 변하지 않고 독설을 했다. 그러나 이준열은 반박하지 못했다. 강윤의 멱살을 잡은 팔이 부르르 떨렸다. 유들유들 뻔뻔하게 말했던 세디는 이미 온데간데없이 사라지고 없었다.

"그런데도 너는 노력은 하지 않고 여자와 담배에 찌들어 있지. 그런데 나더러 무대를 만들라고? 음악의 신이 온다면 모를까, 3주 안에 컴백 무대를 가지고 음반을 판다? 말도 안 되지."

"……."

결국, 이준열은 부들거리는 팔에 힘을 풀었다. 그러나 이미 그의 전신엔 힘이 빠졌다. 여유를 가장했던 이준열은 이미 온데간데없이 사라지고 없었다.

"그래도 한마디 해준다면, 담배부터 끊어. 가수에게 담배는 최악이니까."

강윤은 이준열에게서 돌아섰다. 이미 이준열은 힘을 잃었는지 바닥에 주저앉아 있었다. 그의 완벽한 패배였다.

'이젠 안 오겠지.'

오만함은 사람을 지옥으로 끌어넣는다. 비록 같이 일을 하진 않지만 그래도 강윤은 세디가 이 오만함이라도 끊어내길

바랐다. 좋은 노래를 부르는 가수가 그냥 잘되길 순수하게 바랐다. 물론 선택은 본인의 몫이지만.

'이강윤, 이강윤……!'

이준열은 강윤이 떠난 로비를 이를 부르득 갈면서 계속 노려보았다. 핏발이 단단히 선 눈으로, 온몸을 부르르 떨면서…….

"한유는, 어디 보자. 어디 하나 부족한 데가 없구나."

"감사합니다."

일주일에 한 번씩 가지는 개인 면담 시간. 강윤은 서한유와 함께 회사 휴게실에서 음료수와 커피를 마시고 있었다. 물론, 설탕이 들어간 음료수는 전혀 없었다.

서한유는 자신을 평가해 놓은 그래프들을 보며 바짝 긴장 중이었다.

"한유는 꾸준히 열심히 해온 보람이 있는 것 같아. 노래, 춤 어느 하나 부족한 게 없네. 선생님들 평가도 좋고 말이야."

"감사합니다."

"그런데 여기가 눈에 띄어. 뚜렷하게 눈에 띄진 않으나 제 몫을 해낸다. 이 평가는 뭘까?"

"……."

강윤이 스타성 체크 부분을 짚으며 묻자 서한유는 침묵했다.

"한유야. 좀 더 적극적이 되었으면 좋겠어."

"적극적이요?"

"쉽게 설명해 줄게. 일단 트레이닝을 춤, 노래는 기본만 하고 다른 것들을 해보자. 밖에서 받는 훈련들 위주로 편성 해야겠어."

밖에서 받는 훈련이라는 말이 서한유는 움찔했다. 야외를 그리 좋지 않은 눈치였다. 그러나 강윤은 개의치 않고 기록 을 해갔다. 결국 서한유는 밖에서 활동하는 특별 스케줄이 편성되었다.

스케줄을 다 짜고 강윤이 물었다.

"언니들하고는 잘 지내?"

"네. 잘 지내고 있어요."

"크리스티하고는 같은 방이었지? 둘이 잘 맞니?"

"……언니가 코를 고는 것만 빼면 잘 맞는 것 같아요."

강윤은 순간 웃음이 나올 뻔했지만 참았다. 너무 솔직해도 이런 게 문제였다. 그 도도한 얼굴에 코를 곤다니 이건 혼자 묻어야겠다고 생각했다.

강윤은 서한유를 보내고 올라온 예산안들을 결재했다. 사 장실로 갈 안건들이었다.

'잘 진행되고 있군. 그런데 이번 달 예산이 생각보단 덜 들 었군. 다른 데로 돌릴 수 있겠어.'

보고서까지 작성하니 어느덧 밤이 되었다. 강윤은 기지개를 켜고 퇴근을 서둘렀다.

그런데…….

"형!"

로비로 갔더니 강윤을 반갑게 부르는 소리가 있었다.

"세디?"

"형 보고 싶어서 왔어. 안녕?"

멱살까지 잡던 이준열이었다. 그러나 지금 그 모습은 온데간데없어졌다. 조울증이라도 있는지 그의 표정은 생글생글이었다.

"또 무슨 일입니까?"

"에이, 우리 말도 놓은 사이잖아?"

"……."

"나 어제 많이 생각했어. 그래, 형 말이 다 맞아. 나 목소리도 변했고 노력도 안 했어. 담배? 시름 잊으려고 미친 듯이 피웠어. 악은 악으로 다스린다고 목에 안 좋은 담배를 하면 목이 좋아질까 그런 어처구니없는 것도 믿었어. 그런데 결론은 이 꼴이네."

"……."

강윤은 눈을 가느다랗게 떴다. 지금, 이준열이 무슨 말을 하는지 이해가 가질 않았다. 고해성사라도 하는 것일까? 그러나 그는 차분히 귀를 기울였다.

"결국, 막 나가기 시작했어. 목도 안 좋아지는데 돈은 엄청 많았어. 노는 게 재미있더라고. 여자? 질리게 만나봤어. 돈 있으니까 여자 만나는 게 무지 쉽더라. 비비고 뒹굴고 하고 싶은 건 그때 다 해봤어. 그런데 말이야, 놀면 놀수록 속에서 이상한 생각이 들더라고. 난 가순데, 난 노래해야 하는데 이게 뭔가? 이런 생각 말이야. 그래서 녹음도 했어."

"하고 싶은 말이 뭐야?"

"녹음은 했는데 무대들이 하나같이 별로였어. 아니, 정확히 말하면 막상 노래하려니까 겁부터 나더라고. 내 변한 목소리, 누가 뭐라고 하지 않을까? 괜찮을까? 가슴이 두근거리는 거야. 무서웠지. 온몸이 바들바들 떨려왔어."

"……."

"하지만 남자가 가오가 있지, 이걸 어떻게 말해. 그래서 다 쫓아냈어. 안 한다고. 그러다 형을 만난 거야."

"안 하면 되겠네. 난 고해성사 들어주는 신부가 아니야."

강윤은 술 취한 사람 이야기를 듣는 느낌이 들었다. 혼자서 이야기하고, 혼자서 답하고, 혼자 흥분하고 이준열이 그랬다. 강윤은 더 들을 필요 없다 느껴 돌아섰다.

그런데 이준열이 그를 간곡히 붙잡았다.

"형. 내가 잘못했어. 내 무대를 만들어줘."

"……."

강윤은 귀를 의심했다. 지금 무슨 말을 들은 건지 눈을 껌

삐였다.

"아무도 나에게 그런 말을 해주지 않았어. 사실 나도 옛날만큼은 안 된다고 생각만 했지 망한다는 생각까진 해보지 않았어. 막연하게 이러면 안 된다 생각만 하고 있었지. 그런데형은 정확하게 현실을 말해줬어. 처음엔 화도 많이 났는데요즘 사람들을 생각해 보니 형 말이 다 맞더라고."

"……."

"이 목소리로 팬들 앞에 서기가 무서워. 하지만 형이라면,날 제대로 말해주고 알아봐 준 형이 도와준다면 가능할 것같아. 도와줘. 부탁할게."

이준열은 돌아선 강윤을 향해 무릎을 꿇었다. 그는 진심이었다. 진심으로 나오는 이준열에게 강윤은 놀랐지만, 내색은하지 않았다. 강윤은 차분히 말했다.

"어제 이미 말했어. 가능성 없는 곳에 시간과 노력을 투자하고 싶지 않다고. 그리고 갑자기 생각이 바뀌었다고 성공할만큼 이 바닥이 만만한 곳은 아니잖아?"

"혀엉……."

"음악의 신이 온다면 모를까, 난 힘들 것 같아. 네 마음이진심으로 바뀌었다면 다른 사람하고도 잘할 수 있을 거야."

강윤은 이준열의 어깨를 툭툭 두드려 주고는 퇴근했다. 그의 뒤로 무릎을 꿇은 이준열을 뒤로하고 말이다. 찜찜한 기분이 들었지만, 강윤은 애써 무시했다.

"세상에……."

"저거 세디 아냐?"

"어머어머! 저거 무슨 일이래니?"

다음 날.

MG엔터테인먼트 직원들은 출근하자마자 엄청난 장면을 목격했다. 가수 세디가 로비에서 무릎을 꿇고 있는 장면이었다. 출입증을 찍는 곳에 있지 않아 제지를 받지는 않았지만, 모두가 수군거렸다.

검은 세단과 함께 도착한 원진문 회장과 이현지 사장도 이 흔치 않은 장면을 보곤 어이가 없었다.

"요새 재미있는 일이 많이 벌어지는군, 현지 양."

"그러게나 말입니다."

그들은 비서에게 무슨 일인지 알아보라고 지시하고 집무실로 올라갔다.

이후로도 난리가 났다. 연습생들도 직원들도 이준열에 대해 저마다 입에 올렸다. 프러포즈 중이라느니 회장님의 숨겨진 아들이라느니 수많은 짐작과 낭설이 MG엔터테인먼트를 휩쓸었다.

"이준열……."

"형, 왔어?"

이윽고, 문제의 핵이 도착했다.

강윤은 어제의 복장 그대로 무릎을 꿇고 로비에서 자신을 맞아주는 이준열을 보며 한숨을 내쉬었다.

"세디……."

출근 시간, 로비에는 수많은 사람이 있었다. 그 가운데에 이준열이 자신 앞에 무릎을 꿇고 있었다. 사람들의 시선이 집중되고 수군거렸다. 강윤은 현재 회사의 핫아이콘, 이준열은 과거에 잘나갔던 가수. 한쪽은 무릎을 꿇고 한쪽은 받고 있으니 사람들은 당연히 난리였다.

"설마 여기서 밤새운 거야?"

"맞아. 형 기다렸어."

"하……."

강윤은 어이가 없었다. 연예계획사의 특성상 밤을 새우는 경우가 많다 보니 24시간 오픈이긴 했다. 물론 보안은 철저하다. 강윤은 어제 야근근무를 한 경비원을 붙잡고 물었다. 맞는다는 말을 들으니 기가 찰 따름이었다.

"대체 왜?"

"말했잖아. 도와달라고."

"어제 답은 다 들었을 텐데. 쓸데없는 짓 하지 말고 돌아가."

밤새 이러고 있는 모습이 놀랍긴 했지만, 강윤은 냉정했다. 출입증을 찍고 바로 엘리베이터에 오르는 그의 모습을 보면서도 세디는 활기차게 소리쳤다.

"기다릴게!"

강윤은 어이가 없어 한숨이 나왔다. 이런 막무가내 가수는 처음이었다. 그래도 살짝 안쓰럽기는 했다.

황당한 트러블이 있었지만, 강윤의 하루는 평소와 같았다. 결재하고 결재받고 회의하고 그의 하루는 크게 어긋남이 없었다.

문제는 저녁이었다.

"하아……."

일이 일찍 끝나 퇴근을 위해 로비로 가니 이준열이 아직도 무릎을 꿇고 있었다. 사람들은 지나갈 때마다 수군거렸고 로비 직원들은 그의 앞에 먹을 것까지 가져다줬는지 앞에 김밥과 빵이 놓여 있었다.

"하하……."

자신에게 손을 흔들고 있는 이준열을 보니 강윤은 메마른 웃음이 나왔다. 사실 어제부터 강윤은 밤새 이준열에 대해 많이 고민했지만 리스크와 이익 사이에서 갈피를 잡기가 쉽지 않았다. 설마 오늘도 있겠어 생각했지만, 오늘도 있었다.

"왔어?"

"너도 대단하다……."

"말했잖아. 형이 아니면 안 된다고."

"거절했을 텐데. 이렇게 나와도 소용없어."

"그럼 내가 어떻게 해야 해줄 건데? 정말 난 아무 가능성이 없는 거야? 목소리가 변해 버려서? 사람들은 이런 나를 정말 안 받아줄까? 난 이대로 끝인 거야?"

"……."

"우리 식구들이나, 작업한 형들이나 다 이렇게 말했어. 너는 세다. 네 노래는 통한다. 이렇게 말이야. 그런데 형은 다르게 말해. 그래서 불안해. 그래서 형이 된다고 하면 진짜로 될 것 같아. 형이 된다고 하면 분명히 될 것 같아."

"……진짜 안 되는 이유를 말해줘야겠네."

강윤은 이준열 앞에 아예 철퍼덕 주저앉았다. 사람들의 호기심 어린 시선들이 느껴졌지만, 강윤은 개의치 않았다.

"목소리는 큰 불안 요소야. 하지만 그 불안 요소를 세디, 너는 극복하거나 이용하려고 하지 않았어. 그걸 피하고 나락으로 떨어졌지. 담배, 술, 여자. 이런 것들을 적당히 즐기는 거야 좋지만 넌 절제를 못 했어. 난 이런 가수와 못……."

"다 그만둘게."

"뭐?"

"전부 그만둘게. 담배고 술이고 여자고 다. 형이 하라는 대로 할게."

이준열의 눈에선 결의가 느껴졌다. 강윤에게도 그게 전해졌다. 그러나 불안했다. 말은 누구에게나 쉽다.

'결국 세디는 잘되지 않았어. 내가 이걸 해야 할 이유가 있을까?'

불안함을 안고 갈 이유는 없다. 어차피 일은 계속 들어올 거다. 게다가 이미 이현지 사장에게 안 한다고 보고까지 한 상황이다. 하지만 주아도 더 나은 미래로 바꿨고 다른 연습생들도 미래를 바꿔가고 있다. 세디라고 그러지 말란 법이 있을까? 도전해 볼 만한 가치가 있지 않을까?

강윤으로 인해 오리콘 차트 10위권에서 만족해야 했을 앨범이 최고의 자리에 올라 일본을 휩쓸고 있었다. 이렇게까진 아니더라도 미래는 바꾸면 되는 거 아닐까.

한참을 고민하던 강윤은 눈을 빛내며 말했다.

"먼저, 네 목소리부터 들어보고 결정하자."

"정말? 그럼……."

"목소리부터. 일단 가자."

이준열은 어린애처럼 기뻐했다. 조금이라도 고려해 보겠다는 의미였다.

강윤은 자리에서 일어나라 했고 이준열은 자리에서 일어나려 했다. 그러나 너무 오래 무릎을 꿇고 있어 다리가 마음대로 펴지지 않았다. 결국, 강윤이 그를 부축해야 했다.

"매니저는 어디 간 거야?"

"휴가. 이런 없어 보이는 모습을 보여줄 순 없잖아?"

"……잘났다, 진짜."

강윤의 부축을 받고 지하로 내려가는 이준열을 보며 퇴근하는 사람들이 수군거렸다. 그 수군거림 속을 뚫고 가며 강윤과 이준열은 지하 스튜디오로 향했다.

"이야, 내가 그 유명한 MG의 스튜디오를 다 들어와 보게 될 줄이야."

"여기가 많이 유명해?"

"그럼. 3대 스튜디오 중 하나잖아. 소리 좋기로 유명해."

"여건은 좋네. 그런데 다리는 괜찮아?"

"괜찮아. 앉아서 하면 돼."

이준열은 절뚝이며 자리에 앉았다. 강윤은 기계를 키고 믹서에 앉아 세팅했다. 이준열의 목소리에 맞춰 세팅했다. 이준열의 노래가 없어 유명한 노래의 MR로 대체했다.

-조금만 먼저~ 조금만~!

굵고 듣기 좋은 소리가 스튜디오에 울려 퍼졌다. 팬들이 듣고 환호하던 처음의 그 저음이었다. 그러나 문제는 다음부터였다.

-하지만 내 사랑은~ 그대로-!

음이 올라가면 올라갈수록 미묘한 변화가 생겼다. 저음에서 팬들을 사로잡고 고음에서 터뜨리는 세디였는데 지금 고음에서 힘이 확실히 떨어졌다. 물론 큰 차이는 아니었다. 의식하고 들어야 알 수 있을 정도의 차이였다.

'약해진다.'

강윤의 눈에 비친 세디는 처음에 흰빛이 밝게 빛나고 있었다. 그러나 노래가 진행될수록 빛이 점점 흐려지더니 마지막에는 빛의 세기가 많이 줄어 들어갔다.

　노래가 끝나고 스튜디오 안에서 이준열이 조심스레 마이크를 댔다.

　—어때?

　강윤은 잠시 생각했다.

　"옛날만큼은 안 되네."

　—역시 그런가.

　"수고했어."

　좋지 않은 평을 들은 이준열은 긴장하며 밖으로 나왔다. 강윤은 그의 맞은편에 앉았다.

　"옛날만큼은 안 되나 보네. 어쩌지. 정말 힘든 거야? 아, 담배 땡기네."

　이준열은 평소처럼 주머니에서 담배를 꺼내 들었다가 이내 집어넣었다. 습관이란 이처럼 무서웠다. 강윤은 어이가 없는 듯 혀를 찼다.

　"담배 끊는다며."

　"미안. 이번만 봐줘. 정말로. 에이, 이놈의 손, 이놈의 손!"

　"……됐다. 정리하자."

　"그럼 공연 같이 하는 거야?"

　강윤이 계속 이준열을 밀어냈지만, 이준열은 그가 아니면 안 될 것 같다는 생각이 계속 지배하고 있었다. 이미 감이 그렇게 말하고 있었다. 그러면 엇나가는 자신을 잡아주는 것뿐만 아니라 다른 무언가도 해줄 수 있을 것 같다는 생각이 들었다.

"큰 리스크는 언제나 큰 이익을 함께 가져오지."

강윤은 생각했다. 세디의 컴백 무대에서 반응이 좋다면 공연팀의 첫 출발로 이후 좋은 일을 많이 받을 수 있으리라. 앨범까지는 몰라도 공연이라면 어떻게든 해보겠다고 강윤은 결정했다.

"며칠 더 보고. 먼저 아까 말했던 거 다 지켜."

"응응."

담배, 여자 이런 것들을 말함이었다. 이준열은 어린아이처럼 고개를 끄덕였다. 그래도 강윤은 불안했는지 한 번 더 강조했다.

"말은 누구나 쉬워. 특히 담배, 무조건 끊어. 만약 공연 준비를 하는 중에라도 담배를 한 대라도 태운다, 그러면 프로젝트는 끝이야."

"알았어, 알았어."

"이건 계약서에도 넣을 거야."

"어?! 그럼……."

"며칠 본다고 했잖아. 다음 주까지 담배 끊어. 그 이후 이야기하자고. 이제 그만 가봐. 더 이상 무릎 꿇고 있으면 사람들이 나 독종이라고 소문낼까 두렵다."

"고마워, 고마워."

이준열은 그제야 활짝 웃으며 강윤을 끌어안았다. 하지만 남자의 품, 강윤은 질색했다.

"이거 놔!"

"하하하! 고마워, 고마워."

"저리 가."

강윤은 남자의 딱딱한 품보다 여자의 부드러운 품이 더 좋은 남자였다.

2학년까지 희윤의 학교생활은 그리 즐겁지 않았다.

못해도 고등학교는 졸업해야 한다는 생각에 투석을 받는 몸으로 바득바득 학교에 다녔지만 약한 몸 때문에 친구들과 어울리기가 힘들었다. 게다가 가난은 한창 꾸미기 좋아하는 아이들에게 접근할 매력도 느끼지 못하게 만들었다. 희윤은 항상 혼자였다.

그러나 고등학교 3학년부터 희윤의 학교생활은 달라졌다. 옷차림부터 가방은 물론이고 주아의 친구라는 소문이 학교에 좍 퍼지면서 그녀에 대한 평판이 완전히 달라졌다.

"어? 이렇게 푸는 거였어?"

"응. 여길 보면 극한값이……."

희윤은 모르는 문제도 서슴없이 물어볼 친구가 생겼다. 덕

분에 학교생활도 무척 즐거워졌다. 오빠를 걱정시키고 싶지
않아 학교 이야기도 거의 하지 않았던 과거와는 이제 안녕이
었다.

"고마워."

"아냐. 희윤아, 저기……."

"왜? 할 말 있어?"

수학 문제를 가르쳐 준 반장이 말을 더듬었다. 반장은 질
문하기 어려운 게 있었는지 안경만 매만지다 힘겹게 입을 열
었다.

"저, 저기, 주아 사인…… 하나만 받아다 줄래?"

"주아 사인? 저번에 못 받았어?"

"그때 줄이 너무 길어서……."

가수에 관심 없던 공부벌레 반장도 주아를 실제로 보고
팬이 된 듯했다. 희윤은 알았다며 바로 승낙해 주었다. 반장
은 고맙다며 희윤에게 정리한 노트까지 복사해 주었다.

오후 수업이 절반쯤 지났을 무렵, 희연은 조퇴를 했다. 투
석을 받기 위해서였다. 평소처럼 가방을 메고 학교를 나섰는
데 반가운 사람이 기다리고 있었다.

"오빠!"

"안녕?"

강윤이 교문에서 몸을 기대며 반갑게 자신을 맞아주었다.

"오빠, 일하는 시간 아냐?"

"오늘은 조퇴야. 병원 가야지."

"혼자 가도 된다니까."

언제나 바쁜 오빠라 시간을 뺏는 것도 부담이었다. 그러나 그 바쁜 오빠가 시간을 내주는 게 고마웠다. 희윤은 강윤이 항상 자신을 첫번째로 생각해 준다는 걸 누구보다 잘 알았다.

병원에 도착해 투석을 시작한 희윤의 맞은편에 앉아 강윤은 이런저런 이야기를 시작했다. 주로 연습생들 이야기였다. 희윤은 강윤에게 또래 이야기를 듣는 게 가장 즐거웠다.

"풋. 그래서 그 민아라는 애는 계속 오빠를 아저씨라고 불러?"

"그러니까. 그러지 말라고 해도 계속 그래. 왜 그러는지 모르겠네."

"오빠 좋아해서 그러는 걸 거야."

"에이. 희윤이 너는 좋아하는 남자한테 아저씨라고 불러?"

"으음. 아니. 그런데 내 말이 맞을 거야. 그 민아라는 애, 오빠 좋아해서 그러는 것 같아."

"에이, 말도 안 돼. 그럼 나도 좋아하는 여자 생기면 아줌마라고 할까? 희윤 아줌마?"

"그러기만 해봐. 혼난다?"

병원에서의 대화는 즐거웠다. 그러나 길진 않았다. 투석으로 인한 피로는 이내 희윤을 잠에 빠지게 하였고 강윤은 그동안의 경과를 듣기 위해 의사에게로 향했다.

의사는 크게 문제가 없다 이야기했다. 평소와 크게 다르지 않은 이야기를 들은 강윤은 병원 입구로 향했다. 담배가 생각나서였다.

"후유……."

강윤이 시원하게 담배 연기를 뿜고 있는데, 멀리서 익숙한 인영이 눈에 들어왔다. 화려하지 않은 교복이었지만 눈에 띄는 키의 여중생이었다.

'서한유?'

연습실로 가야 할 서한유가 병원이라니, 강윤은 의아했다. 그러나 뒤따라가는 건 더 우스운 일이었다. 나중에 개인 면담을 할 때 물어보기로 마음먹었다.

담배를 태우고 잠시 시간이 지나 담배 냄새가 빠질 무렵, 강윤은 병실 안으로 들어갔다.

'자는구나.'

아직 투석 중인 희윤이 세상모르는 얼굴로 편안히 잠들어 있었다. 강윤은 희윤의 머리를 부드럽게 쓸어 넘겼다.

"희윤아. 오빠가 이번에는 반드시 오래오래 살게 해줄게. 결혼도 하고 애기도 낳고, 행복하게 살게 해줄게. 꼭, 꼭. 너는 걱정하지 말고 살아만 줘. 알았지?"

강윤의 가장 큰 바람, 그것은 동생이 건강하게 평범한 사람들처럼 뛰어도 다니고 결혼도 하고 행복하게 살아가는 것. 그것을 위해 강윤은 모든 것을 바칠 수 있었다. 전생에 그렇게 실패하면서도 아득바득 버텼던 원동력이 바로 희윤이었다.

햇살이 부드럽게 비치는 희윤의 평온한 얼굴을 보며 강윤은 평온하게 미소 지었다.

저녁 시간.

로비에는 퇴근을 위해 출입증을 찍는 직원들이 하나둘씩 늘어가는 시간이었다. 강윤도 역시 직원들의 대열에 합류해 로비를 나섰다. 물론, 그는 목적이 달랐다.

'오늘은 빨리 가기 글렀네.'

다들 퇴근하는데 강윤만 식사를 위해 나섰다. 세디의 바뀐 공연 내용 때문에 일이 엄청나게 밀려 버린 탓이었다. 게다가 찔끔찔끔 걸그룹 프로젝트 일도 있어 강윤의 일은 무척 많았다. 결국 오늘은 야근 확정이었다.

강윤은 털레털레 로비를 나가는데 갑자기 누군가가 강윤의 손을 잡았다. 강윤이 놀라 돌아보니 정민아였다.

"아저씨!"

"민아구나."

"에이. 놀래켜 줄라 했는데."

강윤이 화들짝 놀라는 반응이라도 보고 싶었건만, 생각 외로 시시하니 정민아는 실망하는 눈치였다. 그러나 이내 활달하게 돌아와 그녀는 강윤의 옆에 섰다.

"퇴근하세요?"

"아니, 밥 먹으러. 민아도 밥 먹으러 가니?"

"아뇨. 밥은 다 먹었고, 커피 한잔하려고 나왔어요."

"그렇군. 수고해."

강윤이 정민아에게서 돌아서려는데 그를 잡은 손에 힘이 더더욱 들어갔다.

"에이, 이렇게 봤는데 그냥 가시면 섭하죠."

"커피 마시러 간다며?"

"사주세요!"

정민아는 활달하게 요구했다. 강윤은 피식 웃음이 나왔다. 회사에서 이렇게 다가오는 연습생은 그녀밖에 없었다. 물론, 가수는 하나 있었지만⋯⋯.

이런 거리낌 없는 모습이 귀엽게 느껴졌다.

"뭐 먹고 싶은데?"

"아싸! 프라프치노!"

"그건 뭐니?"

생전 들도 보도 못한 커피에 강윤은 갸웃했지만 정민아는 그를 이끌고 옆에 있는 커피집으로 향했다. 연습생들이 자주 드나드는 커피맛 좋기로 소문난 카페였다.

"어서 오세요. 오늘은 회사분이랑 왔네요?"

"안녕하세요, 사장님?"

정민아는 단골인지 사장님과도 스스럼없이 대화했다. 근황도 이야기하고 회사 이야기도 하며 주문을 했다. 강윤은 그런 정민아를 조용히 지켜보았다.

"아저씨는 어떤 거 드실래요?"

"나? 똑같은 걸로 해줘."

강윤도 같은 걸로 주문하곤 자리에 앉았다. 곧 커피가 나왔고 강윤이 자리에서 일어나려는데, 정민아가 후딱 일어났다.

"에헤이. 이런 건 제가 가야죠."

"됐어. 앉아."

"어어?"

강윤은 그녀보다 앞서 가서 커피를 받아왔다. 그러곤 컵홀더에 빨대까지 세팅해 주곤 정민아에게 내밀었다.

"감사합니다."

"뭘 이 정도로. 그런데 이거 생크림도 있네?"

"네. 아주 맛있어요."

"너 운동 죽어라 해야겠다?"

"엑……"

정민아는 잘나가다 결국 커피 위의 생크림 때문에 잔소리를 듣고 말았다.

물론 길진 않았지만…….

잔소리에도 기죽지 않은 정민아는 강윤에게 신이 나 이야기를 시작했다.

연습이야기부터 짧은 학교생활 이야기까지 거리낌 없이 모두 이야기했다.

다만 이삼순에 대한 이야기는 없었지만.

사석인지라 강윤도 특별히 잔소리나 연습 성과 등의 이야기를 하지 않았다. 그저 조용히, 동네 오빠처럼 정민아의 이야기에 귀를 기울였다.

정민아는 할 말이 많았는지 입을 쉬지 않았지만 강윤은 지치지도 않는지 모두 수용했다.

한참을 이야기하던 정민아는 잠시 멈칫하다 강윤에게 물었다.

"아저씨는 형제가 어떻게 돼요?"

"여동생이 하나 있어."

"여동생이요? 아저씨 닮았으면 늘씬할 것 같아요."

강윤은 다리가 무척 길다. 희윤도 비율이 무척 좋았다. 너무 말라서 문제였지만…….

"내 동생? 이쁘지. 민아는…… 아."

강윤은 뭔가 말을 하려다 멈췄다.

정민아는 부모나 형제가 없는 천애고아였다.

그러나 민망해하는 강윤에게 괜찮다며 정민아는 손을 저었다.

"괜찮아요. 뭐, 그럴 수도 있잖아요. 아무튼, 동생 분은 몇 살이에요?"

"민아 너보다 2살 많아. 그래서인지 싸울 일이 없어."

"그 정도 나이 차이면……. 싸우면 안 되겠네. 오빠가 아니라 삼촌인데요?"

"야."

약점을 이야기해서일까.

강윤이나 정민아나 조금씩 가까워지기 시작했다.

정민아는 조금은 부럽다는 투로 말했다.

"여동생분이 부럽네요. 나도 뭐…… 친구는 많으니까."

"어떤 애들?"

두 사람의 이야기는 갈수록 꽃을 피웠다.

계속 두 사람은 공통의 이야깃거리를 찾아냈다.

작은 것도 포착해 이야깃거리를 만드는 정민아를 강윤은 웃으며 넘어갔다.

'이 나이 대 소녀들은 다 그런가 보다'라는 생각을 하면서.

"연습할 시간이네. 가봐야지."

"네. 일어나야겠어요."

시간이 되자 강윤은 자리에서 일어나 손수 빈 커피잔을 챙겼다. 정민아는 자신이 하려 했지만 먼저 나서 퇴식대로 향하는 강윤의 뒷모습을 보며 중얼거렸다.

"저런 남자가 멋있는 남자지. 암……."

정민아는 커피를 치우는 강윤의 뒷모습이 이상하게 눈에 담겨 지워지지 않았다.

듀카엔터테인먼트에서 대여한 스튜디오는 작은 곳이었다.
그 곳에서 이준열은 마이크를 잡고 감정에 취해 한창 연습하
고 있었다.

-첨부터 그랬어~ 어떡하나, 어떡하나-!

스튜디오 밖에선 강윤과 듀카엔터테인먼트 사람들이 그의
목소리를 듣고 있었다.

"하, 저렇게 연습하는 준열이를 보게 될 줄은 몰랐네. 팀
장님. 대단하십니다."

듀카엔터테인먼트 김태훈 사장은 고르지 못한 치열로 웃
음을 뗐다. 곱진 않았지만 그의 기분 좋은 감정을 표현하기
에는 충분했다.

"저도 준열이 형이 매일 연습하는 거 몇 년 만에 보는지
모르겠어요. 맨날 형 찾으려면 룸 아니면 게임방 이런데 계
속 돌아다녔었는데……."

지난 2년간 고생했던 기억이 새록새록 떠올리며 유승철
매니저는 진한 감동을 느꼈다. 요 며칠간 그런 곳을 둘러보
지 않아도 되었다니 그에게는 꿈만 같았다.

그러나 감개무량한 그들과는 다르게 강윤의 눈빛은 날이
서 있었다. 정확히 말하면 그의 시선은 이준열이 발하는 빛

에 가 있었다.

'희미해.'

처음에 밝다가도 음이 올라갈수록 빛이 희미해졌다. 강윤은 이 부분을 어찌 해야 할지 고민이었다.

강윤의 권유에 이준열은 다시 병원 치료도 하고 있었지만 역시나 다시 원래 음색을 내는 건 쉽지 않다는 말만 들었다.

'쉽지는 않겠어. 담배도 끊어버렸으니, 이젠 무조건 해야 하잖아.'

이준열은 담배를 끊으라는 약속을 지켰다. 게다가 그 좋아하던 여자도 끊었다. 그리고 결심의 상징이라고 멋 낸다며 기르던 머리마저 짧게 잘라 버렸다. 마치 자신의 말은 무조건 복종하겠다는 것처럼 행동하는 이준열에게 강윤은 승복하고 말았다.

"수고했어. 오, 형!"

이준열은 강윤을 보자 달려와 바로 부둥켜안았다. 처음에 강윤은 이런 이준열이 부담되었지만 원래 이준열이 이런 성격이라는 것을 알자 맞춰 주었다.

"형, 어쩐 일이야? 그 뭐냐, 무대. 스크래치? 그거 한다고 바쁜 거 아니었어?"

"스케치야. 그리고 그건 내가 하는 게 아니라 연출팀에서 하는 거고."

"아아. 뭐야, 난 형이 하는 줄 알았는데. 조금 실망인데?"

"……됐고. 컨디션은 어때? 괜찮아?"

"들어봐서 알잖아. 마음에 안 들어."

이준열은 마음에 안 드는지 고개를 절레절레 흔들었다. 하지만 이미 변해 버린 목소리에 적응해야 했다. 그 목소리를 더 개발하든지.

"듣고 싶은 이야기들도 있고, 하고 싶은 말들도 있어서 왔어."

"아, 그래? 승철아. 마실 것 좀 주라."

이준열은 한쪽에 놓여 있는 소파로 강윤을 안내했다. 곧 유승철 매니저가 간단한 음료를 내왔다. 페트병에 담긴 오렌지주스와 종이컵이 나오는 센스에 이준열이 한숨을 쉬었다.

"이해해 줘. 남자들만 있으니 대접할 게 없네."

"이런 거야 아무렴 어때. 일단 셋 리스트는 받았어."

"벌써? 빠르네. 우린 몇 번째야?"

"마지막."

공개방송 공연 순서가 나왔다는 말에 이준열이 흥미를 가졌다. 그런데 갑자기 마지막이라는 말에 눈이 휘둥그레졌다.

"마, 마지막?"

"응. 왜? 눈에 띄는 거 좋아하지 않았어?"

"컴백 무대를 마지막에 배치할 수 있어?"

"이게 내가 할 일이잖아. 네가 말한 화려하고 멋진 무대 하려면 마지막밖에 안 돼. 에어샷 빵빵 터뜨리고 액화질소

마구 뿌리려면 마지막이 최고지."

"형……."

마지막 순서는 대게 가장 잘나가는 가수에게 맡겨지는 법이다. 2년 동안 잠수해 걱정하고 있던 자신이 마지막이라니. 이준열은 감격해 다시 강윤을 끌어안았다.

"놔, 이거 놔. 아 진짜, 난 남자 싫다니까."

"아우, 아우. 우리 예쁜 형. 뽀뽀해 주고 싶다. 일루 와."

"저리 가."

강윤은 질겁했다. 그러나 그의 반응을 즐기는지 이준열은 더 안겨 붙었다. 간신히 이준열을 떼어놓고 강윤은 다음 이야기를 이어갔다.

"일단 무대는 네가 원하는 대로 됐어. 하지만 문제가 있지."

"내 노래가 통하냐, 통하지 않느냐 이 말이지."

"맞아. 그래서 말인데……."

강윤은 조심스러웠다. 지금부터 하는 말이 가수로서의 자존심을 건드릴 수도 있기 때문이었다. 그러나 그는 잠시 머뭇거리더니 확신을 가지고 이야기했다.

"지금 네 목소리에 맞는 노래, 앨범에서 다시 골라보자."

강윤의 말에 이준열뿐만 아니라 옆에서 듣기만 하던 김태훈 사장, 유승철 매니저까지 모두 얼어붙었다.

5명의 소녀가 한창 연습에 집중하고 있는 연습실. 연습실 문이 조심스레 열리며 서한유가 들어왔다.

"서한유. 늦었다?"

"죄송합니다……."

트레이너는 크리스티 안의 자세를 봐주다 거울에 비치는 서한유를 발견하곤 소리가 높아졌다.

"벌써 3일째 지각이야. 가수팀에 선발됐다고 벌써 나사 풀린 거야?"

"죄송합니다……."

서한유는 죄인처럼 고개를 푹 숙였다. 이미 연습이 시작한 지 30분이 넘었다. 변명의 여지가 없었다.

"근태는 기본 중의 기본이야. 한 번도 지각 안 하더니 이유라도 있는 거야?"

"……."

트레이너가 물었지만 서한유는 답이 없었다. 몇 번이나 더 물었지만 꿀 먹은 벙어리 같은 서한유에게 트레이너는 더 묻지도 않고 바로 지각 체크를 해버렸다.

"나중에 팀장님하고 이야기해."

"네……."

"자, 한유 왔으니까 같이 연습해 보자."

서한유가 대열에 들어서자 더 본격적인 팀워크 연습이 시작되었다.

"한유야. 왜 그래? 무슨 일 있어?"

"아니에요, 언니."

"많이 힘들어 보여."

한주연이 이상하게 지쳐 보이는 서한유가 걱정스러워 물었지만 그녀는 뚜렷한 답을 하지 않았다.

여섯 소녀의 연습은 오늘도 계속되었다.

타이틀곡을 바꿔보지 않겠냐는 강윤의 말은 어찌 보면 듀카엔터테인먼트에 대한 내정간섭일 수도 있었다. 그러나 이준열은 망설임이 없었다.

"바꾸지 뭐."

"준열아."

강윤의 말이면 해가 서쪽에서 뜬다 해도 믿는다는 듯, 그는 흔들림이 없었다. 오히려 김태훈 사장이 그를 말렸다.

"타이틀곡은 쉽게 바꾸는 게 아니야. 타이틀곡에 따라 컨셉이나 앨범자켓 등 많은 걸 바꿔야 해. 게다가 뮤직비디오도 이미 촬영했잖아. 다시 찍으려면 돈이 또 든다고."

"내 목소리랑 안 어울린다잖아. 더 어울리는 걸로 나가는 게 낫지. 망할 거 붙들고 있어 봐야 죽은 자식 불알 만지는 거랑 똑같다고."

"준열아, 그런 말은 어디서 배워왔니. 내가 널 어떻게 말리겠냐....... 알아서 해."

한번 꽂힌 이준열은 말릴 수가 없었다. 언제나 그랬듯, 김태훈 사장은 그에게 지고 말았다. 작은 소속사 사장의 비애였다.

"형, 어떤 노래가 나을까?"

"그건 너희가 정해야지."

"형이 골라주면 안 돼?"

"내가? 그러면 월권이지. 괜히 그랬다가......."

"괜찮아, 괜찮아. 지금보단 나을 거야."

무슨 캐릭터가 이렇게 순진무구하게 바뀐 건지, 강윤은 가수라는 족속이 도무지 이해가 가질 않았다. 그래도 자신이 권했기에 책임진다는 생각으로 노래를 골라보기로 했다. 강윤이 승낙하자 이준열은 신이 났는지 바로 앨범을 틀어보겠다고 난리였다. 그러나 강윤이 고개를 저었다.

"직접 불러봐."

"에? 듣고 고르는 거 아니었어?"

"라이브로 들어보는 게 낫지. 그치?"

"그렇긴 한데, 9곡을 다 들어보려고?"

"한 번씩만 불러보자. 연습한다 생각하고 해봐."

이준열은 부스 안으로 들어가 노래를 부를 준비를 했다. 세팅은 이미 끝났기에 준비할 게 없었다. 강윤의 시작에 맞춰 바로 노래가 시작되었다.

'이건 아니네.'

첫 번째 노래, '그대 안의 빛'첫 번째 노래답게 임팩트 있는 고음이 듣기 좋았지만 강윤은 고개를 저었다. 이준열에게서 나오는 빛이 약했고 고음에서 변한 목소리가 확연하게 티가 났다. 이어 다른 노래가 흘러나왔고 강윤은 빛의 변화에 주목했다.

'이것도 아냐. 색이 영…….'

회색은 아니었다. 그러나 흰색이 또렷하지 않았다. 그래픽 프로그램 XX샵에서 나오는 색상판에 나오는 흰색처럼 수많은 흰색의 명암을 구별해야 했기에 그는 온 신경을 집중해야 했다. 그리고 혹여 음악을 놓칠까 싶어 귀도 열어 놓아야 했다. 이래저래 신경 쓸 게 많았다.

첫 번째, 두 번째, 셋, 다섯.

마음에 드는 곡이 나오지 않았다.

ㅡ형. 어때?

"이것도 아닌 것 같다. 너는?"

ㅡ나도. 차라리 두 번째 노래하는 게 나은 것 같아.

노래를 연달아 부르느라 지쳤는지 이준열은 물을 거칠게 마셨다. 힘들 만했다.

"다음에 할까?"

─아냐. 기왕 하는 김에 다 해버려야지. 괜찮아.

"목은 괜찮고?"

─환자 취급하지 마. 괜찮으니까.

이준열은 다시 마이크 앞에 섰다. 몸은 힘들고 지쳐 있었지만 그의 눈은 빛나고 있었다. 강윤은 그런 그의 모습을 보며 다시 음악을 재생시켰다.

─추억은~ 이별보다~!

평소와 같이 울림 있는 저음이었다. 평소와 크게 다름없는 출발이었다. 그러나 변화는 음이 점점 고조되는 중간 부분부터 시작되었다.

─희미한 너를 보며~ 날─!

'이거다!'

지금까지의 희미했던 빛은 없었다. 이준열에게서 눈부신 하얀빛이 나와 스튜디오를 가득 메우기 시작했다. 귓가에 파고드는 목소리도 노래의 음과 멜로디에 어우러져 곡을 더 끌어올리고 있었다.

강윤은 주먹을 불끈 쥐었다. 느낌이 왔다. 반드시 이 노래여야 한다는 생각이 그의 머릿속을 가득 지배했다.

강윤이 이제 됐다는 신호를 보내자 이준열은 젖은 이마를 훑으며 부스를 나왔다.

한 번에 많은 노래를 부른 게 힘들었는지 그의 어깨가 많이 내려가 있었다.

"형? 더 안 해도 될까?"

"이걸로 가는 게 어때?"

"이걸로? 이게 제일 낫다는 거지?"

"내 생각에는. 결정은 네가 하는 거지만……."

말은 그렇게 했지만 사실상 강윤 바라기가 된 이준열이 그의 말을 거역할 리 없었다.

뒤에 있는 김태훈 사장과 유승철 매니저는 꿔다 놓은 보릿자루였다.

"좋아. 이 노랜 부르기 편해서 밀어둔 건데. 나야 좋지."

"……."

강윤은 뒤에 있는 김태훈 사장이 불쌍할 지경이었다. 스타가 너무 힘이 세면 이런 경우가 비일비재했다. 말을 하고 싶었지만 너무 좋아하는 이준열에게 차마 아무 말도 못 하는 김태훈 사장을 보니 강윤은 안쓰러워졌다.

곡을 바꿨으니 공연 이야기를 다시 시작해야 했다. 노래의 성격에 따라 무대의 성격이 변하기 때문에 그에 맞춰 여러 가지가 변하게 된다. 물론 강윤이 섭외한 무대의 시간은 변함이 없지만 연출에서 큰 변화가 생기게 되었다. 덕분에 강윤이 바빠졌다.

"그럼 연습 열심히 해."

강윤은 전화로 연출팀 회의를 소집하고 자리에서 일어났

다. 시간이 많지 않아 여러 가지로 바빠질 것 같은 느낌이 들어 마음이 급했다.

"형, 고마워. 열심히 할게."

"수고해."

강윤은 듀카엔터테인먼트를 뒤로하고 사무실로 향했다. 이준열에게 붙들려 있어 하지 못한 일들을 처리해야 했다.

회사에 도착하자마자 강윤은 회의실로 향했다. 도착하니 이미 연출팀들이 자료들을 준비해 기다리고 있었다.

"안녕하십니까, 팀장님."

"안녕하세요. 시작할까요?"

강윤은 연출팀에게 먼저 변동된 곡을 알렸다. 그리고 모두가 변화한 곡을 몇 번이고 익힐 때까지 들어보았다. 이준열은 강윤에게 공연의 모든 연출을 맡겼고 덕분에 연출팀은 이준열의 곡을 제대로 알고 있어야 했다. 모든 걸 맡겼을 땐 그에 따른 책임도 큰 법이다.

"마지막 피날레가 중요하겠군요."

특수효과에 능통한 이재진 사원이 말했다. 그는 특수효과가 들어가야 할 타이밍을 머릿속에 떠올리며 이야기했다.

"두 번째 후렴이 끝나고 음이 변조가 될 때 그때 에어샷을 터뜨리는 게 어떨까요?"

에어샷이라는 말에 김찬수 대리가 말했다.

"바람이 많이 부는 공간이야. 에어샷을 터뜨리면 꽃가루가 관객석에 너무 많이 뿌려질 수가 있어. 차라리 에어벌룬이 어떤가."

"하지만 집중적인 효과를 노린다면 에어샷이……."

두 사람의 특수효과에 대한 토론이 길어졌다. 강윤은 잠시 듣다가 제지에 나섰다.

"L월드 공연장은 실내지만 널찍한 공간입니다. 공간을 고려했을 때 에어벌룬이 미관상 더 낫겠죠. 그런데 소음이 문제입니다. 에어샷으로 가죠."

강윤의 역할은 정리였다. 팀원들이 자유롭게 자신들의 의견을 이야기하고 연출가가 1차로 정리를 하면 강윤은 최종적으로 승인을 했다. 서로 자신의 의견이 맞고 네 의견이 잘못되었다고 권위로 누르는 경우도 없었고 가르치려 드는 경우는 더더욱 없었다. 강윤이 원하는 회의도 이런 회의였다.

연출회의는 오랜 시간 계속되었다. 5분 정도의 공연이지만 준비하는 데에는 엄청난 노력이 필요했다. 현장에서, 그리고 사무실에서 강윤은 두 곳 모두를 볼 시야를 가져야 했다. 이런 시야를 가지는 데는 전생의 10년의 실패와 젊었을 적 7년의 매니저 생활이 주요했다.

하루 일정이 끝나니 이미 달이 중천에 떠올라 있었다.

'요즘 한유는 계속 지각이네.'

사무실을 정리하며 책상 위에 놓인 트레이너의 보고서를
보는데 눈에 밟히는 것이 있었다. 서한유의 근태에 3일 연속
지각이라는 부분이었다. 연습생 때도 지각이나 무단결석은
퇴사로 이어질 수 있는 무서운 사유였다. 하물며 3일 연속이
라니.

'내일 물어봐야겠다.'

이미 연습생들도 모두 일정이 끝났을 시간이다. 강윤은 서
한유의 서류에 체크를 하고 사무실을 나섰다.

엘리베이터를 타고 내려가는데 3층에서 문이 열렸다. 강
윤은 바로 닫기를 누르려는데 연습실에 불이 켜져 있었다.
따로 프로젝트 팀이 배정받은 연습실이었다.

'누가 있나?'

이매 매우 늦은 시간이다. 숙소가 멀지 않다지만 이렇게
연습에 열을 올리고 있다니. 강윤은 흐뭇한 미소가 새어 나
왔다. 연습실에 조용히 다가가 문에 있는 작은 창문으로 안
을 들여다보았다.

'서한유?'

그런데 3일 연속 지각을 했다는 그 서한유가 있었다. 오늘
연습한 노래를 계속 반복하면서 턴을 하고, 또 하며 연습에
또 연습을 하고 있었다.

이 모습을 보니 강윤은 의아해졌다.

'계속 지각하니까 못 따라가서 나머지 연습하는 건가?'

그가 알기로 서한유는 노력파였다. 잘 안 된다 싶으면 될 때까지 묵묵히 해나가는 모범생이었다. 하지만 사람들에게 어필할 수 있는 매력이 부족해 연습생들 사이에선 선발된 것에 대한 질투를 산다는 이야기도 있었다.

강윤은 조용히 안으로 들어갔다.

"아……!"

난데없이 들어온 강윤을 보고 서한유는 움찔했다.

"티, 팀장님."

"왜 그렇게 놀라?"

"아, 아니에요. 안녕하세요."

"개인 연습하는 거야?"

"아. 아, 네. 여, 연습량이 부…… 부족한 것 같아서요."

서한유는 낯을 많이 가리는 소녀였다. 강윤 앞에 서자 말을 잘 하지 못했다. 강윤은 자신을 관리하는 최고 높은 사람이라는 인식이 있으니 그 떨림은 더했다.

"왜 그렇게 떨어?"

"아, 아니에요. 떨기는요."

"뭐라 하러 온 거 아니야. 연습하는 건 좋은 일이지. 무리하지 않도록 해. 그런데 한유야."

"네, 팀장님."

"요새 지각이 많던데, 무슨 일 있는 거야?"

"……."

서한유는 침묵했다. 아니, 입술을 달싹이다 그만두었다. 말을 할까, 하지 말까 고민하는 기색이 역력했다. 강윤은 그 모습을 보며 살며시 고개를 저었다.

"무슨 일이 있으면 말해. 자꾸 지각하면 안 돼. 알았지?"

"네……. 죄송합니다."

"우린 이미 같은 팀이야. 끝까지 같이 가는 거지. 알았지?"

"네."

강윤은 한유에게 분명 무슨 일이 있다는 것을 눈치챘다. 병원, 지각, 나머지 연습까지. 무슨 일인지 정확하게 알 수는 없어도 좋지 않은 일이 있다는 건 분명하게 알 수 있었다. 서한유의 평소 행동과 지금의 모습은 달라도 너무 달랐으니 말이다.

하지만 억지로 입을 열게 하는 것보다 강윤은 기다리기로 했다.

"택시 타고 가."

"팀장님, 괜찮아요. 이건……."

"그럼 난 간다."

강윤은 서한유에게 숙소까지 가는 데 필요한 택시비 이상의 돈을 쥐어주었다. 멀지 않은 숙소였지만 밤늦게 여자 혼자 돌아다니는 건 좋지 않다는 말과 함께 말이다.

"감사합니다."

강윤이 나간 빈자리에 서한유는 얼떨떨했다. 생각지도 못한 호의였다. 게다가 강윤은 자신들을 평가하는 무서운 사람으로 인식하고 있었는데 이런 정을 보여줄 줄은 상상도 못했다. 서한유는 강윤이 나간 문을 잠시 넋 놓고 바라보았다.

　"역시! 내가 원하는 게 이거라고!"
　이준열은 강윤이 들고 온 테크니컬 라이더(무대 준비 사항을 자세히 적어놓은 서류)를 보며 쾌재를 불렀다.
　"이야, 전자 바이올린은 뭐야? 이세은? 이 사람 섭외하기 힘들다던데."
　"고생 좀 했지. 괜히 꼬신다고 찝쩍대면 안 된다."
　"옛날의 내가 아니에요, 성님."
　이준열은 어린애처럼 강윤이 가져온 서류들을 보며 즐거워했다. 라디오 공개 무대에서 컴백하는 거라 보기엔 상상도 못할 정도로 풍성한 무대였다. 장치는 말할 것도 없고 특별 세션까지. 게다가 제한된 예산에서 그렇게 뛰려면 얼마나 힘들었을지 짐작이 갔다.
　"……형. 돈 더 달라고 하는 거 아니지?"
　"그런 파렴치한 짓은 안 해. 나도 첫 일인데 잘해야지."
　"하긴. 내가 잘되면 모두가 좋은 거지."

이준열은 단순했다. 강윤은 이걸 순수하다 해야 할지, 뭐라 해야 할지, 아직도 감이 잡히질 않았다. 그래도 미워할 수 없는 캐릭터였다.

"그럼 이젠 리허설에서 보는 거야?"

"맞아. 거기서 최종적으로 맞춰 볼 거니까 연습 많이 해."

"걱정 마. 내가 누군데."

"니가 누군지 아니까 더 걱정이야."

"에이, 나만 믿으라니까, 나 세다고."

강윤은 자신만만한 이준열을 뒤로하고 듀카엔터테인먼트를 나섰다. 이제 저 허름한 2층으로 갈 일이 없다 생각하니 시원하면서도 섭섭하기도 했다.

'이젠 실전이구나.'

강윤은 마음을 단단히 다졌다. 모든 것은 그날 결정되니 말이다.

며칠 후.

L월드 야외공연장.

라디오 공개방송을 위한 특설 무대가 설치되고 기술 리허설이 한창 진행 중이었다.

세팅된 조명에 맞춰 엔지니어들이 음향을 체크했고 각종 무대 장치의 이상 여부를 점검하며 공개방송을 착착 준비해 갔다.

"이야, 떨리네."

그 시각. 이준열은 임시 대기실로 마련한 천막 안에 있었다. 이전의 그로선 상상도 하지 못하는 3시간 일찍 도착이라는 기록을 세운 이준열은 기술 리허설도 보고 스태프들과 인사도 하는 등 여유 있게 무대를 둘러보고 있었다.

"형, 진짜 준열이 형 맞아요?"

"뭐 짜샤?"

유승철 매니저가 너무 감격해 이준열의 볼을 꼬집다 봉변을 당하기도 했지만 이준열은 많이 변해 있었다. 버릇없기로 유명한 그가 이렇게 변해오니 사람들도 잘 적응이 안 됐는지 의아한 반응들이었다.

"내 변신에 다들 놀라는 거 봐. 그치?"

"……."

유승철 매니저는 이마저도 즐기는 이준열에게 두 손을 들었다.

기술 리허설이 끝나자 동선의 흐름을 맞춰보는 사전 리허설이 시작되었다. 도착한 가수들은 마이크에 목소리도 맞춰보며 무대 동선도 살피며 무대에 적응하는 시간을 가졌다.

"형!"

그런데 이준열의 차례. 그는 마이크 테스트를 하다 믹서 옆에 있는 강윤을 발견하곤 소리치며 거세게 손을 흔들었다.

이 개의치 않는 행동에 강윤은 머리를 잡았다.

"……소리부터 맞춰."

"옛썰."

강윤의 말에 재깍재깍 답하는 이준열은 곧 스태프들에게 화제로 떠올랐다. 저 사람은 누군데 세디가 저렇게 말을 잘 듣냐는 둥 말은 금방 소문으로 번져 나갔다. 다행인지 불행인지 그곳에서 주아와 강윤을 연결하는 사람은 없었다.

남은 건 카메라 리허설과 런-스루 리허설이었다. 라디오였지만 공개방송은 카메라를 동원한다. 카메라가 동선을 따라 이동을 하며 이상 여부를 체크하기 시작했고 공연 시간은 점점 다가오고 있었다.

그 시각. 강윤은 이준열의 대기실 안에 있었다.

"컨디션은 괜찮아?"

"당연하지. 최고야."

"오늘은 날씨가 흐려서 소리가 먹먹해. 참고해."

"알았어. 오늘은 걱정 안 해도 될 거야."

"무슨 근거로 그런 말을 해?"

"느낌이 좋거든."

"느낌 따지다 망한 사람 여럿 봤다."

"내 느낌은 믿어도 돼. 오늘 여럿 놀래킬 거야."

"제발 그래라. 그럼 잘하라고."

강윤은 이준열의 어깨를 툭, 한번 쳐주고는 대기실을 나갔다. 이제 그가 할 수 있는 건 다 했다. 무대 뒤편에서 만약의 일에 대비하며 결과를 기다리는 것. 이게 강윤이 할 일이었다.

이준열은 짙은 파운데이션을 바르기 위해 눈을 감으며 화장을 해주는 코디네이터에게 말을 걸었다.

"혜지야."

"네, 오빠."

"저 오빠 어떠냐?"

"이강윤 팀장님이요? 어떠다뇨? 그냥 멋있죠."

제멋대로인 이준열을 휘어잡고 다시 제대로 노래하게 만든 이강윤은 여자들에게도 인기였다. 남자다움이 돋보인다는 게 이유였다. 코디네이터도 크게 다르지 않았다.

"헤헤, 헤헤헤. 역시 그렇지? 소개해 줄까?"

"에이, 오빠도. 진짜요?"

"당연히 구라……. 야야! 눈 따가워!"

실수를 거의 하지 않는 코디네이터가 손이 삐끗하고 말았다. 거짓말에 놀란 건지 부끄러워서 그런 건지, 이준열은 눈에 테러를 당하고 말았다.

물론 자업자득이었다.

"'FM과 산책을'공개방송에 오신 여러분을 환영합니다. 안녕하세요? 정신혜입니다."

"와아아아아아—!"

배우 정신혜의 조신한 인사와 함께 환호성이 터지며 공개
방송의 막이 올랐다. 정신혜는 조신한 이미지답게 조근조근
하고 부드러운 멘트로 사람들의 사랑을 받았다. 오늘도 마찬
가지였다. 오늘은 짧지만 두드러지지 않은 하얀 원피스로 사
람들의 시선을 모으고 있었다.

"오늘 모실 손님들은 기대하셔도 좋습니다. 첫 손님부터……"

시간이 갈수록 사람들은 계속 늘어갔다. L월드의 사람들
이 조금씩 모여들기 시작했다. 300명, 500명, 1,000명. 사람
들은 계속 모여들었고 공개방송의 열기는 뜨거워져 갔다.

"네, 에코분들 감사드립니다. 다음 나오실 가수 분이 있는
데, 준비하시는 동안 사연 하나 듣고 가실까요?"

믹서에 있던 강윤은 큐시트를 보며 긴장하기 시작했다.

'왔구나.'

사연 소개가 끝나면 바로 가수 세디의 무대다. 강윤은 목
이 바짝 타기 시작했다. 최선을 다해 준비했지만 언제나 공
연은 불확실성의 연속이다. 결국 애꿎은 물만 벌컥벌컥 들이
켰다.

"……안타깝게도 이번이 마지막 무대입니다."

사람들이 아쉬워하는 소리가 공연장을 휩쓸었다.

"하지만 마지막 무대에 어울릴 만한 분을 모셔왔습니다.

이번 무대를 마지막으로 저는 인사드려야겠네요. 찾아주신 여러분 감사드립니다.”

사람들의 박수 소리가 터져 나왔다. 정신혜는 말을 이어 갔다.

“정말 어렵게 찾아온 분입니다. 하늘로 솟았는지 땅으로 꺼졌는지 전혀 알 수 없던 분이죠? 하지만 다시 돌아왔습니다. 발라드의 황태자, 가수 세디입니다!”

“와아아아아아아—!”

지금까지의 무대 중 가장 큰 환호성이 터져 나오며 이준열의 무대가 시작되었다.

—난 여전히~ 그 자리에 있어~ 나 항상 그렇듯—!

이준열, 가수 세디의 노래 ‘여전히’가 흥분에 젖어든 관중들을 향해 울려 퍼졌다.

묵직하면서 감미로운 저음이 관중들을 세세하게 파고들었다.

은은한 조명이 천천히 밝아지며 무대가 본궤도에 오르기 시작했다.

그 모습을 강윤은 숨 가쁘게 지켜보았다.

‘여기부터야.’

음이 변화하는 부분, 이 부분에서 강윤은 이준열의 빛에 주목했다.

가수가 발산하는 빛은 조명에 가려지지 않았다. 오히려 더 또렷하게 빛이 났다.

무대 효과들은 가수가 내는 빛을 더 밝게 만들어주는 하나의 중요한 요인이었다.

강윤은 이 효과들이 이준열에게 어우러지는지 계속 주시했다.

-희미한 너를 보며~ 날-!

저음이 점점 고음으로 바뀌어갔다.

강윤은 사람들을 주목했다.

그의 목소리 변화에 사람들은 어떻게 받아들일지 여기서부터 승부처였다.

무대에는 액화 질소의 하얀 연기가 깔리며 신비로운 분위기를 연출했고 조명이 반사되면서 무대의 그림은 아름다워졌다.

'여기다.'

-항상 너를 그리며 살지만~

강윤에게 이준열의 변한 음색이 파고들었다.

가장 긴장되는 부분이다.

사람들이 여기를 잘 받아들여줄지 강윤은 시시각각 관객들의 반응을 살폈다. 파도를 타는 관중들도, 조용히 음악을 하는 관중들도 시야에 잡혔다.

　-영원히 널~ 그릴- 거야-!

　1절이 끝났다. 반주가 흐르는 가운데 강윤의 눈은 더더욱 바빴다. 공개방송이다. 마음에 안 들면 일어나면 그만인 냉정한 곳이다.

　그런데 강윤의 눈에 놀라운 광경이 비쳤다.

　"세디! 세디! 세디세디!"

　"사랑해요, 세디!"

　오히려 변한 목소리에 사람들이 엄청난 환호를 보내는 게 아닌가? 강윤도 이준열도 관객들의 열화 같은 반응에 흥이 일었다. 특히 이준열은 힘이 복 받는지 더더욱 파워가 실렸다.

　-항상 너를 그리며 살지만-!

　더더욱 강력해진 후렴부에 사람들이 자리에서 일어났다. 아니, 무대 앞으로 몰려들었다. 갑작스러운 사태에 무대관리 팀에서 긴급히 사람들을 투입하는 일까지 벌어졌다. 그러나 세디는 바로 손을 가볍게 흔들며 모두와 하나가 되었다. 경험에서 나오는 무대 매너였다.

　-영원히~ 널 그릴 거야-!

　"영원히 널 그릴 거야-!"

　오늘 처음 듣는 노래도 관객들이 따라 하기 시작했다. 세디의 흡입력은 엄청났다. 그러나 노래는 아직 끝이 아니었다.

　-어떡하죠~ 이 마음-!

더 보여주겠다, 이준열의 목소리가 점점 더 터져 나왔다. 음이 올라가고 분위기가 고조될수록 사람들의 반응은 점점 더 터져 갔다. 그리고 에어샷이 터지며 꽃가루와 금빛 가루들이 휘날리기 시작했다. 그 가루들은 조명이 비쳐 더더욱 화려함을 연출했다..

ㅡ난 영원히 널~ 사랑해ㅡ!

화려했던 무대는 점차 차분해지더니 마지막은 준열의 목소리만으로 끝이 났다.

"감사합니다."

"와아아아아아아아ㅡ! 세디세디세디!"

노래가 점점 사라졌지만 수많은 사람이 이준열을 부르는 소리는 점점 커져갔다. 벅찬 감동을 느끼며 이준열은 뒤편의 강윤에게 엄지손가락을 처억 내밀었다. 강윤도 말없이 고개를 끄덕였다. 잘했다, 수고했다는 의미였다.

이준열은 결국 화려하게 컴백하는 데 성공했다.

공백을 뛰어넘어 수많은 사람의 환호 속에 아주, 화려하게 말이다.

♪♫♪♫♪♩♪

"수고하셨습니다! 모두 건배!"

"건배!"

공개방송이 끝나고, 이준열이 고생한 팀원 모두에게 한턱 낸다며 회식 자리를 만들었다. 공연이 성공한 탓일까, 이준열은 신이 났는지 나서서 건배를 외치며 돌아다녔다. 자리를 옮기며 술을 따르는 모습에선 정성이 엿보였다.

시끌벅적한 테이블을 뒤로하고 강윤은 조용히 맥주를 기울였다. 그의 맞은편엔 김태훈 사장이 있었다.

"팀장님 수고 많으셨습니다. 한잔 받으시죠."

"감사합니다."

두 사람은 서로 술을 따라주곤 잔을 부딪치며 대화를 시작했다. 단연 화제는 오늘 있었던 컴백 무대였다.

"지금까지 이렇게 대단한 무대는 처음이었습니다. 콘서트도 아니었는데 관객들 모두가 세디를 외쳐 대고……. 감동이었습니다. 2년 만에 세디를 찾는 사람들이 아직도 잊히지 않습니다. 팀장님, 다시 한 번 감사드립니다."

김태훈 사장은 눈물까지 글썽였다. 이준열이 목 때문에 갑자기 가수 활동을 중단하고 그는 갖은 노력을 다해 어떻게든 이준열을 복귀시키려 노력해왔다. 그러나 길은 요원했다. 이준열은 계속 엇나갔고 회사는 점점 어려워졌다. 결국, 마지막이라며 녹음을 했지만 컴백 무대가 또 말썽이었다. 그럴 때 나타난 사람이 강윤이었다.

"이제부터 시작입니다. 앞으로의 마케팅도, 저 폭탄을 관리하는 것도 전적으로 사장님께 달린 거 아닙니까."

"하하하, 폭탄, 폭탄이라. 맞네요. 폭탄."

"오늘은 발판이 될 뿐입니다. 앞으로의 행사나 방송 등 모든 게 전적으로 사장님께 달린 거죠. 열심히 뛰셔야 할 겁니다."

"알고 있습니다. 이전처럼 준열이에게 휘둘리진 않을 겁니다. 이번에 팀장님께 많이 배웠습니다. 할 말은 하고 살아야 한다는 거 말입니다."

슈퍼스타라고 맞춰주기만 했다가 위기에 봉착한 게 듀카엔터테인먼트였다. 김태훈 사장은 이번에는 절대 그렇게 하지 않겠다고 다짐, 또 다짐했다.

"다음에는 콘서트로 뵈었으면 합니다."

"하하하. 그러면 저야 감사하죠. 콘서트라니."

"반드시 그렇게 될 겁니다. 이번에는 반드시 그렇게 만들 겁니다."

강윤은 웃었다. 콘서트란 가수에게는 영광이요, 회사에는 캐시카우다. 멋도 모르고 콘서트를 열었다가 50명, 100명 관중 동원으로 엄청난 굴욕과 금전적 손해로 망한 가수도 여럿 있었지만 엄청난 소득을 거둘 수 있고 가수의 위치도 알릴 수 있는 게 콘서트였다. 물론 막대한 초기 투자 비용과 가수의 인지도에 제대로 된 기획력까지 맞아떨어져야 하는 대사업이기도 했다.

두 사람이 미래의 꿈과 일 이야기를 하고 있을 때 불청객이 끼어들었다.

"두 사람 뭐야? 또 재미없는 이야기나 하는 거야? 강윤이
형, 내 잔도 안 받고 말이야."

"여기 줘라."

"어어? 무려 세디가 따라주는 잔인데 겨우 한 손으로?"

"빨리 따라."

강윤의 시크한 말과 함께, 훈훈한 회식 분위기는 그날 밤
새도록 계속되었다.

"웨엑!"

"아니, 왜 준열이 형이랑 술내기를 해선…….."

어느 뒷골목에서.

유승철 매니저는 강윤의 등을 두드리며 심히 투덜거렸다.
그러나 평소의 강윤이 아닌지라 거기에 뭐라고 말을 하지 못
했다. 입에서 열심히 게워내는 강윤은 지금…….

피자 공장장이었다.

to be continued

내 안에 몬스터 있다

형상준 현대 판타지 장편소설

태양의 흑점 폭발과 함께 새로운 시대가 찾아왔다!

마나와 능력자, 그리고 몬스터가 존재하는 현대.
그리고 그곳을 살아가는 마나석 가공 판매업자 김호철.
평소처럼 마나석을 탄 꿀물을 마시던 그는
번개에 맞고 신비로운 힘을 각성하게 되는데…….

'내 안에서 몬스터가…… 나왔다?'

그것도 김호철이 먹은 마나석의 개수만큼 많이.